JAMAIS UN ADIEU

JAMAIS UN ADIEU

LES FRÈRES MONTGOMERY
TOME UN

KIM SAKWA

Traduction par
EMMA VELLOIT, VALENTIN TRANSLATION

Taggart
Press

JAMAIS UN ADIEU

PROLOGUE

Californie du Nord

Âgée de six ans, Callesandra Eleanor Montgomery rangea ses poupées préférées et ses peluches, puis s'assit pour boire un thé imaginaire et leur raconter une histoire. Elle croisa ses petites jambes sous sa couverture pour se mettre à l'aise et repoussa des doigts les boucles douces auburn qui tombaient sur son front. À ce moment de la journée, elle était censée faire la sieste, mais Callesandra était une enfant précoce avec beaucoup d'énergie. Et par choix ou par besoin, elle racontait cette histoire chaque jour sans manquer une seule occurrence.

Cela débutait par une nuit de tempête, comme le devrait toute bonne histoire. Son père, l'Amiral Alexander Montgomery, organisait une soirée cette nuit-là. Callie adorait quand son papa organisait des réceptions. Les hommes s'habillaient en uniformes bleus avec d'imposants galons dorés et les dames portaient de belles robes de bal avec beaucoup de dentelle. La musique traversait toute la maison et les tables étaient jonchées de ses mets favoris : du bouillon au poulet, des tourtes à la viande, de la confiture et des gâteaux secs.

Pourtant, cette nuit en question, Callie se fichait de la soirée, car elle ne se sentait pas bien. Janey, l'une de ses nourrices, n'arrêtait pas d'essayer de lui donner un médicament au goût affreux, alors pour s'échapper, elle attrapa ses trois poupées favorites et se glissa dans le bureau de son père. Son papa était occupé au bureau, mais comme chaque fois qu'elle interrompait son travail, quand Callie s'approcha de lui, il la souleva sur ses genoux et la serra fort. Son papa la câlinait toujours.

En entendant Janey l'appeler, son papa posa son doigt sur ses lèvres et bougea ses jambes pour qu'elle puisse se cacher sous le bureau. Callie adorait cet endroit. Elle y avait une couverture, des jouets et, bien sûr, les jambes de son papa, alors c'était chaud et agréable. Elle venait de placer ses poupées comme il fallait quand le meilleur ami de son père, Gregor, entra. C'était lui qu'elle préférait, parce qu'il la soulevait toujours et la faisait tourner haut dans les airs. Mais ce soir-là, il avait l'air très sérieux.

— Il y a un problème, Alexander, dit-il.

Callie, qui s'apprêtait à jeter un coup d'œil à Gregor, s'immobilisa immédiatement. Son papa jura, alors que Callie ne l'avait jamais entendu jurer, et cela l'effraya. Puis, sa chaise crissa sur le sol si fort qu'elle dut se couvrir les oreilles pour se protéger du son et elle resta comme ça, en boule sous le bureau de son papa, les mains sur les oreilles, jusqu'à ce que les deux adultes quittent la pièce.

C'était une étrange nuit pour Callie. Et ça ne s'arrêtait pas là – parce que c'est cette nuit-là que Callesandra rencontra sa nouvelle maman.

Plus tard, après le départ de son papa et Gregor, Callie retourna dans sa chambre. Janey lui fit enfin prendre son médicament dégoûtant et aida Callie à mettre sa chemise de nuit.

Peu après, elle vit sa nouvelle maman pour la première fois. Callie se trouvait dans le couloir devant la chambre de sa maman, accompagnée de Janey, prête à aller au lit, quand sa maman les coupa :

— Attendez.

Callie eut peur au début, parce que sa maman était méchante et la pinçait beaucoup. Callie avait toujours pensé que c'était comme ça qu'étaient les mamans, mais *celle-ci*, celle qui se tenait devant elle, lui parla doucement et avec gentillesse. Sa nouvelle maman ressemblait à l'ancienne, mais elle n'était pas méchante et ne lui faisait pas de mal. Ses yeux étaient plus jolis. Ils étaient bleus et brillaient, alors que ceux de son ancienne maman étaient marron.

Toute la maison changea une fois sa maman différente. Après ça, sa maman faisait sourire et rire son papa. Et elle apprit à Callie à jouer du piano et à danser. Elle apprit aussi à papa la danse. Non qu'il ne sache pas faire. Seulement, maman dansait différemment. Callie adorait sa nouvelle maman et elle savait que son papa aussi.

Elle avait toujours ses cachettes, alors parfois, elle entendait sa maman et son papa chuchoter des choses. Comme quand son papa insistait pour que sa maman ne s'approche plus jamais des falaises. *Jamais.* Son papa était vraiment ferme quand elle l'avait entendu dire ça. Il était toujours comme ça, même s'il était gentil avec Callie. Il était amiral dans la Royal Navy. Callie trouvait ça drôle de l'appeler de temps en temps Amiral, comme Goodly, leur majordome.

La deuxième nuit qui bouleversa leur vie pour toujours surgit trois mois plus tard, quand son papa annonça qu'ils partaient pour l'Amérique. À ce moment-là, il était dans son bureau à aboyer des ordres. Son papa était vraiment doué pour commander. Sa maman disait toujours :

— En situation de crise, papa est la seule personne dont tu aies besoin.

Callie était encore cachée sous son bureau ; c'était vraiment le meilleur endroit où se cacher. Son oncle Stephen, Gregor et le reste des hommes de son papa portaient d'imposants coffres lourds jusqu'au rivage. Callie savait qu'ils étaient remplis d'or et d'argent parce qu'elle y avait jeté un coup d'œil en les voyant empilés dans le hall. Elle avait aussi vu les choses qui étaient très importantes pour son papa, comme les instruments qu'il employait pour faire des cartes et mesurer les étoiles.

Janey et Béatrice étaient en haut à courir partout comme des poules pour pouvoir emporter leurs affaires avec elles. Et la maman de Callie, eh bien, elle la cherchait *elle* !

Un peu plus tôt, elle était entrée dans le bureau pour dire à papa qu'elle avait un mauvais pressentiment, mais ce n'était rien d'incroyable. La nouvelle maman de Callie avait toujours de mauvais pressentiments et Callie avait dû se couvrir la bouche pour étouffer un rire quand son papa avait dit :

— Vraiment ? *Toi ?* Un mauvais pressentiment ?

Sa maman n'avait rien dit, mais Callie savait qu'elle avait levé les yeux au ciel. Elle connaissait sa maman par cœur maintenant. Depuis la nuit du médicament dégoûtant, où elle était une *méchante maman*, elles avaient passé tant de temps ensemble que Callie avait presque oublié qu'à une époque, elle avait été une *méchante maman*.

— Vingt minutes, Amanda. Ce bateau... on va y monter. S'il y a quelque chose indispensable à ta vie, tu ferais mieux d'aller le chercher maintenant.

Callie s'était dit que ce que sa maman cherchait, c'était elle.

Elle avait vu le bateau dont son papa parlait. Il avait passé la journée ancré au large. Quand sa maman était revenue plusieurs minutes plus tard, elle avait dit à son papa qu'elle avait besoin de lui parler, mais celui-ci avait répondu que cela devrait attendre. Sa maman paraissait si inquiète que Callie commençait à avoir un mauvais pressentiment elle aussi. Alors pendant que les hommes roulaient les cartes et glissaient de gros livres en cuir dans un autre coffre en bois, elle se faufila hors du bureau.

Callie se cacha dans le hall derrière la grande horloge, jusqu'à voir sa maman sortir. Elle l'appela et chercha dans le couloir avant de sortir vers les écuries.

Prête à sortir de sa cachette, Callie courut la rattraper. Pourtant, elle perdit de vue sa maman et elle venait de franchir les portes quand elle sentit quelqu'un l'attraper par derrière et lui recouvrir la bouche pour ne pas qu'elle crie. Ce fut là qu'elle vit sa maman plus loin, jetée sur l'épaule d'un autre homme. La première pensée de Callie fut que son papa allait être furieux. Surtout quand elle comprit qu'on les emportait vers les falaises. Il allait hurler.

La pluie et les éclairs déchirèrent le ciel pile quand les deux hommes posèrent Callie et sa maman au sol. Ils les firent reculer vers l'entrée des tunnels où Callie n'avait pas le droit d'aller. Son père lui avait dit qu'elle pouvait chuter d'une centaine de mètres jusque dans la mer. Elle ne savait pas à quoi correspondaient cent mètres, mais elle savait que c'était beaucoup. Elle avait toujours espéré que son père mente, mais quand il parlait des dangers des tunnels, elle savait que c'était vrai. Son papa ne mentait jamais.

L'homme laid et imposant avait un pistolet et le plus petit, celui qui avait attrapé Callie, était armé d'un sabre. Maman commença à pleurer, à les supplier de les laisser partir, ou au moins Callie. Elle leur proposa tout ce qu'ils voulaient, tant qu'ils libéraient sa fille.

Callie se mit à pleurer aussi. Elle avait trop peur, mais elle savait que sa maman ferait n'importe quoi pour elle. Malheureusement, les hommes méchants s'en fichaient et se contentèrent de rire. À cet instant, sa maman tenta sa chance. Pendant qu'ils étaient distraits par leurs rires, elle attrapa la main de Callie et chuchota qu'il y avait un rebord sous l'ouverture dans le vide et qu'il fallait s'accrocher à elle très fort. Callie n'eut pas le temps de se demander comment elle savait ça et obéit.

Quand sa maman sauta de la falaise, Callie fut emportée avec elle et elles atterrirent sur une saillie, qui était bel et bien là et même pas si basse que ça.

Callie n'avait aucune idée de combien sa maman était forte avant cette nuit-là. Elle garda Callie en sécurité, serrée fort contre son corps et le mur de la falaise, pendant qu'elle s'accrochait à la roche au-dessus de sa tête. Cachée par la paroi, Callie entendit les méchants se crier dessus et se plaindre de les avoir perdues. Après un temps, quand le silence se fit, maman dit que les méchants étaient partis et qu'elle allait essayer de soulever Callie pour qu'elle puisse grimper dans le tunnel.

Callie hocha la tête, mais avant que sa maman ne puisse la prendre, un éclair frappa si près d'elles que Callie sursauta et glissa du rebord. Sa maman hurla et l'attrapa d'une main, juste à temps. Son poignet lui faisait mal là où sa maman la tenait et ses jambes avaient été égratignées par la chute, mais quand elle baissa les yeux sur l'eau agitée et les rochers aiguisés en contrebas, elle sut que c'était mieux comme ça.

Ce fut là qu'elle entendit son père rugir d'au-dessus. Elle ne voyait pas son visage, mais elle ne l'avait jamais entendu hurler comme ça avant. Elle se tourna et vit sa main entourer le poignet de sa maman. Sa maman en fit de même et s'accrocha à lui. À travers le vent, son papa dit qu'il allait les soulever. Elle distingua la voix d'oncle Stephen également et quand elle releva la tête, elle vit qu'il était sur les jambes de son père pour qu'aucun d'eux ne tombe.

Quand son poignet commença à glisser de la main de sa maman à cause de la pluie, Callie paniqua et cria. Sa maman le dit à son père et Callie entendit quelque chose dans sa voix qu'elle n'avait jamais entendu : la peur. Papa cria à oncle Stephen de le lâcher pour qu'il puisse descendre les récupérer. Mais oncle Stephen refusait de quitter ses jambes et son père ordonna à sa mère :

— Ne lâche pas !

— Elle va tomber, Alexander ! hurla sa mère.

C'était la première fois que Callie entendait son père supplier. Elle n'oublierait jamais ça. Tout comme elle n'oublierait pas ce que c'était que d'osciller là, trempée et effrayée.

— Ne lâche pas, Amanda ! Promets-le-moi ! Ne. Lâche. Pas !

Puis, sa maman émit le bruit le plus triste de sa vie, enveloppa son corps autour d'elle et, ensemble, elles tombèrent. Callie se souvient avoir pensé que le dernier rugissement de son papa lui donnait l'impression qu'il se faisait dévorer par une meute d'animaux sauvages.

Elles continuèrent à tomber et tomber et Callie était sûre qu'elles s'écraseraient bientôt, mais non. À la place, elles atterrirent dans l'eau et sa maman les ramena au rivage. Callie se rappela alors ce que son grand-père lui disait des nuits de tempête, des falaises et des tunnels : *De temps à autre, quelque chose de fantastique se produit une nuit de tempête et un terrible mal est rectifié.*

Callie se dit que c'était ce qui était arrivé à son papa et sa nouvelle maman, que quelque chose de fantastique s'était produit lors de cette nuit de tempête.

Callie ne savait pas ce qui rendait les falaises spéciales, mais son papa lui avait dit une fois que quand il sortait en bateau, il voyait un motif étrange tout le long de ce côté du mur rocheux. Allongée sur le rivage, elle répéta à sa maman ce que son grand-père lui avait raconté sur les choses fantastiques et dit que c'était sûrement pour ça qu'elles allaient bien. Et peut-être aussi pour ça qu'il n'y avait plus de tempête.

Mais ensuite, elle vit la main et le poignet de sa maman. Elle n'avait pas l'air bien. Papa l'avait tenue fort. Callie regarda son propre poignet ; il était rouge et douloureux, mais pas comme celui de sa maman. Le sien était violet et le haut de sa main et l'un de ses doigts saignaient beaucoup.

Quand elles remontèrent vers la maison, son papa n'était plus là. La maison n'était plus à lui, expliqua maman. Juste celle de maman. Elle devint alors très ferme, comme papa quand il voulait que Callie se rappelle quelque chose de très important.

— Callesandra, dit-elle. Peu importe ce qu'il se passe, tu es *ma* fille.

Elle demanda à Callie de le répéter, puis elle ajouta :

— Personne ne t'arrachera jamais à moi, *jamais*. Tu comprends ?

Non, mais elle hocha quand même la tête.

C'était sa maman, bien entendu, mais elle ne dit rien et se

demanda plutôt quand son papa viendrait pour que tout aille bien. Il réparerait la main de maman comme il l'avait déjà fait, quand il avait fallu la recoudre. Il pouvait tout régler.

Mais papa ne vint pas soigner la main de maman, cette fois. À la place, maman appela quelqu'un nommé tata Sam. Callie ne l'avait jamais rencontrée avant, mais sa maman parlait d'elle tout le temps. Quand elle lui caressait les cheveux la nuit, elle lui parlait de comment elle et tata Sam étaient devenues amies – *meilleures* amies.

Quand Callie visita la maison, elle se rendit compte combien tout était très, très différent d'avant. Tous les meubles étaient nouveaux et étranges, loin d'être aussi beaux que les meubles auxquels elle était habituée. Les images aux murs étaient différentes et la cuisine était remplie d'étranges gadgets et de choses brillantes qu'elle n'avait jamais vues.

Callie s'apprêtait à demander à sa maman où elles étaient, comment elles étaient arrivées dans cet étrange endroit qui *était* leur maison… sans *l'être*, mais sa maman prit quelque chose sur le plan de travail de la cuisine et le brandit devant Callie. Cela ne ressemblait pas à grand-chose à ses yeux, mais sa maman expliqua qu'on appelait ça un *téléphone* et que si elle appuyait à tel endroit, cela lui permettrait de parler à tata Sam, qui en avait un aussi.

D'abord, elle fut sceptique au sujet de ce téléphone, un rectangle brillant et légèrement doux auquel il fallait faire très attention, mais ensuite, elle se rendit compte qu'il lui plaisait. Beaucoup. Maman pleura quand elle entendit la voix de tata Sam sortir du téléphone, très forte – maman dit qu'elle avait mis sur *haut-parleur* ce qui voulait dire que Callie pouvait l'entendre aussi.

Au début, entendre la voix de tata Sam surgir par magie dans la pièce l'effraya, puis elle comprit que ce n'était rien, puisque sa maman en était contente.

— Bon Dieu, Ammy… ça va ? Où étais-tu ? Amanda…

Tata Sam se mit à pleurer elle aussi.

— Sam, s'étrangla maman. J'ai besoin d'aide.

Ce soir-là, Callie rencontra un homme appelé M. Finch, qui, selon sa tata Sam, était la personne qui se chargerait de tout. Sa maman lui expliqua que M. Finch était un ami, quelqu'un qu'elle connaissait avant la naissance de Callie et qu'il était garde du corps, ce qui voulait dire qu'il protégeait les gens. Et puisque papa n'était pas là pour les protéger, M. Finch le ferait. Cela convenait à Callie, puisqu'en entrant pour la première fois dans la maison, il s'agenouilla devant elle et lui adressa un immense sourire.

— Tout va bien se passer, Cal, lui assura-t-il d'une voix douce.

Personne ne l'avait jamais appelée Cal avant et elle aimait la façon dont il l'avait dit. Et puis, il y avait quelque chose chez lui qui lui procurait un sentiment de sécurité.

Ils partirent ensuite dans une grosse *voiture* conduite par M. Finch. Au début, Callie avait peur parce qu'elle n'avait jamais vu de voiture, mais sa maman lui raconta que c'était plus rapide qu'un cheval et que c'était comme ça que les gens voyageaient dans le nouvel endroit où elles étaient. M. Finch la souleva à l'intérieur et la déposa sur les genoux de sa maman, puis plaça ce qu'il appela une *ceinture de sécurité* sur elles deux. Sa maman frottait le dos de Callie et chantonnait de belles musiques pendant qu'elle observait l'extérieur par la fenêtre.

Ils allaient super vite, ce qui lui rappelait la sensation qu'elle ressentait quand Gregor la faisait tourbillonner. Et même si la maison et la propriété qu'ils dépassèrent ressemblaient à ses souvenirs, c'était aussi très différent.

Il faisait nuit quand M. Finch s'arrêta derrière un bâtiment, où un homme qui attendait dehors annonça qu'ils pouvaient passer.

Sa maman lui dit alors qu'elle devait aller en salle d'opération. Callie ne savait pas ce que c'était jusqu'à ce que l'homme qui les attendait lui dise qu'il était médecin. Il expliqua que sa maman aurait probablement besoin qu'on remette ses os en place parce qu'ils avaient été broyés.

Callie toucha son poignet à elle et l'imagina broyé. Le

médecin dit à sa mère qu'il guérirait son doigt et le dos de sa main aussi, pour qu'il n'y ait pas de cicatrices, mais sa maman secoua la tête.

— Elles n'ont pas à être laides, mais je veux pouvoir regarder ces cicatrices toute ma vie.

Juste avant d'aller en salle d'opération, sa maman se tourna vers Callie et échangea avec elle un long regard.

— Tout ira bien pour nous, mon bébé. Je te le promets. M. Finch va s'occuper de toi et tata Sam sera là demain.

Callie pleura parce que cela faisait longtemps qu'elle n'avait pas quitté sa maman. Mais ensuite M. Finch la souleva et la serra fort contre lui, dans une étreinte qui ressemblait à celle de son papa. Un peu plus tard, tous deux étaient assis dans la même pièce que sa maman, attendant qu'elle se réveille.

Les quelques jours qui suivirent, après leur retour dans leur nouvelle maison, Callie ne cessa d'attendre l'arrivée de son papa et elle savait que sa maman attendait aussi, même si c'était sa maison maintenant.

Il fallut du temps, mais au fur et à mesure des jours, avec sa maman, tata Sam et M. Finch, Callie s'habitua à sa nouvelle vie. Elle avait de jolis nouveaux vêtements qu'elle adorait, comme des robes, des jeans bleus, des shorts, des tee-shirts et beaucoup de chaussures. Sa maman lui acheta une nouvelle dînette pour le thé, semblable à celle qu'elle avait dans son ancienne chambre, ainsi que de nouvelles poupées et peluches.

Callie apprit l'existence des télévisions, des téléphones et des ordinateurs, même si elle n'avait pas le droit de passer beaucoup de temps dessus. Sa maman préférait faire des puzzles et jouer à des jeux avec elle. Et bien sûr, elle gardait leurs leçons de piano et danse.

Ils ne restèrent dans leur maison en Grande-Bretagne que jusqu'à l'anniversaire de Callie. Elle eut six ans le 20 avril de cette année-là. Sa maman lui fit répéter cette date encore et encore. Pas la partie sur le 20 avril, mais l'année, ce qui sembla d'abord très bête à Callie puisque ce n'était même pas une vraie année.

Elle dut aussi mémoriser ce que maman appelait une *date d'anniversaire* – le jour, le mois et l'année. Maman, tata Sam et même M. Finch lui demandaient à n'importe quel moment : *Quelle est ta date d'anniversaire ?* Elle avait répondu à la question tant de fois qu'elle n'avait même plus besoin d'y réfléchir.

Ensuite, sa maman rangea toutes ses nouvelles affaires et elles quittèrent la Grande-Bretagne pour un endroit appelé New York. Tata Sam et M. Finch les accompagnèrent et ils entrèrent tous dans un immense oiseau qui avait des sièges à l'intérieur. Maman dit à Callie de ne pas avoir peur, que l'homme qui faisait voler l'avion dans le ciel, leur pilote, le Capitaine Morgan, les protégerait.

— Attends un peu mon bébé. La sensation que tu adores, que tu as juste là, expliqua-t-elle en touchant le ventre de Callie, elle sera encore mieux cette fois.

Sa maman avait raison. Callie la regarda tandis que l'avion s'élevait dans le ciel et elle rit tout fort quand elle sentit la fameuse sensation. Elle ne put s'empêcher de penser à Gregor et à combien il aurait aimé lui aussi.

Callie apprécia leur maison à New York ; elle était grande comme leur autre maison et aussi au bord de l'eau. La première nuit de leur arrivée, sa maman alluma une bougie et la posa sur une table près de la grande fenêtre. Callie lui demanda pourquoi elle faisait ça et sa maman la souleva pour qu'elles regardent toutes deux l'océan.

— Ton papa nous emmenait en Amérique, Callie. La nuit où on a été séparés.

Maman pleurait rarement devant elle et quand c'était le cas, elle le faisait en silence. Des larmes coulaient sur son visage, mais elle agissait comme si elles n'étaient pas là. Quand elle fut capable de reprendre la parole, elle expliqua :

— Je l'ai allumée pour ton papa, Callie.

Elle plaça sa main sur la vitre.

— Nous y sommes arrivées, Alexander. On est là.

La voix de sa maman se brisa dans un sanglot et tata Sam prit Callie dans ses bras.

Elles restèrent à New York uniquement pour l'été avant d'aller dans un endroit appelé la Californie, où maman disait avoir grandi. Tata Sam et M. Finch les accompagnèrent de nouveau. Callie demanda à sa maman si tata Sam et M. Finch vivraient toujours avec elles et sa maman lui sourit avant de lui répondre que même si tata Sam et M. Finch avaient leurs propres vies, ils avaient toujours été de très bons amis et que les bons amis s'entraidaient quand il y avait besoin. Alors ils seraient souvent là. Callie en était contente.

En Californie, le ventre de maman grossit et elle expliqua à Callie qu'elle allait avoir un frère. Sa maman pleurait déjà beaucoup, mais cela s'empira. Pas pendant la journée, mais la nuit, quand elle croyait Callie endormie. Callie n'aimait pas l'entendre pleurer, mais elle savait que c'était parce qu'elle aimait beaucoup son papa et qu'elle ne pensait pas qu'elles le reverraient. Callie, elle, avait regardé beaucoup de films et elle savait que son papa était meilleur que tous les superhéros réunis. Il les trouverait quoi qu'il advienne.

Ce fut quand elles emménagèrent en Californie que Callie apprit que sa maman était une compositrice connue et que les gens savaient qui elle était. Dans sa nouvelle ville, Callie alla dans une bonne école où elle dut travailler très dur. Un jour, à l'école, les CM1 firent une performance sur quelque chose appelé la Révolution américaine.

Callie n'oublierait jamais la scène, le décor et les détails. Elle n'avait pas repensé à son ancienne vie depuis longtemps. Mais cette fois, elle y songea. Il y avait des photos et affiches de bateaux semblables à ceux que son papa commandait. Un bateau exactement comme celui sur lequel elles devaient monter, la nuit où sa mère et elle avaient été enlevées par les méchants messieurs. Et quand les élèves montèrent sur scène, elle hoqueta en voyant leurs costumes. Les filles étaient habillées de robes similaires à celles que sa mère et elle portaient et les garçons étaient en uniforme. Un garçon en particulier portait un uniforme qui ressemblait à celui de son papa.

Callie resta assise, stupéfaite et perdue, fascinée par chaque mot prononcé par les autres enfants.

En observant la pièce, elle se demanda si son papa travaillait avec l'homme appelé George Washington. Peut-être était-ce pour ça qu'ils avaient fait leurs affaires cette nuit-là pour aller en Amérique.

Callie repensa à ce livre. Celui qui avait fait pleurer sa mère. Elles étaient toujours à New York quand sa maman l'avait trouvé, et plus tard, quand elle était seule, Callie l'avait ouvert à la même page et avait hoqueté en voyant le nom de son papa écrit dessus : « Alexander Montgomery ».

Le livre disait que son papa avait été reconnu coupable de trahison et avait été condamné à mort. Il lui avait fallu du temps pour déchiffrer les mots et elle ne comprenait pas ce que cela voulait dire, mais peu de temps après, sa maman avait décidé qu'elles devraient déménager et Callie savait que c'était à cause de ce qu'elle avait vu dans ce livre.

Maman avait dit à Callie que papa ne pourrait pas les retrouver finalement, même si Callie ne l'avait pas cru. Elle n'y croirait jamais. Jamais.

1

---

31 janvier, 2 h 00
Hôpital privé de St Anna
Californie du Nord

Le garde du corps n'avait aucune chance. Alexander Montgomery observa trois de ses hommes le désarmer, *puis*, lui montrer leurs accréditations.

À cette heure-là, les couloirs de l'hôpital étaient presque déserts. Une infirmière sortit son téléphone pour filmer le groupe de quinze hommes qui passait devant elle. Son téléphone fut pris et détruit et elle s'enfuit. Le groupe se sépara devant les ascenseurs. La faction d'Alexander était constituée de son frère Stephen, le Dr Evan Childress, le technicien Michael Bowers et l'avocat Christopher Bennett.

L'infirmière derrière le bureau d'accueil prit le combiné du téléphone tandis qu'il demandait l'aile ouest du huitième étage. Alexander ne savait pas ce qui la choquait le plus – lui et ses hommes ou les deux membres de la direction de l'hôpital qui accompagnaient le psychiatre en chef, le Dr Jay Meyers, et arrivaient depuis un autre couloir. Elle lâcha le téléphone et se tut. Intelligent.

— Je ne suis pas content de cette situation, décréta le Dr Meyers en atteignant Alexander.

— Docteur Meyers, je peux vous assurer sans équivoque que personne n'en est plus mécontent que moi.

Il regarda son avocat, Chris, qui sortit les papiers nécessaires. Après une inspection minutieuse, les documents furent signés. Sous d'autres circonstances, Alexander se serait senti victorieux. Mais là, il était loin du compte.

— Où est-elle ?

Il suivit le médecin d'Amanda dans le couloir. Vu comme on avait parlé d'elle ces neuf derniers mois et vu sa célébrité dans ce siècle, la chambre d'Amanda était la seule occupée du couloir. Trois hommes se tenaient devant sa porte. Au premier regard, ils semblaient inoffensifs, peut-être de simples visiteurs qui traînaient dans le couloir. Mais ils n'étaient pas inoffensifs. Ni des visiteurs. Jusqu'à il y a douze heures, ils s'occupaient de la sécurité d'Amanda. Maintenant, ils travaillaient pour Alexander.

— Finch.

Alexander serra la main de Stan, soulagé de rencontrer enfin l'homme qui, dans les faits, veillait sur sa famille. Il lui devait plus que ce qu'il ne pouvait lui donner.

Stanley Finch avait protégé sa famille quand lui ne pouvait pas le faire. Il l'avait gardée cachée également. Bon sang, tellement bien qu'Alexander avait dû acheter l'entreprise pour les trouver. C'était la sixième entreprise qu'il avait acquise à cet effet. Amanda avait été amenée à l'hôpital sous un faux nom. Alexander ne savait même pas qu'elle était enceinte avant de signer les papiers et d'acheter JDL Security.

Depuis son arrivée dans le XXIe siècle sept mois plus tôt, il n'avait rien fait d'autre qu'essayer de trouver sa femme et sa fille. Pourquoi avait-il pensé que cela serait aussi simple que de franchir la porte d'entrée de son domaine ? Il avait rapidement découvert qu'Amanda et Callie n'y étaient pas – ni qui que ce soit, d'ailleurs. Il avait récemment appris qu'elles n'étaient parties que la semaine avant son arrivée et avaient fermé la maison pour un temps.

En revanche, eux n'avaient pas pu quitter tout de suite la propriété. À la place, Stephen, Gregor et lui avaient passé des jours à chercher, trouver et sortir de terre les coffres remplis d'or, d'argent, de bijoux et autres objets personnels qu'ils avaient enterrés dans les tunnels avant de sauter de la falaise, au XXIe siècle.

Puisqu'à ce moment-là, Amanda et lui n'avaient jamais pu déterminer avec certitude le portail par lequel elle était venue à l'origine, il avait décidé qu'il valait mieux sauter dans celui dans lequel Callie et elle étaient tombées. Ce n'était pas dur de localiser l'endroit exact – il n'oublierait jamais ce moment pour toujours gravé dans son esprit – et avec Stephen à mi-hauteur de la falaise et Gregor à attendre sur la côte, Alexander avait poussé quelques chèvres sacrifiées dans l'eau et ils avaient découvert que le portail s'ouvrait à moins de quatre mètres de la position de Stephen. Ils avaient fait divers tests et jeux jusqu'à être sûre de l'exact endroit où se trouvait le portail avant de sauter eux-mêmes.

Tremblants et stupéfaits d'avoir vraiment réussi, le trio avait rapidement compris que le XXIe siècle était encore plus différent du XVIIIe siècle qu'ils ne le pensaient. Ils n'avaient pas calculé qu'il leur faudrait autant de temps pour s'acclimater à leur nouvel environnement et à l'avancement de la science. Toutes sortes de sciences.

Heureusement, la propriété d'Abersoch avait été rénovée par ses précédents propriétaires au fil des siècles, ce qui leur permit une introduction plus douce dans ce qu'il savait maintenant être la technologie moderne dans sa forme réelle.

Dire qu'ils avaient été *perturbés* était un bel euphémisme pour parler de leur réaction. C'était une chose d'écouter Amanda parler de son époque, du *fantastique futur*, comme ils l'appelaient en plaisantant quand ils étaient ensemble. C'était autre chose de le vivre vraiment. Stephen intégra les changements assez bien et

Gregor... ses yeux s'illuminaient à chaque nouveau gadget, grand comme petit, que ce soit l'interrupteur, la voiture, le couteau électrique ou le jet privé.

Avoir travaillé en tant qu'espion lors d'une époque plus simple avait ses avantages. Ils avaient réussi à ouvrir le coffre-fort d'Amanda, qui se trouvait exactement là où elle lui avait dit, un soir où elle lui avait fait *visiter* sa propre maison en montrant joyeusement ce qui était différent à son époque à elle.

Il ne leur avait fallu qu'une petite quantité d'explosifs qu'Alexander avait mis dans un des coffres pour l'ouvrir, et à l'intérieur, ils découvrirent qu'elle avait laissé plusieurs passeports, avec différents noms et adresses, pour elle et pour Callie. Toutes les informations étaient factices. En revanche, il trouva le reste d'un ticket sur la table de chevet d'Amanda qui le conduisit jusqu'à Londres, à l'établissement où Stan avait acheté leurs papiers illicites.

Plus tard, il avait appris que Stan était un ami lointain de Samantha et qu'il avait la réputation d'être quelqu'un qui pouvait s'occuper de tout et n'importe quoi pour son employeur. Il devait aussi connaître Amanda, supposait Alexander, s'ils avaient tous été à la fac ensemble. Il se demanda ce dont Amanda se souvenait de leur temps ensemble.

La ruelle miteuse où se trouvait la devanture de la boutique était juste ça : une *devanture* pour cacher quiconque sillonnait le monde du secret. Les patrons travaillaient pour diverses agences de renseignements comme pour des sociétés qui les utilisaient pour le marché noir ou le trafic d'êtres humains. C'était donc une fourmilière sous constante surveillance. Alexander avait pensé que Stephen, Gregor et lui s'en sortaient bien avec leurs déguisements futuristes, mais à y repenser, il comprenait qu'il s'était trompé sur toute la ligne.

Leur étrange look leur avait valu d'être suivis jusqu'au domaine par Michael et Trevor, qui à l'époque travaillaient avec ce que la Couronne appelait les Secret Intelligence Service – ou le

MI6. Alexander et les autres s'étaient lancés dans le combat de coqs obligatoire, puis avaient joué cartes sur table.

Comme d'habitude, Alexander les avait ralliés à sa cause et Michael et Trevor les avaient aidés à obtenir les papiers nécessaires.

Plus que ça, ils avaient appris à Alexander et ses comparses comment utiliser les armes actuelles, les gadgets sans fils et l'équipement de surveillance militaire. En retour, Alexander leur avait enseigné le combat à mains nues et l'art de la manipulation sans toutes les bêtises qu'on trouve dans les manuels.

Il avait essayé de les payer en liquide et même avec de l'or, mais ils avaient refusé. À la place, il avait été impossible de se débarrasser d'eux et ils avaient rejoint ce qu'il considérait maintenant être sa joyeuse bande de frères, dans l'ordre actuel des choses.

Michael et Trevor étaient de *vrais* frères et essentiellement orphelins. Comme ils n'avaient que l'un et l'autre, ils s'étaient mis dans la tête de joindre leurs forces à Alexander, Stephen et Gregor. Il parlait d'eux en disant *les gars* et, malgré leur première rencontre rocambolesque, il les appréciait beaucoup, en toute honnêteté.

Michael lui avait ensuite présenté la plupart des hommes qui travaillaient désormais pour lui. Tous des militaires à la retraire, Britanniques comme Américains, avec quelques autres nationalités. Plus ils intégraient de personnes à leur cercle, plus il y en avait qui restaient.

Ils avaient suivi la trace d'Amanda et découvert qu'elle payait tout en liquide. Comme c'était la seule trace qu'il avait été entraîné à suivre, ça avait été simple pour lui. Pas facile, juste simple. Ils avaient trouvé le médecin qui avait guéri sa main, les magasins où elle avait acheté des vêtements pour Callie. Le maigre personnel qu'elle avait embauché pour le domaine. Le vol et le Capitaine Morgan, qui les avaient transportées aux États-Unis. Enfin, la maison à New York où elles avaient passé l'été. Ensuite, elles avaient disparu. Littéralement. Stan était doué.

Alexander avait utilisé toutes les ressources à sa disposition, son nouveau groupe de confrères et un montant exorbitant d'argent pour acheter JDL. L'achat incluait un complexe d'entraînement et des bureaux en Californie du Nord. Ces endroits proposaient des entraînements au combat, des armes, des explosifs et du matériel de haute surveillance. Il avait prié la providence qu'il y trouve sa famille. C'était à cause d'Amanda qu'il avait décidé de faire de la sécurité son nouveau gagne-pain. Un, il avait besoin de la trouver, deux, c'était lucratif. La moitié de ses employés travaillaient dans la sécurité privée comme Stan, l'autre moitié étaient des mercenaires embauchés.

Il croisa le regard de Stan tandis qu'ils échangeaient leurs places. Il était plus que reconnaissant de retrouver une responsabilité aussi géniale : le bien-être de sa famille, Amanda, Callesandra et leur nouveau-né.

Il venait d'ouvrir la porte quand le Dr Meyers l'arrêta d'une main.

— Monsieur Montgomery. Vous vous êtes engagé à apporter une supervision médicale et psychologique, non ? Comme vous le savez maintenant, *notre patiente* a fait une crise nerveuse. Elle a besoin de temps, pas juste pour récupérer physiquement de l'accouchement, mais elle aura besoin d'attention spécialisée pour sa perte de mémoire comme nous...

— Docteur Meyes, coupa Alexander.

Il n'était pas bête. Il fit signe à Evan d'avancer.

— Puis-je vous présenter le Dr Evan Childress ?

Aucune autre explication n'était nécessaire. C'était un psychiatre de renommée mondiale. Il avait été consultant pour Art Fisher et JDL ces dernières années. Lors du vol depuis New York, Evan avait étudié le dossier médical récent d'Amanda pendant qu'Alexander restait assis, les phalanges blanches, dans le G5, le jet privé de sa nouvelle entreprise. Il *détestait* les vols, mais c'était malheureusement une nécessité dans sa vie futuriste.

Après ce qui sembla un temps excessivement long, Evan avait

relevé les yeux et l'avait informé de la condition d'Amanda, c'est-à-dire de son diagnostic d'une *amnésie psychogène.*

— Quand on n'arrive pas à gérer la douleur, Alex, l'esprit le fait pour vous.

C'était très loin d'être la première fois durant ces neuf derniers mois qu'Alexander ressentait une contraction dans son torse, ce qu'il assimilait à une réaction très physique de son échec à protéger sa famille. Il avait grimacé et fléchi la main tandis que la douleur s'apaisait.

Evan l'avait préparé à trois réactions qu'Amanda pouvait avoir. La première : elle pourrait le reconnaître instantanément et retrouver la mémoire. Deuxième possibilité : qu'elle le reconnaisse immédiatement, mais que sa mémoire ne revienne pas tout de suite. Elle pourrait intuitivement lui faire confiance par exemple, sans savoir pourquoi. La dernière possibilité suggérée par Evan était qu'elle ne le reconnaisse pas du tout et qu'elle ne se rappelle jamais leur vie ensemble.

Ne voulant pas gaspiller un moment de plus avant de découvrir quelle réaction elle aurait, Alexander hocha la tête, dépassa le Dr Meyes et entra dans la chambre d'Amanda. Quatre jours durant, elle avait enduré ce qu'on lui avait décrit comme un accouchement terriblement difficile. Il avait été suivi par une crise nerveuse aux proportions incroyables qui avait nécessité qu'elle soit placée sous sédatifs.

Alexander jeta un regard à sa montre Breitling Navitimer. Il l'avait loupée à trois jours près. Son souffle se coupa quand il posa les yeux sur elle pour la première fois depuis ce qui semblait réellement être un quart de millénaire – les années qui les avaient séparés. Le soulagement était presque accablant, uniquement surpassé par le regret. Il fléchit la main et l'éclat familier de douleur revint. Il dura maximum une seconde, assez longtemps pour le menacer de perdre le contrôle de ses émotions.

Helen, l'infirmière privée que Stan avait embauchée, était assise au chevet d'Amanda. Pendant qu'Evan lui parlait, Alexander commença à défaire les liens autour des poignets de sa femme. Le premier tomba le long de la rambarde, révélant des bleus violet foncé et jaunes. Il caressa doucement sa peau et resserra ses doigts autour d'elle – bon Dieu, il dut se forcer à la lâcher, tant il était affecté de pouvoir la toucher.

Elle lâcha un petit bruit et essaya de rouler alors qu'il détachait le deuxième lien. Puis, ses yeux s'ouvrirent d'un coup.

— Qui... Où...

À l'entendre, elle était dans un état pire qu'elle n'en avait l'air. Et pourtant, son état avait déjà l'air désastreux.

— Chut...

Il posa la main sur la joue de son précieux et beau visage tout en essayant de l'apaiser.

— Ta sortie a été acceptée, Amanda. Je te ramène à la maison.

Sa main libre tira frénétiquement sur le cuir autour de son autre poignet. Il savait ce que cela faisait d'être piégé alors il l'aida.

— Mon fils, dit-elle en essayant de se redresser.

— Il sera là dans une minute, lui assura-t-il en l'aidant.

Elle attrapa sa main, ses grands yeux de la couleur des bleuets se plissant de douleur.

— Retirez-les... *s'il vous plaît*.

Elle cacha son visage tandis que les larmes coulaient, mais il ne savait pas de quoi elle parlait. Il regarda la pièce, puis le pied du lit. *Bon Dieu*. Ils avaient emprisonné ses chevilles. Il était si en colère qu'il faillit arracher les liens du cadre du lit. Une fois entièrement libre, il la souleva de sa prison, la serrant pour la rassurer quand elle se blottit dans ses bras.

— Bon sang, mon cœur, chuchota-t-il en se dirigeant vers la porte. Je suis désolé.

— Ma fille est britannique, dit-elle d'une voix endormie.

— Je sais, répondit-il d'un air grave.

Il comprenait que sa femme ne se souvenait pas de lui. *Était-ce l'option trois ?*

Alexander s'arrêta à l'accueil encore une fois. Son fils avait été amené. Ils vérifièrent que son bracelet correspondait à celui d'Amanda. Une fois satisfaite, l'infirmière plaça le bébé dans les bras tendus de Stephen.

Amanda se raidit soudain.

— Où va-t-on ?

— Je te ramène chez toi, Amanda, lui rappela-t-il.

— Zander ! Mon bébé ! Je dois aller chercher mon bébé !

— Il est juste là. Tu vois ? demanda-t-il en la tournant pour qu'elle puisse le voir.

Ses yeux se remplirent de nouveau de larmes.

— Merci.

Il voulait pleurer avec elle. Il ne le fit pas et vu le chagrin de ces 278 derniers jours, c'était une victoire. Elle soupira et reposa sa tête contre son torse.

Il était presque 4 heures du matin quand ils arrivèrent chez Amanda. Elle avait dormi dans les bras d'Alexander tout le long du trajet. Blottie dans le creux de son cou, comme toujours. Cela nourrissait chez lui l'espoir qu'elle se souvienne instinctivement de lui. Et la sensation était incroyable. Il ne pouvait pas la serrer assez fort et la bercer suffisamment à son goût.

Sam, la meilleure amie d'Amanda, attendait devant la porte d'entrée. Ils ne s'étaient jamais rencontrés, mais Amanda lui avait souvent parlé d'elle – à lui comme à Stephen – et Alexander sut tout de suite que c'était elle.

Stephen avait été présent lors de nombreuses histoires d'Amanda sur *le futur* et une majorité incluait Sam. Au début, Alexander était furieux que sa femme parle si souvent d'un autre homme. Quand il avait enfin parlé de sa colère, Amanda avait répondu une de ses phrases favorites : *Sérieux, Alexander ?* Elle avait levé les yeux au ciel aussi, avant de lui dire que Sam était un surnom pour Samantha. Il sourit en y repensant. En les voyant arriver, Sam hocha la tête, caressa la joue d'Amanda et leur indiqua :

— Suivez-moi.

Déposer Amanda dans son lit était difficile, mais nécessaire. Après avoir parlé avec Evan et Helen, il la laissa à contrecœur à leurs bons soins. Il était temps de trouver sa fille. Mais avant ça, Sam le coinça dans le couloir tandis que la porte se fermait derrière lui.

Alexander devait reconnaître que Samantha Gilchrist était aussi belle que sa femme. D'après les histoires qu'il avait entendues, et il y en avait eu beaucoup, elle était aussi intelligente et talentueuse, dans son domaine à elle. Il savait que Sam et Amanda s'étaient rencontrées dans une école privée pour filles et étaient ensuite allées à la même université. Amanda étudiait la danse et la musique et Sam le droit et le journalisme.

— Elle pense que tu es mort, lâcha Sam d'un ton neutre.

— C'est faux.

Alexander n'était pas surpris de son ton ou de son manque d'émotion. Amanda avait souvent dit qu'il fallait du temps pour que Sam se montre chaleureuse, un résultat de quelque chose qui lui était arrivé à la fac, apparemment. Amanda semblait déchirée à ce sujet et Alexander avait essayé de glaner plus d'informations. Au bout d'un moment, elle avait divulgué de mauvaise grâce et sans grand détails que Samantha avait été utilisée, attaquée d'une certaine façon par un homme de sa classe, mais elle ne s'était pas expliquée plus que ça.

À l'époque, il était furieux pour l'amie la plus chère de sa femme, mais Amanda avait souri doucement et tapoté sa main en lui disant que tout allait bien maintenant, que c'était dans le passé – elle avait ri de sa propre plaisanterie accidentelle. D'après ses dires, Samantha était maligne et si on avait la chance de gagner sa confiance, son amitié et son amour étaient des cadeaux inestimables.

— *À l'évidence.* Tu l'as loupée de...

— Trois jours, Samantha. L'histoire de notre vie. C'est toujours trop tard de peu.

— Ne sois pas pathétique, répliqua-t-elle. Tu es là. Je ne sais pas comment et je ne suis pas sûre de vouloir savoir. Entendre le récit d'Amanda était déjà assez absurde. Si quelqu'un découvre que...

— On a couvert nos arrières. Détruit tout ce qu'on pouvait. Le Dr Childress m'a déjà convaincu qu'il est dans l'intérêt d'Amanda qu'elle tire ses propres conclusions.

— Il sait ? demanda-t-elle d'un air incrédule.

— Oui.

Alexander ne trouvait pas nécessaire d'expliquer plus en détail. Une poignée de personnes étaient en effet au courant de comment Amanda et lui s'étaient rencontrés et comment il l'avait perdue, elle et sa fille. On ne pouvait pas attendre de lui qu'il garde quelque chose comme ça pour lui – Amanda ne l'avait d'ailleurs pas fait.

— Alors on laisse comme ça jusqu'à ce qu'elle se rappelle ? Si cela arrive ?

— Jusqu'à ce qu'elle se rappelle, je suis le nouveau propriétaire de JDL Security.

En chemin pour l'hôpital, il avait décidé de changer le nom par Calder Defense, les trois premières lettres du prénom de Callie et les trois dernières de celui de Zander.

— Amanda est une cliente et mon frère est le nouvel agent qui lui est affecté.

Ce qui garantissait à Alexander un accès à elle et aux vies de ses enfants, même si cette couverture était un peu exagérée. Il s'appuyait sur l'amour de la famille de sa femme, immédiat et grand, et il savait que c'était pile son genre.

— Attends, fit Samantha en levant la main. Tu as acheté JDL ?

— Oui. Et toutes les filiales.

— Ta fortune a fait le voyage avec toi ? chuchota-t-elle.

Si seulement elle savait le temps que ses hommes avaient passé à tout enfouir dans les falaises.

— Elle s'est multipliée, en fait.

Il avait été choqué de découvrir que son or et ses possessions valaient des milliards de dollars sur le marché actuel, même s'il aurait tout donné avec joie pour sa femme et ses enfants.

— Où est la chambre de Callesandra ?

— Tu vas la réveiller ?

— Bien sûr que oui, affirma-t-il un peu plus fort qu'il ne le voulait.

La surprise initiale de Samantha fut rapidement suivie par un hochement de tête compréhensif et elle le mena à la chambre au bout du couloir, à droite.

Il posa sa main à plat sur le bois solide un instant avant d'actionner la poignée en étain. Alexander resta sur le seuil, attendant que ses yeux s'ajustent. De petites lumières illuminaient toute la chambre et il songea aussitôt que c'était le rêve pour une petite fille. Un immense lit à baldaquin était face à la porte, contre le mur. À sa gauche, il découvrit une bibliothèque et un bureau ; à sa droite, une immense baie vitrée qui donnait sur la mer. Un coin était destiné à l'habillage et au jeu, un autre était décoré d'une petite table et de chaises. La table était dressée pour le thé et des poupées et peluches étaient installées sur les chaises.

Cette scène lui mit les larmes aux yeux. Amanda avait fait un travail remarquable vu les circonstances. Qu'elle ait tenu bon si longtemps était stupéfiant. Il avait failli perdre la tête plusieurs fois.

Il s'assit sur le lit près de sa fille. Elle était tournée de l'autre côté. Il posa sa main sur son petit dos.

— Callesandra.

Son cœur manqua de se retourner dans son torse en entendant sa réponse chuchotée :

— Papa.

Elle roula, se frotta les yeux et son doux visage laissa place au choc. Il la prit avec ses deux mains et l'attira à lui, la berçant tout en enfouissant son visage dans son petit cou.

— Je savais que tu nous trouverais, papa.

Il était si submergé d'émotions qu'il n'arrivait pas à parler. Il lui fallut une bonne minute pour lâcher d'une voix étranglée :

— Je suis désolé que ça ait pris si longtemps, mon ange.

— Tu pleures aussi, papa ?

Les petites mains de Callie entourèrent son visage.

— Oui, confirma-t-il en hochant la tête.

— Tu ne pleures jamais, papa.

— J'ai fait beaucoup de choses que je ne fais jamais, Callesandra.

Des choses dont il ne pouvait pas parler. Qui avaient visiblement mis de l'huile sur le feu avec la santé mentale d'Amanda.

— Tu as vu maman ?

— Je l'ai ramenée à la maison. Elle est très fatiguée, mon ange. Avoir un bébé… elle a été très triste à l'hôpital. Sa mémoire ne va pas très bien, là.

— Tata Sam dit qu'elle a de l'amnésie, dit Callie d'une voix très sérieuse.

Il sourit de la voir essayer de clarifier les choses.

— Maman a une forme d'amnésie, mon ange. Elle n'arrive pas à se rappeler…

— Elle se souvient de *moi*, papa. Elle m'a appelée. Elle était endormie, mais elle a appelé. À 3 heures du matin.

Elle avait les yeux écarquillés et sourit avant de brandir ses doigts pour lui mimer.

— Maman a dit que j'avais un petit frère et qu'il allait m'aimer très fort. Et ensuite, elle a dit qu'elle m'aimait très fort elle aussi.

Alexander sourit de son récit des évènements.

— On t'aime tous les deux très fort.

— Tu vas rester avec maman ?

— Non, mon ange. Maman ne se rappelle pas de moi pour l'instant.

Il embrassa son visage une centaine de fois environ.

— Mais je serai quand même là. Souvent.

Il remarqua que Stephen avait entrouvert la porte et attendait dans le couloir. Il savait que Callie serait ravie de revoir son oncle.

— Je ne dormirai pas ici pour l'instant, mais oncle Stephen si.

Stephen entra alors et Alexander rit de voir Callie ouvrir grand la bouche avant de se reprendre, de descendre du lit et de courir dans ses bras. Pendant que Callie et Stephen se retrouvaient, Alexander alla vérifier l'état d'Amanda une fois de plus et la découvrit à dormir pendant qu'Helen se reposait sur une chaise à côté du lit. Zander était installé dans un couffin entre elles.

Quand Helen leur laissa quelques instants seuls, il s'agenouilla au chevet du lit. Amanda avait poussé les oreillers au sol et sa tête était allongée sur le matelas. Il repoussa ses cheveux de son visage, ému de pouvoir la toucher encore. *Elle était vivante !*

Il se rappelait la première fois qu'il avait vu Amanda, le sosie de sa femme Rebecca et la difficulté qu'il avait eue à accepter la réaction de son corps face à elle. Pourquoi dès l'instant où elle s'est tenue devant lui, il avait été attiré par elle et pas repoussé, comme d'habitude quand il était près de sa femme ? Ce n'était que lorsqu'elle avait levé les yeux vers lui et qu'il avait vu ses yeux bleus éclatants qu'il avait su qu'elle n'était pas la femme mauvaise qu'il avait épousée.

Sa tête retomba sur le lit. Rien que pouvoir sentir son odeur lui procurait un sentiment de paix qu'il n'avait pas ressenti depuis trop longtemps. Mais même dans le noir, il voyait les cercles noirs sous ses yeux, les bleus à ses poignets... Elle s'était battue comme une furie.

Il tendit la main vers la sienne et toucha la cicatrice qui traversait en diagonale sa paume, avant de l'embrasser. Une preuve de leur temps passé ensemble, quand elle était venue à lui dans son siècle. Son autre main montrait la preuve de la nuit où il les avait perdues, Callesandra et elle, dans son siècle à elle.

Il remercia de nouveau Dieu de les avoir trouvées, que Stephen, Gregor et lui aient pu traverser le portail, pas celui dans les tunnels qui avait amené Amanda à lui en premier lieu, mais celui qui l'avait emportée avec sa fille. Qu'ils aient également créé une vie ensemble était sacrément incroyable.

Il lâcha la main de sa femme, se leva et prit Zander de son

couffin, s'assit dans la chaise libérée par Helen et s'émerveilla du miracle qu'il était. Cinq kilos et cent grammes.

— Tu n'as pas facilité les choses pour ta maman, hein ?

— Stan dit que vous êtes le nouveau propriétaire de JDL. Que vous avez acheté l'hôpital pour me faire sortir.

Amanda n'avait pas bougé, le côté de sa tête était toujours pressé contre le lit, mais ses yeux étaient ouverts et sa voix douloureusement rauque. Il réfléchit un instant à ce qu'elle avait dit.

— J'ai seulement donné une donation suffisamment importante pour payer un nouvel hôpital.

— Pourquoi ?

— À part le fait qu'Art Fisher vous considère comme la fille qu'il n'a jamais eue et aura ma peau si je ne suis pas excessivement protecteur avec vous, vous êtes l'une de mes clientes les plus influentes, madame Marceau. Je prends mes responsabilités très au sérieux. Tellement que j'ai placé mon frère en charge de vous. Et mon frère et moi sommes très proches, la famille est tout pour moi, alors je m'excuse d'ores et déjà pour les nombreuses intrusions à venir.

Ses yeux laissèrent échapper des larmes et elle sourit légèrement.

— J'aime bien la famille. Merci de m'avoir fait sortir.

— Vous m'avez déjà remercié à l'hôpital, lui rappela-t-il en secouant la tête.

Il la dévisagea un moment, avec l'envie de se glisser dans le lit à côté d'elle et de la prendre dans ses bras.

— Comment vous sentez-vous ?

— Aussi bien que j'en ai l'air.

Elle tapota le lit et tendit la main vers Zander. Alexander lui apporta le bébé et le posa à côté d'elle. Il s'agenouilla de nouveau, l'observant l'examiner.

— Helen reviendra dans quelques minutes.

Elle essayait de retirer la couverture autour du bébé, mais elle n'en avait pas la force. Il sentait sa frustration.

— Chut..., l'apaisa-t-il en libérant le bébé.

Il plaça la main d'Amanda sur Zander une fois le bébé en couche-culotte. Elle sourit, les yeux brillant de larmes retenues.

— Vous voyez ses petits doigts ? lui demanda-t-il.

Elle secoua la tête, alors il leva une main l'une après l'autre et compta chaque doigt, puis s'attela aux orteils.

— De quelle couleur sont ses yeux ?

Alexander lui sourit et secoua la tête à son tour.

— Je ne sais pas. Ils étaient fermés chaque fois que je l'ai eu dans les bras.

Elle essaya de sourire, mais soupira à la place et ferma les yeux. Quelques secondes plus tard, elle dormait, la main fermement placée sur leur fils. Il posa sa main sur la sienne et resta ainsi jusqu'au retour d'Helen.

— Je reviendrai plus tard aujourd'hui, annonça-t-il une fois dans le couloir avec Stephen.

Il toucha l'épaule de son frère en le dépassant, avec une petite pression pour faire bonne mesure.

Puis, il quitta la maison d'Amanda et descendit l'escalier en marbre, ne s'arrêtant qu'une fois sur l'allée circulaire en pierre. Cinq Navigator, deux Cadillac Escalade, une Range Rover et une Porsche 911 cabriolet étaient alignées sur la route qui menaient au portail au bout de la propriété. Le moteur des Navigator s'alluma à l'unisson, les phares allumés. Il grimpa à l'arrière de la troisième, celle que Gregor conduisait.

Alexander aurait juste voulu qu'Amanda se souvienne pour qu'elle le voie. Elle avait toujours dit que s'ils arrivaient à comprendre comment utiliser le portail en toute sécurité, ce serait Gregor qui s'accommoderait le mieux au *fantastique futur*.

Son torse se serra à cette pensée. *On s'est débrouillés, mon cœur.*

Ses hommes gardèrent le silence tandis qu'il serrait le poing pour se reprendre. Il frappa le siège devant lui.

— *Bon sang !* hurla-t-il alors que Trevor était projeté en avant.

— Putain, Alex !

Trevor, un des génies de technologie d'Alex, ne semblait pas ravi.

— Chris a obtenu la maison juste à côté, l'informa Gregor pour le calmer. Les papiers seront prêts dans la journée. On pourra y être à partir de demain.

— Et d'ici là ?

— Nous sommes à cinquante minutes de notre logement.

Alexander s'adossa à son siège et Siri indiqua à Gregor comment aller à leur destination. Ses mains étaient pressées sur le côté de sa tête. Il était en Amérique. Sa famille aussi.

Quelle plaisanterie cosmique.

Ils étaient deux cent cinquante-cinq ans plus tard.

2

1er février
Californie du Nord

Ce n'est qu'en fin d'après-midi qu'Alexander et ses hommes retournèrent chez Amanda. À leur arrivée, Alexander se rendit aussitôt dans le grand salon dont les fenêtres allant du sol au plafond donnaient sur la mer. Samantha était assise sur un tabouret blanc, les mains sur un plan de travail en marbre brillant. Un bar de club de nuit occupait l'espace à droite d'Alexander.

Amanda avait de très bons goûts et sa maison le reflétait bien.

— Comment va-t-elle ?

Samantha se retourna et plissa légèrement les yeux.

— *Elle* se repose confortablement là. *Moi*, par contre, je suis agacée par ton frère.

Alexander se tourna pour regarder Stephen, assis sur un autre tabouret, positionné de sorte à voir toute la pièce et les portes d'entrée de la maison. Des dossiers et papiers étaient éparpillés devant lui, comme son iPhone et son émetteur-récepteur. Comment leur vie était-elle devenue ainsi...

— Je ne t'ai posé qu'une question, Samantha, dit Stephen avec amertume en montrant Stan, qui venait d'entrer dans la pièce.

Stan hocha la tête et pivota rapidement. Stephen était très bon sous la pression.

Dieu merci.

— Une question *personnelle*, répliqua Sam. Je ne vois pas en quoi ce sont tes affaires, Stephen. Mais non, je ne fréquente personne.

Ah, maintenant, Alexander comprenait. Amanda avait toujours dit que Stephen et Samantha iraient bien ensemble. Cela devait être le résultat de la fascination de son frère pour Mme Gilchrist, vieille de plus de deux cents ans. Stephen hocha sèchement la tête, mais Alexander détecta un léger sourire. Puis, son frère regarda l'heure sur sa Breitling Avenger et proposa :

— Un verre, Alex ?

— S'il y a du Macallan.

Samantha rit comme si elle savait quelque chose et quand Alexander passa derrière le bar, il la vit. La bouteille était juste là, déjà ouverte. Un beau verre en cristal très viril se trouvait à côté. *Bon sang, mon cœur.*

— Il y en a quatre boîtes dans le placard en bas à gauche, derrière toi. Et si tu lèves la tête, tu verras le reste.

Il s'exécuta et découvrit au moins vingt bouteilles vides alignées sur les étagères.

Samantha soupira, une indication claire d'une fissure dans son armure.

— Elle te servait un verre tous les soirs et le plaçait sur le piano.

Elle désigna le beau et grand piano au centre de la pièce, devant les fenêtres.

— Et ensuite, elle jouait pour toi. C'était à vous *briser* le cœur, reprit-elle en se levant, des larmes dans la voix.

Elle contourna le bar, prit un verre de plus et se servit du Macallan avant de le boire cul sec. *Impressionnant.* Leurs yeux se croisèrent, la fameuse glace en elle fondit et ses épaules s'affaissèrent.

— Je n'arrive pas à croire que tu sois là. Toi non plus, ajouta-t-elle à l'attention de Stephen. Et Amanda m'a parlé de Gregor, alors lui aussi... *Bon Dieu.* Il *conduit* une de vos voitures !

Cela ne devait lui avoir traversé l'esprit que maintenant. Alexander rit. Si quelqu'un était né pour vivre au XXIe siècle, c'était bien son meilleur ami.

— Gregor adore conduire, expliqua-t-il en secouant la tête. Il n'y a pas un seul véhicule qu'on ait croisé qu'il n'a pas maîtrisé en une journée.

Alexander se rappela la première fois que Gregor avait conduit une automobile, une Aston Martin en Grande-Bretagne. Il était tellement euphorique qu'il avait terminé sur une figure – un donut – puis sauté de la voiture pour se jeter contre Michael dans sa joie.

— Génial, commenta-t-elle en levant les yeux au ciel. Je préviendrai les créateurs de *Transporteur*. Revenons au plus important... comment t'es-tu enfui ?

— Stephen et mes hommes m'ont libéré de prison dix heures avant mon exécution.

Il devait admettre que ce n'était pas rien et il savoura le choc sur le visage de Sam.

— Comment t'es-tu fait prendre ? Amanda disait que vous partiez pour l'Amérique cette nuit-là. Callie et elle étaient convaincues que tu avais tué ceux qui les avaient enlevées.

Alexander observa Samantha. Cette femme ne mâchait pas ses mots. Il but une longue gorgée de whiskey avant de répondre :

— Je les ai tués, oui, Samantha. À mains nues.

Il se mettait en colère rien qu'à penser aux hommes qui lui avaient pris sa femme et sa fille et les avaient laissées pour mortes.

— Après qu'Amanda m'a *lâché*...

— Elle a dit que tu lui en voudrais pour ça, s'agaça Samantha au nom de sa meilleure amie.

— Calme-toi, Samantha, la prévint Stephen.

Le sujet était terriblement sensible. Pour eux tous.

— Elle a dit que tu t'en voudrais aussi, admit Sam à Stephen.

— À qui la faute ? Elle ? Ou moi....

— Arrêtez avec ça ! C'était *moi*, l'espion, ils auraient dû me blesser *moi*. Et c'est ce qu'ils ont fait.

Alexander vida son propre verre, puis se détourna un moment. Cette soirée était un cauchemar vivant et récurrent dans son esprit.

— Quand elle m'a regardé et qu'elle m'a dit que Callie glissait, je savais qu'elle allait lâcher. Je le *savais*, c'est tout.

Il frotta sa main gauche où de légères cicatrices restaient de cette nuit-là. Les marques qu'Amanda avait laissées en essayant désespérément de s'accrocher à lui quand il les avait trouvées à chanceler au bord du vide. Des marques d'ongles en forme de croissants sous son poignet, là où elle avait enfoncé ses doigts quand il l'avait attrapée.

— Amanda était terrifiée à l'idée que tu aies sauté à leur suite. Elle n'était même pas sûre qu'elle et Callie s'en sortiraient.

En fait, il avait bel et bien essayé de sauter et il s'apprêta à le dire, mais Stephen se leva pour se servir un verre et remplir celui d'Alex.

— Je ne l'ai pas laissé faire.

— Amanda et moi n'avons jamais eu le temps de tester nos théories sur où, quand et comment le portail s'ouvrait, expliqua-t-il en buvant une gorgée. Nous n'avons passé que quatre mois ensemble avant que je la perde.

Ses mots étaient emplis de regrets.

— Alexander.

Samantha attendit d'avoir toute son attention.

— Amanda était dévastée d'avoir été arrachée à toi. Elle était si inquiète que tu essaies de passer et que quelque chose de terrible se produise. Jusqu'à voir le registre l'été dernier.

Elle secoua la tête avant de raconter :

— Quand nous étions encore à New York, elle restait plantée devant cette immense fenêtre à regarder l'Atlantique comme pour te faire venir à elle. Je n'avais jamais rien vu d'aussi triste.

— Ce satané registre. Nous avons failli mettre les mains dessus, dit Alex.

Lui et ses hommes le cherchaient depuis leur arrivée.

— Les hommes de Stan nous ont devancés d'un jour, voire quelques heures, expliqua-t-il.

C'était la dernière preuve de qui il était et d'où il venait.

— Si tu voulais t'en absoudre, c'est fait. Il n'existe plus.

— Il n'existe plus ? répéta Alexander.

— Il a été détruit. La nuit où Zander est né. Quand ils ont mis Amanda sous sédatif et qu'ils l'ont attachée, Stan est rentré à la maison. Je ne me suis pas demandé pourquoi il était là, il a toujours été le genre de gars à être là où il faut, à faire ce qu'il faut, peu importe les conséquences.

Sam s'arrêta un instant et son regard se perdit au lointain, puis elle revint à elle-même.

— Ta femme a été hospitalisée en psychiatrie soixante-douze heures. Nous ne voulions pas y ajouter quoi que ce soit ou ébranler son état d'esprit fragile. On s'est retrouvés devant les portes. J'avais déjà sorti le registre du coffre-fort. On a marché jusqu'à la plage ensemble et on l'a brûlé. Ensuite, on a ramassé les cendres et on est partis en bateau jusqu'à être à une quinzaine de kilomètres des côtes et on les a lâchées dans l'océan.

Même s'il appréciait leur sens du détail, il aurait donné son bras droit pour qu'Amanda n'ait pas à vivre les tourments qu'elle avait eus en pensant qu'il avait été exécuté. On dirait que chaque fois que Callie ou elle avaient rencontré une tragédie ou un malheur ces dernières années, il avait été tout près sans être là ! Alexander jura dans sa barbe, maudissant son timing.

— Attends, revenons en arrière. Comment t'es-tu fait prendre ? Tu aurais dû au moins atteindre l'Amérique, vu ce qu'Amanda m'a dit de ces hommes, cette nuit-là.

— Après avoir cherché dans l'eau sous les falaises, intervint Stephen, il est resté sur les rochers sous la saillie pour attendre.

Il n'ajouta pas *que leurs corps reviennent sur la berge*.

— Il ne voulait pas qu'Amanda et Callie soient seules. Douze jours et douze nuits, il a monté la garde. La seule raison pour laquelle il est parti, c'est parce qu'ils l'ont traîné à l'écart avec des chaînes. Il m'a supplié de ne pas partir.

— Mon frère a surveillé six jours de plus. Puis, lui et nos hommes sont parvenus à la même conclusion que moi. Amanda et Callesandra avaient réussi à traverser le portail. Ensemble.

— Amanda a dit qu'il y avait quelque chose de différent à cette falaise.

— Quand j'étais un petit garçon, mon père m'a montré l'étrange motif qui faisait toute la paroi rocheuse. Il me racontait souvent des histoires à ce sujet, mais peut-être n'étaient-ce pas que des histoires.

Il secoua la tête.

— Tout était vrai.

— Quel genre d'histoires ? demanda Sam, son verre vide toujours dans sa main.

— Il disait que parfois, par un coup du destin, l'un de nos ancêtres corrigeait une terrible erreur.

— Alors Rebecca était ton erreur et Amanda l'a rectifiée.

— Pour le dire simplement, j'imagine.

— Tu sais, Amanda était fascinée par toi avant même de te rencontrer. Elle te l'a dit ?

Il pencha la tête. Peu de choses le surprenaient maintenant, mais ceci oui. Cela lui réchauffait le cœur également.

— Non, je ne savais pas.

— Sans vouloir trop en dire, elle a trouvé un récit de ton histoire ancestrale, ton rang militaire, ton mariage à Rebecca, la naissance de Callesandra, la mort de ton fils... Mais cela se terminait mystérieusement en 1774. Quand Amanda est revenue en Grande-Bretagne avec Callie, elle a fini par tout me dire. Ce n'était pas facile de lui tirer les vers du nez et puis, il y avait son poignet.

Alexander ferma la main à cette mention. Il avait essayé de

s'accrocher à elle, même après qu'elle avait lâché. Et ce faisant, il lui avait écrasé le poignet. Il était désormais guéri, cicatrisé et fonctionnait parfaitement grâce au titane et aux merveilles de la médecine moderne.

Il contourna le bar vers la grande fenêtre face à la mer. Il se retourna vers Samantha et secoua la tête.

— Perdre Amanda et Callesandra a tout changé.

Il fit le tour du piano, tripota un dessous de verre avant d'y poser son verre. Quand il regarda Samantha, elle hocha la tête, confirmant que c'était là que sa femme posait son verre tous les soirs.

— Elle jouait une musique absolument merveilleuse.

Il l'imaginait chez eux, dans leur maison d'Angleterre au XVIIIe siècle. Il sourit en se rappelant l'une des nombreuses soirées où Amanda et lui s'asseyaient sur le banc du piano quand Callesandra avait été mise au lit et que sa femme jouait et chantait pour lui. Elle était incroyable.

— Mon Dieu, qu'est-ce qu'elle m'a manqué. Je n'avais jamais autant ri avant elle, dit-il en effleurant les touches du piano. Amanda a changé nos vies, *ma vie*, d'une façon…

— Vous parlez de moi ?

Amanda se trouvait sur le palier. Ils se tournèrent tous vers elle. Elle avait l'air à sa place ici, en star qu'elle était, bien présente. Grande avec ses cheveux auburn et ses yeux bleuet à couper le souffle, elle était splendide, même cinq jours après avoir donné la vie. Son visage était frais, ses cheveux lissés et ramenés en arrière. Elle avait un gilet en cachemire gris et portait Zander tout contre elle, suivie d'Helen, un pas derrière elle, les lèvres pincées.

À l'évidence, c'était Amanda qui commandait et Helen n'en était pas ravie. Stan apparut derrière elle, toujours prêt.

— Tu es toute belle, mon cœur, dit Sam en premier.

— Par rapport à une photo d'identité, oui, répliqua Amanda pince-sans-rire.

— Maman ! hurla Callie.

Elle sortit en courant de Dieu sait où avec Rosa sur les talons, la responsable de la maison d'Amanda. Callie s'arrêta net en voyant tout le monde et enveloppa ses bras autour de la jambe d'Amanda avant de presser son visage contre sa longue cuisse mince.

Amanda baissa les yeux vers Callie et sourit.

— Bonjour, mon bébé, dit-elle en lui frottant la tête affectueusement.

Cela fit remonter sa manche, révélant des bleus encore violet foncé. Quand Amanda releva le bras, elle réajusta la manche pour couvrir son poignet.

— Bonjour, Amiral, salua Callie avant de glisser deux doigts dans sa bouche.

Un rang qui avait été celui d'Alexander, par lequel elle l'avait souvent appelé, comme le faisait son majordome, Goodly. Callesandra adorait Goodly et imitait la plupart de ses salutations.

— Coucou, tata Sam, dit-elle en gloussant et en bougeant les épaules.

Elle se tourna vers Stephen et dit :

— Avun.

Elle appelait son oncle Stephen *Avun*, un raccourci pour *avunculus*, le mot latin pour *oncle*. Même si avec sa prononciation, ça ressemblait plutôt à *aboon*. C'était adorable.

— Je vais à New York, annonça Amanda.

Evan entra dans la pièce juste à temps pour entendre sa déclaration. Bon sang, bienvenue au cirque.

— Amanda, nous en avons parlé juste avant, répondit le Dr Childress.

— Pourquoi veux-tu aller à New York, mon cœur ? demanda Sam.

Amanda la regarda un long moment, un très long moment même, puis dit :

— Je ne sais pas.

Alexander savait qu'Amanda avait séjourné à New York à son retour de Grande-Bretagne. Elle y avait une propriété qu'elle avait héritée de son père et qui donnait sur l'Atlantique. Selon Stan, à qui Alexander avait pu parler un court instant, Amanda n'avait jamais voulu quitter cette maison à New York. Elle ne l'avait fait que parce qu'elle pensait qu'il était dans l'intérêt de Callesandra de s'installer dans son État de naissance, en Californie. Frustrant, mais compte tenu des circonstances, c'était le mieux.

Le Dr Childress guida Amanda vers le grand canapé. Helen l'aida à s'asseoir, puis plaça deux coussins dans son dos.

— Amanda, vous avez été mise sous sédatifs puissants pendant quarante-huit heures. Il faut donner à votre esprit le temps de se défaire des effets des médicaments. Je suis sûr que votre corps aimerait un peu de temps aussi.

Callie monta sur le canapé et se glissa à côté de sa mère. Helen tendit les mains, mais Amanda secoua la tête et caressa Zander avec amour. Helen jeta un regard implorant à Alexander. Il comprenait sa frustration et lui dit en français qu'il ramènerait vite le bébé à ses bons soins. Il la remercia aussi de prendre si bien soin d'Amanda. Elle n'aurait jamais pu prendre une douche et s'habiller aussi bien sans aide.

Bien sûr, Stephen ajouta son grain de sel et un instant plus tard, Callie levait la tête et demandait en français si Stephen et lui restaient manger.

Amanda sembla être sous le choc un instant et se redressa légèrement. Elle regarda sa fille.

— Callesandra Eleanor... tu parles français ?

— *Oui*[1] maman.

Amanda se tourna vers Sam, puis de nouveau Callie.

— Moi aussi ?

Elle sembla réfléchir à cette idée, puis secoua la tête.

— Non, pas du tout. Bon Dieu.

Et c'est ainsi que son amélioration physique et mentale prit fin. Elle essaya de ne pas le montrer, mais Alexander voyait facilement à travers sa façade. Ses yeux restaient fermés plus

---

1. En français dans le texte.

longtemps que d'habitude quand elle clignait des paupières et elle commença à inspirer profondément par le nez.

Il était bien conscient des indices qu'elle laissait échapper. Des mécanismes de défense qu'elle avait appris au cours des années, principalement utiles quand elle était au milieu d'une large foule ou qu'elle donnait un concert. Quelques secondes plus tard, il était à côté d'elle pour prendre Zander dans ses bras sans attirer plus l'attention. Elle hésita un instant, mais il lui assura que tout allait bien et cela semblait être ce dont elle avait besoin.

— Option deux, chuchota-t-il à la minuscule oreille de Zander. Option deux.

Alex transféra son fils dans les mains habiles et dévouées d'Helen, puis baissa la main en voulant ramener Amanda là-haut, comptant sur le fait qu'elle lui ferait confiance par instinct.

Amanda secoua la tête ; elle ne voulait pas quitter la pièce. Elle avait juste besoin d'un temps d'ajustement. Elle ne se rappelait pas que sa maison ait été aussi pleine. En vérité, elle ne se rappelait pas grand-chose. D'ailleurs…

— Vous parliez de moi ? demanda-t-elle à M. Montgomery.

Elle avait cuisiné Stan autant que possible, mais on lui avait juste dit que M. Montgomery était peut-être plus riche que Dieu et nécessitait une suite plus conséquente, qu'elle lui devait plus que de la gratitude pour l'avoir libérée de ses liens *et* de l'hôpital. À part ça, elle ne savait encore que deux choses. Non, trois.

Un : il y avait eu un changement de dispositif de sécurité.

Deux : les frères Montgomery étaient maintenant aux commandes.

Trois : elle devrait se sentir plus inquiète, mais pourtant, ce n'était pas le cas.

— Oui, je venais de faire la remarque de votre talent en tant que pianiste et vocaliste.

Bon Dieu, cet homme a une voix et un accent incroyables. Elle se rappelait tout juste la sensation de sécurité et d'apaisement que cela lui avait procuré la veille. Parler à Art Fisher des Montgomery avait beaucoup aidé aussi. Il était vraiment comme un père pour elle.

M. Montgomery regarda sa montre et adressa un signal à Stan et son frère, de l'autre côté de la pièce. Sérieusement, il leur utilisait un *signal*, un geste de la main pour leur dire quelque chose ? Elle faillit rire en le voyant. Stephen sortit de la pièce et Stan dit quelque chose à Rosa. Puis, Amanda se souvint. Stan et sa cohorte utilisaient souvent des signes de main quand elle avait besoin de plus que son aide à lui.

Des flashs lumineux lui revinrent et elle se rappela un journal télévisé, un matin et la cérémonie de récompenses après. *Bon Dieu, c'était quand ?* Elle était protégée par trois personnes à l'époque. Sam maintenait Callie hors scène. C'était il y a des mois, septembre, peut-être ? Elle revoyait ce qu'elle portait : un jean et des talons, une blouse et un cardigan, sa ceinture préférée. Sa grossesse ne se voyait pas. Comment pouvait-elle ne pas se souvenir de l'identité du père de ses enfants ? Ou d'avoir donné naissance à non pas un, mais deux bébés ?

Au sommet des choses dont elle se souvenait : Amanda Marceau, chanteuse et compositrice. OK. Elle adorait danser également. OK. Attendez, elle apprenait à Callie le ballet. Et le piano. OK et OK. Héritière de la fortune Marceau. OK.

Elle repoussa une vague de tristesse en pensant à son père, mort dans un crash d'avion avec sa belle-mère, quelques années plus tôt. Elle regarda dans la pièce... où était Robert ? Son beau-frère était généralement dans le coin pour les occasions importantes. La naissance d'un enfant en est une. Il ne lui manquait pas ; elle avait toujours eu un mauvais sentiment quand il était là, mais bon.

Sam, sa meilleure amie, sa colocataire à l'internat et à la fac. OK. Stan, le gars qui s'occupe de tout. C'était une pensée bizarre. Et son garde du corps. OK. Rosa, la meilleure responsable de la maison et cuisinière au monde. OK.

Une fois son récapitulatif mental terminé, elle examina M. Montgomery.

— Que leur avez-vous dit ?

M. Montgomery sourit et les coins de ses yeux se plissèrent. Dire qu'il était *beau* ne lui rendait pas justice. Avec un mètre quatre-vingts, des yeux noirs, des cheveux bruns et un physique ridiculement impressionnant, il avait tout de l'homme extraordinaire. Il y avait quelque chose de familier chez lui, mais elle aurait juré ne l'avoir jamais rencontré. Peut-être était-ce juste qu'il l'avait arrachée de l'hôpital et qu'elle était toujours sous l'influence des médicaments qu'ils lui avaient donnés.

— Je leur ai dit que j'avais besoin de leur parler en privé. Et j'ai parlé du dîner.

— J'aime les grands dîners en famille. Plus on est, mieux c'est.

Elle avait décrété ça sans savoir si c'était vrai, mais dès que les mots furent prononcés, elle eut envie que ça le soit.

Il lui prit la main et la glissa entre les siennes.

— Alors vous serez ravie, car notre équipe actuelle est composée de vingt-deux personnes. Mais seuls quatorze d'entre nous dîneront vraiment ensemble ce soir, en comptant Zander.

Il regarda les cicatrices sur le dos de sa main.

— Votre maison est entièrement sous surveillance électronique, Amanda, je suis sûr que vous le savez. Je suis là, comme le sont nos hommes, dit-il en montrant son oreille gauche. Il vous suffit de nous appeler.

Il sortit de la pièce suivi d'Evan, la laissant avec les filles et Zander. Amanda serra Callie plus près d'elle et Sam les rejoignit sur le canapé. Amanda tendit les bras vers son bébé et Helen le déposa contre elle.

Sam caressa le front d'Amanda.

— Comment vas-tu, Ammy ? En réalité ?

Samantha était la meilleure amie *du monde*. Même avec ses pertes de mémoire, elle le savait. Et aussi que Sam utilisait *Ammy* uniquement quand c'était très important.

— Endolorie. Fatiguée. Et il me manque certains trucs.

Elle leva les yeux vers son front.

— Là-haut, là.

Sam rit.

— Ça te reviendra et tu te sentiras très vite mieux. Tu as juste besoin de repos.

Quand Amanda se réveilla plus tard, ni Zander ni Callie n'étaient présents, mais Sam lisait près d'elle et elle entendait des voix masculines en provenance du bar. Elle remarqua le magnifique coucher de soleil dehors et comprit que, *bon Dieu,* elle avait dû dormir plusieurs bonnes heures.

— Elle est réveillée, annonça Sam.

— Bien, allons manger.

La réponse de M. Montgomery porta à travers la pièce. Un instant plus tard, il était auprès d'elle et se penchait pour l'aider, plaçant un bras autour de son épaule pour la relever.

— Peux-tu y arriver ? demanda-t-il doucement à son oreille.

Elle tourna la tête et répondit sur le même ton :

— Je vais essayer.

— Alors allons-y, mon cœur.

Cela la surprit. *Mon cœur ?* Elle se rappelait qu'il l'avait appelée ainsi à l'hôpital. Il n'y avait rien de dominant ou sexiste dans sa façon de le dire, pourtant. C'était comme s'il lui avait donné ce surnom et qu'il lui allait parfaitement. Ce qui était vraiment étrange. Elle était rentrée depuis un jour seulement, alors peut-être était-elle bel et bien sous l'influence des médicaments de l'hôpital. Elle se sentait pourtant étrangement à l'aise avec lui. Elle ne savait pas pourquoi, mais c'était le cas.

M. Montgomery resta à ses côtés tandis que leur grand groupe avançait lentement vers la cuisine.

— Pourquoi Callie vous a-t-elle appelé Amiral ?

— C'est mon rang, répondit-il sans la regarder.

— Vous êtes vraiment un amiral ?

Elle ne savait pas vraiment ce que cela impliquait, juste que c'était impressionnant.

— Je l'étais.

— Ouah. Ici, aux États-Unis ?

Il regarda Evan avant de répondre :

— Dans la British Royal Navy.

— Amiral of the White[2], ajouta-t-elle sans y songer.

D'où est-ce que ça sortait ?

— Attendez. Comment je sais ça ?

— Tu es terriblement intelligente, Amanda, dit-il en réprimant un sourire.

Elle posa une main sur son torse, alors qu'il essayait de les faire avancer. *Se trompait-elle dans ses souvenirs ?*

— Non, je veux dire, *vous* êtes un Amiral of the White.

— Ce rang-là n'existe plus.

Amanda secoua la tête.

— Peut-être que tout se mélange. Mon père a acheté une propriété à Abersoch il y a des années. Quand j'étais jeune, j'adorais y aller. Honnêtement, c'était l'un de mes endroits préférés sur terre. Votre nom est le même qu'un des hommes ayant vécu là-bas.

Elle écarquilla les yeux en se faisant la réflexion.

— Je me demande si vous êtes liés.

M. Montgomery se contenta de la dévisager. L'homme était figé sur place. Elle se rendit alors compte que tout était devenu très silencieux. Elle jeta un regard à Sam pour savoir ce qu'il se passait.

— Quoi ? Tu ne te rappelles pas ?

Amanda lui en avait bien parlé avant. Elle était fascinée par les Montgomery quand elle était adolescente.

— Enfin, Sam. J'ai cherché tout ce que j'ai pu sur ce château… oh ! Je me rappelle maintenant. Cette histoire que j'avais trouvée, tellement intrigante, mais triste.

Amanda était lancée maintenant et ses souvenirs de petite fille penchée sur les livres du château lui revenaient.

____

2. Haut rang de la Royal Navy, aboli en 1864.

— C'était l'un des arrière-arrière-arrière-petits-fils des habitants d'origine, Alexander Montgomery.

Elle donna une petite tape taquine à M. Montgomery.

— N'est-ce pas incroyable ?

— Si, incroyable, Amanda.

Elle était si excitée de s'être souvenue de quelque chose comme ça qu'elle ne se formalisa pas qu'on la tire de nouveau vers le repas. Au lieu de s'arrêter dans la cuisine, pourtant, ils franchirent la baie vitrée jusqu'à la terrasse où la longue table en fer forgé avec un plateau en verre était dressée. C'était beau ; les sets de table en lin, les assiettes de porcelaine, les couverts en argent, les verres en cristal et les serviettes créaient un ensemble parfait. Rosa et quelques jeunes hommes commencèrent à sortir des plateaux dehors et à les placer sur la jetée de table.

M. Montgomery écarta une chaise pour elle tandis que tout le monde s'asseyait.

— Tout va bien ?

— Très bien, affirma-t-elle en s'installant.

Helen arriva avec Zander et Stan, qui avait Callie sur sa hanche. Pendant la nuit, son entourage de quatre était devenue une véritable troupe. M. Montgomery et ses hommes avaient visiblement pris le relais, mais si Stan et Sam les approuvaient, elle n'avait pas à s'inquiéter. Bon Dieu, même Rosa qui était surprotectrice semblait d'accord.

M. Montgomery s'assit à côté d'elle en bout de table, comme si la place lui appartenait. Son frère s'installa à sa gauche, Sam à côté de lui et Evan se plaça à côté d'elle. Callie était à l'autre bout où Stan, Rosa et Helen conversaient avec quatre hommes qu'elle n'avait pas encore rencontrés. L'un d'eux lui était vaguement familier, sans qu'elle ne puisse le replacer.

— Amanda, reprit M. Montgomery. Puis-je te présenter Gregor, Chris, Trevor et Michael.

Chacun inclina la tête pour la saluer.

— Gregor est en charge de tout après mon frère et moi. Chris est mon avocat et mon conseiller en chef pour Calder Defense. Tre...

— Attendez, le coupa Amanda en posant une main sur son front. Je croyais que vous aviez acheté JDL à Art Fisher ?

Quelque chose clochait et elle sentit un moment de panique pour la première fois depuis l'arrivée de M. Montgomery dans sa vie.

— Tout à fait, Amanda, confirma Montgomery. J'ai bien acheté JDL, mais j'ai changé le nom.

Elle se tourna vers Stan qui hocha la tête, puis sourit de soulagement.

— Continuez alors, Amiral.

Il sourit et montra les deux hommes qu'il avait encore à présenter.

— Trevor est un génie de la tech qui nous vient de Londres. Et Michael un expert en armement, aussi de Londres. Ce sont deux frères, je suis tombé sur eux et je n'ai pas pu m'en défaire.

Elle se pencha.

— Vous êtes tombé sur eux ?

— Dans l'allée crasseuse d'une boutique à Londres.

— Qu'est-ce qui vous amenait là-bas ?

— Je...

Il marqua une pause, comme cherchant les bons mots.

— Je cherchais quelqu'un.

— Et qu'avez-vous trouvé dans cette boutique à l'allée crasseuse ?

Elle vit Montgomery regarder Evan, qui lui adressa un petit hochement de tête. Étrange.

— La boutique était une façade. Elle cachait un laboratoire de documents high-tech.

Elle plissa les yeux un instant. Elle avait l'impression qu'il y avait anguille sous roche, sans qu'elle puisse comprendre. Elle jeta un regard à Sam.

— Qu'y a-t-il, ma belle ? Quelque chose te revient ?

Amanda haussa les épaules et secoua la tête, puisque rien ne lui revenait. Elle reporta son attention sur M. Montgomery, qui ne s'en sortirait pas aussi facilement.

— Alors dites-moi, Amiral, quel genre de documents peut-on se procurer dans un tel établissement ?

— La personne… les personnes, corrigea-t-il, que je cherchais avaient acheté des certificats de naissance, passeports et papiers d'adoption. Donc ce genre de choses. Ainsi que n'importe quels dossiers nécessaires pour accompagner de tels documents.

— Oh, c'est intrigant. Vous les avez trouvés ?

— Oui.

— Alors, quelle est leur histoire ?

— C'est encore en cours.

— Eh bien, ça a l'air fascinant. Vous me tiendrez au courant.

— Promis.

Elle sentit qu'elle avait atteint la limite de ce qu'il révélerait et passa à une autre curiosité.

— À propos, Amiral, dit-elle avec un léger accent britannique en montrant de la tête Trevor et Michael. Ils sont terriblement jeunes, non ?

Il sourit.

— Oui, en effet. Trevor n'a que vingt-deux ans. Mais quand on parle de génie, et j'étais sincère, c'est souvent un cadeau, avec ce genre de conséquences en prime. Il a la langue bien pendue, en revanche.

Elle rit.

— Et Michael ?

— Michael a presque vingt-sept ans. Il a juste l'air jeune. Insolent aussi, mais différemment.

On commença à se passer les plateaux. Rosa avait préparé un repas spécial exceptionnel : émincé d'agneau et bar, patates et riz, légumes, salade et pain remplissaient presque à ras bord les plats. La conversation reprit, s'interrompit et repartit de trop nombreuses fois pour qu'elle compte. Il régnait la meilleure des agitations. On aurait dit qu'elle avait profité de repas comme ceux-ci toute sa vie.

Il y avait quelque chose dans la cadence de la voix de M. Montgomery qu'Amanda trouvait réconfortant. Elle fouilla dans son esprit brumeux et frustrant à la recherche de quelque chose d'étrangement familier sur lequel elle n'arrivait pas à mettre le doigt.

Elle était consciente que M. Montgomery la regardait avec intensité, gardant le silence, comme s'il savait qu'il pourrait empêcher un souvenir de revenir, mais elle ne leva pas les yeux. Le moment passa et elle secoua la tête pour lui faire savoir que rien n'était revenu, avant de reporter son attention sur Sam et Stephen, qui se disputaient au sujet du veau, de tous les sujets de discorde possibles. Apparemment, Stephen en mangeait et Sam avait une opinion très tranchée sur la question.

Alors qu'ils commençaient à ralentir un peu pour manger, Evan demanda :

— Alors, Amanda... de quoi vous souvenez-vous d'autre sur les ancêtres de votre propriété en Grande-Bretagne ?

— Oh ! lâcha-t-elle étonnée, mais contente d'avoir l'occasion d'explorer un peu plus ses souvenirs. Je me rappelle que j'étais très excitée quand mon père a acheté cette propriété sur la côte rocheuse. Et découvrir l'histoire d'Alexander, Rebecca et Callesandra...

Elle s'arrêta en pensant soudain à autre chose. Elle remarqua que tout le monde la regardait et reprit :

— C'est bizarre de se souvenir de ce genre de choses aussi facilement alors qu'il me manque des faits bien plus grands et importants. Sur moi. Mes enfants.

— Cela viendra, il faut vous laisser le temps, la rassura Evan en lui tapotant la main. Parfois poursuivre sa vie est la meilleure façon de laisser la nature faire son travail. Dites-nous en plus.

— Alexander Montgomery, commença-t-elle avec un regard pour l'homme à sa gauche, du *passé.* C'était un amiral né au

XVIIIe siècle, avec un titre et une immense richesse, mais il a fait un terrible mariage arrangé. Je veux dire, vraiment mauvais. De ce dont je me souviens, sa femme était une vraie connasse. Mais ils ont quand même eu un enfant ensemble : une fille appelée Callesandra.

Amanda rit.

— Je devais vraiment être obsédée, dit-elle en indiquant de la main l'autre bout de la table où était assise Callie.

— Bref, ils ont eu un deuxième enfant, parce que j'imagine que c'est ce qui est attendu à cette époque, même si on se déteste. C'était un garçon, mais a priori, il est mort-né, même si je *crois* que j'ai lu quelque part que la femme a en fait tué le bébé juste pour contrarier son époux. Vous y croyez ? C'était une sociopathe, ou quelque chose comme ça. Après ça, je n'ai pas trouvé la moindre mention de la famille après 1774. Comme s'ils avaient disparu. J'ai pourtant cherché – beaucoup. On n'a mystérieusement plus rien écrit sur Alexander, sa femme et leur seule fille en vie.

Les frères Montgomery se levèrent tous deux en même temps.

— Je suis désolée, c'est juste une histoire, s'excusa Amanda.

— Ce n'est pas toi, Amanda, déclara M. Montgomery.

Tout le monde commença à débarrasser la table. Elle regarda Evan qui lui tapota encore la main.

— Vous allez bien. Vous irez bien.

C'était pile ce qu'elle avait besoin d'entendre. Elle s'adossa à sa chaise et ferma les yeux, se sentant soudain épuisée.

Le café arriva vite, puis le dessert et les boissons d'après repas. L'ambiance redevint légère et Stephen rit à quelque chose que son frère avait dit en remplissant les verres de porto ou de Grand Marnier.

Quand il posa une main sur ses épaules, elle leva les yeux et secoua la tête. Il sourit et la serra avec affection. Soudain, elle comprit qu'elle et ces deux frères étaient connectés d'une certaine façon. Si cela ne datait pas d'avant, ce serait le cas à partir de maintenant. Peut-être était-ce ça qu'elle ressentait : une connexion karmique, quand on rencontre quelqu'un et qu'on sait qu'on est liés et faits pour être ensemble.

Callie grimpa sur ses genoux tandis que de gros morceaux de gâteau à la noix de coco et des fruits frais faisaient le tour de la table. M. Montgomery se rendit à l'autre bout de la table et prit Zander et son biberon des bras d'Helen. Même si Amanda ne pouvait pas l'allaiter puisqu'ils lui avaient donné de puissants médicaments à l'hôpital, elle pensait que M. Montgomery lui apporterait le bébé, mais il se rassit simplement à côté d'elle et commença à nourrir Zander lui-même.

Amanda ne se rappelait pas avoir passé une meilleure nuit. De toute sa vie. Elle embrassa le front de Callie et échangea un sourire avec Sam.

Puis, les téléphones de tout le monde sonnèrent au même moment.

Tous les yeux sauf les siens se rivèrent sur M. Montgomery.

— Bordel de merde !

Il plaqua sa main sur le téléphone d'Amanda, puis prit le sien.

— Je suis dessus, annonça Trevor en partant en courant.

Tout le monde commença alors à parler en même temps.

— À l'intérieur ! aboya l'amiral.

Stephen était aux côtés d'Amanda moins d'une seconde plus tard et avant qu'elle ne s'en rende compte, il l'escortait déjà là-haut, dans sa chambre. Helen l'aida à s'installer sur le lit, ignorant toutes ses questions, puis plaça Zander et son biberon sur ses genoux.

Elle comprenait bien qu'ils essayaient de la distraire. Ce qui fonctionnait bien, car Zander n'était pas content qu'on ait cessé de le nourrir et elle-même était un peu confuse à cause des médicaments. Elle roula sur le côté et l'attira à elle.

— Chut, chut, mon bébé. Tout va bien, maman est là, chuchota-t-elle en essayant de calmer ses propres pensées.

— Il faut que tu lui montres, cracha Samantha.

Elle et Stephen étaient sur le seuil de la chambre d'Amanda. Ils avaient eu le temps de regarder la vidéo en intégralité et maintenant, Sam voulait tuer quelqu'un. Qu'Amanda ne puisse avoir une pause la tuait. Elle compatissait avec Alex et Stephen, bien sûr, et ce qu'ils avaient traversé eux-mêmes, mais ils n'étaient pas là au retour d'Amanda, quand elle était blessée physiquement et émotionnellement.

Stephen porta un doigt à ses lèvres et referma en silence les doubles portes de la chambre d'Amanda. La ressemblance troublante entre les deux frères était indéniable. Tous deux étaient ridiculement beaux. En revanche, Stephen était plus dégingandé et ses traits étaient plus sévères. Il l'écarta dans le couloir, se contenta d'un *non* sans lui laisser le temps de protester.

Ce que Stephen Montgomery ne parvenait pas à comprendre, c'était qu'elle avait un diplôme – et prestigieux en plus de ça – dans tout ce qui était procédurier. Elle s'apprêtait à le lui dire, mais il reprit la parole :

— Je sais que tu excelles dans les débats, mais je t'en supplie, pas maintenant.

En elle-même, Sam se calma. Il n'était pas seulement à donner des ordres. Cet homme était en souffrance. Elle le voyait bien.

— Je vois bien combien toi et ton frère tenez à Amanda..., commença-t-elle.

— Tenez ?

Stephen avait l'air insulté.

— Mon frère et moi *aimons* cette femme. Notre famille et le bien-être de ses membres sont d'une importance capitale. En fait, c'est même la seule chose qui nous importe.

— Votre présence ici le confirme, bien sûr, Stephen. Ce que j'essaie de te dire, c'est qu'il vaut mieux qu'elle apprenne l'existence de cette vidéo de notre bouche.

Alexander remontait l'escalier, l'air sombre.

— Trevor travaille à découvrir l'adresse IP et oblitérer l'origine de cette vidéo.

Mais elle était déjà devenue virale. Son créateur l'avait intitulé : « Amanda Marceau, talentueuse, belle et riche, s'écroule ». On y voyait l'intégralité de la crise nerveuse d'Amanda. Elle qui prenait dans ses bras Zander pour la première fois. Sa joie et sa peine combinées alors qu'elle baissait les yeux sur le bébé. Son murmure : *Je suis tellement désolée. J'aurais voulu que tu puisses voir notre fils.*

Depuis son retour au XXIe siècle, Amanda était assaillie par la culpabilité d'avoir arraché Callie à Alexander et elle en avait maintes fois parlé à Sam. Cela la consumait. Peu importe le nombre de fois où Sam avait essayé de lui dire qu'elle n'avait pas eu le choix, qu'elle n'aurait rien pu faire. Savoir que Callie était le soleil dans la vie d'Alexander et qu'elles l'avaient laissé seul la dévastait tous les jours.

Et avoir un nouveau bébé, un fils, en sachant qu'Alex avait perdu son premier avec Rebecca, avait dû être trop pour elle.

Dans la vidéo, Amanda craquait, hurlait encore et encore, point culminant d'une longue série de malheurs et évènements terribles. Sam se vit à l'écran essayer de consoler son amie, mais Amanda devenait de plus en plus agitée. Puis, on apercevait Stan entrer dans la pièce, crier aux docteurs et infirmières de s'occuper de leur amie avec soin. Le voir dans cet état ramena Sam momentanément à la fac, quand il était apparu un peu dans le même état pour la soutenir, l'aider.

Ce n'était pas que les docteurs et infirmières ne traitaient pas Amanda correctement ; il essayait juste de la protéger et son impuissance se voyait. Stan aimait les règles, le protocole – énervez-le et vous le regretterez.

Reportant son attention sur l'écran, Sam regarda le petit Zander être pris de force des bras d'Amanda, avant que la vidéo ne se termine avec ses liens et les sédatifs.

Sam se souvenait de l'appel qu'elle avait eu de Stan quand Amanda s'était réveillée bien plus tard. Il avait dit qu'elle était dans un état semi-catatonique, que quelque chose n'allait pas du tout. Le Dr Meyers lui avait parlé des pertes de mémoire compartimentées d'Amanda. Elle inspira et observa Alexander qui se frottait le front, visiblement stressé.

— Chris dit que retirer quelque chose d'Internet est un enfer, mais tout le monde peut être acheté. Il prépare les papiers. L'a-t-elle vue ?

— Non, répondirent en même temps Sam et Stephen.

Puis, Sam ajouta :

— Tu... non, *nous* devons lui dire, Alex. Ça ne durera pas. Crois-moi.

Alexander frotta ses mains sur son visage.

— Faut-il vraiment que rien ne se passe comme on veut ?

— Grandissez, répliqua sèchement Sam. Personne n'a dit que la vie était juste, Al...

Stephen recouvrit sa bouche de sa main et la tira en arrière contre lui.

— Ce n'était pas nécessaire, dit-il doucement avant de lâcher la main.

Pendant un instant, Samantha fut prise de court par la soudaine proximité physique ; elle se laissait rarement être touchée par un autre homme, mais elle découvrit qu'elle se sentait en sécurité enveloppée par Stephen. Il n'y avait rien de sauvage ou menaçant dans la façon dont il la maniait. En fait, il était terriblement doux et leur proximité paraissait étrangement intime.

— Tu as raison, admit-elle. Je suis désolée, Alex. Mais il faut vraiment qu'elle sache.

Alex garda le silence. Stephen, qui l'avait lâchée, protesta :

— Ne fais pas ça, Samantha. Pas tout de suite.

— Ne vous méprenez pas, mais ça sera bien plus facile si vous n'êtes pas là.

Stephen la prit par les épaules.

— S'il te plaît.

Ils se tournèrent tous quand une porte s'ouvrit. Amanda était sur le seuil. Elle n'avait même pas besoin de dire les mots qui suivirent :

— Je l'ai vue.

Alexander avança vers elle, mais elle leva la main, les yeux vides.

— Arrêtez.

Puis, elle se retourna et ferma la porte derrière elle.

3

***

Grande-Bretagne
1774

— Donne-moi ta main, Becca ! s'écria l'homme.

Son ton était autoritaire et il s'avança vers la saillie dans la falaise, agrippé à la paroi rocheuse dans le tunnel. Effrayée, Amanda l'observa tendre la main vers elle.

Toutes les quelques secondes, un éclair illuminait son visage renfrogné et hâlé, ainsi que les petites rides au coin de ses yeux. Ses cheveux noirs formaient un contraste avec la chemise blanche sur ses épaules carrées et son torse. Même en se tassant sur elle-même loin de lui, loin de cet étranger dont les yeux brillaient de colère, elle ne pouvait s'empêcher de remarquer... combien il était beau.

Elle se tordit le cou, reculant autant qu'elle l'osait vers le bord et resta là, stupéfaite et sans voix.

— Becca. Nous n'avons pas le temps pour tes jeux. Donne-moi ta main !

Amanda garda les yeux sur l'homme ; sa voix était remplie de mépris, pourtant il continuait à s'avancer. Qui était-il ? Pourquoi l'appelait-il Becca ? Elle attrapa la roche derrière elle, son corps tremblait si fort qu'elle sut qu'elle tomberait si elle n'acceptait pas son aide.

La mer en contrebas la narguait avec ses vagues pleines d'écume qui s'abattaient sur le rivage. Ses bras étaient égratignés et meurtris, tout comme son ventre et son dos. La peur avait fait flamber l'adrénaline à un niveau jamais vu, éveillant un instinct de survie qu'elle ne se connaissait pas. Comment avait-elle atterri ici ?

La dernière chose dont elle se souvenait, c'était de s'être arrachée à son beau-frère pendant qu'il... *mon Dieu !* Robert avait essayé de la tuer ! Comment avait-elle pu ne pas le voir venir ?

Elle voulait juste un peu de temps seule et sur un coup de tête, elle avait réservé un avion pour les îles Britanniques. Elle adorait la propriété anglaise qui appartenait à sa famille et était partie pour des vacances prolongées.

De toutes les maisons qu'elle avait, ce domaine, construit au milieu du XVe siècle, était son préféré. Elle s'y rendait au moins quatre fois par an depuis que son père l'avait acheté une dizaine d'années plus tôt. Et à chaque occasion, au moins depuis la fin de la fac, elle avait autorisé des organisations caritatives à l'utiliser pour leurs bénéfices. Cette fois pourtant, c'était censé être vide, juste pour elle.

Elle avait été choquée de voir Robert surgir trois jours après son arrivée, avec un grand groupe d'associés et leurs familles. Il s'était excusé et avait parlé d'une sorte de cérémonie, une fête où elle pourrait chanter pour impressionner les invités de sa présence. Elle avait cédé, bien sûr, se demandant pourquoi il ne lui en avait pas parlé plus tôt. Maintenant, elle savait pourquoi.

Le crime parfait.

L'alibi parfait.

Il l'avait poussée à jouer l'un de ses morceaux ce soir en sachant qu'elle chercherait de l'intimité avant de monter sur scène. Elle avait toujours besoin de temps seule avant de jouer.

Elle se maudit d'avoir une habitude aussi prévisible. D'être une idiote de bout en bout.

Quand elle avait quitté la fête pour se reprendre et avait marché le long des falaises, la propriété grouillait de clients et serveurs, tous habillés de jolis costumes *historiques*. Elle était entrée dans la caverne, se dirigeant vers son endroit préféré, où elle était souvent venue réfléchir au fil des ans.

Ce soir-là, les tunnels l'attiraient comme jamais avant. Tout comme l'homme l'attirait maintenant. Cet homme qui l'appelait par un nom différent, qui avait arraché Robert à elle avec une force alarmante et l'avait jeté contre le mur de la caverne. Cet homme qui lui avait déjà sauvé la vie une fois.

Elle ne voyait plus que son profil, son visage était dissimulé par les ombres. La fermeté de ses traits lui restait pourtant en tête. La façon dont il l'avait regardée en tombant sur eux. Il avait semblé en colère, furieux même. Après elle.

Elle frémit, à la fois à cause du froid et de son regard noir. Plus elle s'éloignait, plus il s'approchait. Ses bras étaient longs et puissants, sa chemise blanche était retroussée aux avant-bras et un épais anneau en argent entourait son poignet. Sa cape noire se gonflait dans le vent alors qu'il s'avançait pour l'atteindre. Ses grandes bottes d'équitation noire étaient cirées avec soin et reflétaient chaque éclair qui déchirait le ciel. Malgré sa situation pressante, elle pensa que son costume à lui était remarquable.

Il devait faire presque deux mètres et bien qu'elle mesure elle-même un mètre soixante-seize, il la surplomberait quand il s'approcherait, *s'il* s'approchait. Et *pourquoi*, s'étonna-t-elle encore en repositionnant son pied sur la roche glissante sous elle, continuait-il à l'appeler Rebecca ? Et qui étaient ses autres hommes imposants à cheval ? Ceux qui l'avaient tant effrayée qu'elle s'était sentie plus en sécurité le long de la falaise devant la caverne qu'avec eux pendant que cet étranger pourchassait Robert.

Il faisait jour quand elle était entrée dans les tunnels depuis les jardins à l'arrière du château, se faufilant entre les chaises et tables qui attendaient leurs invités. Tout avait été placé avec attention, pour que la beauté naturelle du domaine soit à son maximum. Incapable de résister à la vue, Amanda s'était assise un peu avant d'aller dans son alcôve préférée, à l'intérieur du dédale de tunnels qu'était la caverne près de la mer.

D'une façon ou d'une autre, elle s'était perdue – ce qui n'était jamais arrivé avant – et avait erré pendant ce qui avait semblé des heures. Elle s'était inquiétée que quelqu'un remarque son absence, que les invités s'impatientent en l'attendant, mais peu importe le virage qu'elle prenait, elle ne retrouvait pas son chemin. Le sol sous ses pieds était devenu humide. Les beaux meubles que son père avait installés dans les alcôves isolées avaient mystérieusement disparu. Seules restaient les torches fixées au mur qui éclairaient son chemin, et même si elle se demandait d'où elles venaient, elle en était reconnaissante.

Amanda avait tourné en direction du bruit des vagues et découvert le bout du chemin, qui s'ouvrait sur la mer. Elle se trouvait désormais sous ce sentier. Elle y avait progressé d'un bon pas, sachant qu'elle retrouverait ses repères à partir d'ici. Elle s'était arrêtée dans l'ouverture du tunnel, émerveillée par la jolie vue. Le ciel était vibrant d'étoiles et c'était la chose la plus merveilleuse qu'elle ait vue de sa vie.

Elle avait fermé les yeux, savourant une illumination qui semblait ne venir que rarement. Le genre de moment où l'on ressent une plénitude et tranquillité intense gravée dans nos souvenirs.

Elle avait la sensation que sa place était juste là, à cet instant et ce moment. Comme si toutes les réponses qu'elle cherchait sommeillaient là. Amanda avait oublié qu'elle s'était perdue, oublié la fête qui l'attendait, oublié même Robert et son comportement étrange dernièrement. Envahie d'un sentiment de paix et de satisfaction, elle avait aperçu un éclair déchirer la nuit tranquille. Elle avait ri, se demandant s'il confirmait sa théorie ou l'infirmait.

Puis, elle avait senti des mains l'attraper, vu le venin dans les yeux de Robert tandis qu'il la regardait. Elle avait résisté avec tout ce qu'elle avait, lutté contre celui qui aurait dû être protecteur avec elle, rien d'autre.

Elle avait alors entendu des chevaux, des cris qui grandissaient au fur et à mesure que les gens approchaient. Robert avait été arrachée d'elle et elle était restée tremblante à fixer les quatre hommes, assis sur les plus grandes montures qu'elle ait vues.

Les hommes étaient imposants et chacun portait de grandes bottes noires d'équitation, des chemises à manches longues et des capes noires sécurisées par un galon doré au cou. Elle avait été reconnaissante au début, puis elle avait distingué leur expression et la peur était revenue. Ils la regardaient avec... avec dégoût ?

La colère des hommes avait grandi à chaque pas en arrière qu'elle avait fait. Ils avaient l'air si menaçants qu'ils la terrifiaient. Elle ne les connaissait pas, mais ils semblaient la reconnaître – pire encore, la mépriser.

Comment était-ce possible ? Elle ne les avait jamais vus avant, elle ne savait même pas comment ils étaient arrivés là. Robert les avait-il engagés ? Tout ça était-il le résultat de l'avidité de Robert ? Avait-il vraiment besoin de plus que ce que son père avait généreusement offert ? Il avait toujours été clair qu'Amanda obtiendrait la propriété à la mort de son père. Qu'est-ce que Robert pensait qu'il arriverait si elle mourait ? Croyait-il que sa vie valait la misère qu'il hériterait ?

Sous le regard des cavaliers, Amanda s'était approchée de l'ouverture et son pied avait glissé sur les roches humides. Elle n'était pas tombée de beaucoup, mais sa robe s'était prise dans la paroi rocheuse. Elle avait senti la roche égratigner sa main et son ventre alors qu'elle s'accrochait autant que possible à n'importe quelle prise, bien qu'elles soient toutes petites et glissantes.

La saillie ne faisait pas plus de soixante centimètres, mais elle avait aperçu l'ouverture d'une autre cave à sa droite. Jaugeant rapidement la distance, elle s'était dit qu'elle pouvait réussir un saut calculé. Aussi lentement que possible, elle s'était tournée en se pressant contre le mur, pour pouvoir se mettre en sécurité. Mais elle avait regardé en bas.

Amanda avait ensuite commencé à trembler si fort qu'elle n'entendait plus les cris en haut, seulement le tumulte de l'eau qui tourbillonnait en dessous d'elle. Plongée dans l'ombre, elle s'était dit que peut-être les hommes au-dessus d'elle ne pourraient plus la voir, qu'ils penseraient qu'elle était tombée.

Il lui avait fallu une éternité avant qu'elle ne retrouve son courage. Alors, Amanda avait inspiré profondément et s'était avancée vers l'entrée qu'elle avait repérée à sa droite. Elle avait presque réussi quand *il* était arrivé. L'homme qui l'appelait Rebecca lui avait crié dessus comme s'il la connaissait, comme s'il la détestait. Il se trouvait dans l'ouverture où elle comptait s'échapper un instant avant. Maintenant, elle n'était plus promesse de liberté, mais de reddition.

— À quel jeu joues-tu, Rebecca ? demanda-t-il.

Le vent repoussait ses cheveux. *Mon Dieu*, il était l'homme le plus farouche et pourtant envoûtant qu'elle ait jamais vu.

— Becca, je ne me répéterai pas, donne-moi ta main ! exigea-t-il encore, l'air encore plus en colère.

Elle regarda sa main et hésita. Elle savait qu'elle n'avait pas le choix, mais une étrange sensation l'envahissait. Elle avait l'impression – non, elle *savait* – que si elle tendait la main vers lui, elle lui devrait plus que la vie. Si elle acceptait son aide, il y aurait beaucoup, beaucoup plus.

— Ta *main*, Rebecca ! cria-t-il.

Un éclair jaillit dans le ciel encore. Enhardie, elle le regarda droit dans les yeux et quelque chose d'inexplicable traversa son regard. La colère diminua, juste un instant et un sentiment de... quoi ? Confusion ? Un adoucissement apparut, quel qu'il soit.

Cela suffit à Amanda. Elle tendit la main, tremblante jusqu'à ce que l'homme s'en saisisse et à cet instant, leurs yeux se croisèrent et l'orage sembla les électrifier tous les deux. Il la remonta avec une telle force qu'ils tombèrent dans la gueule béante de la caverne et qu'Amanda s'écroula sur lui. Oubliant momentanément où elle était et qui il était, elle enveloppa ses bras autour de sa taille et se pressa contre lui, le soulagement surplombant tout le reste.

Un instant, il lui rendit son étreinte aussi, mais cela ne dura pas. Ensuite, il la repoussa sauvagement, surprenant Amanda.

— Rebecca ? répéta-t-il en la tenant à longueur de bras.

Se rappelant la colère dans ses yeux juste avant et les hommes intimidants à cheval, Amanda se releva d'un bond et recula. Puis, elle courut dans la caverne soudain plus effrayée que jamais dans sa vie, encore plus que quand elle était accrochée sur la falaise.

Son cœur tambourinait, mais ce n'était pas que de la peur. Il l'effrayait, mais... mais il y avait quelque chose dans son regard qui la terrorisait encore plus. C'était comme s'il fixait son âme et ne comprenait pas ce qu'il y trouvait.

Amanda entendait ses bruits de pas résonner derrière elle. Elle tourna, avança sur le chemin sombre et lâcha un cri quand des mains attrapèrent ses épaules. Elle essaya de lutter, mais il était si fort. Il lui fit faire volte-face si vite qu'elle en eut le souffle coupé.

Ils se tenaient face à face, dans l'ombre. L'inconnu était beau et terrifiant et d'une voix agacée, il redemanda :

— À quel jeu joues-tu, Rebecca ?

Elle avait trop peur pour répondre, elle était trop submergée par sa colère, sa poigne puissante, ses traits. Son visage était à quelques centimètres du sien et elle sentait son souffle chaud sur sa peau. Elle frémit.

— Réponds-moi, Rebecca ! Maintenant !

Il la secoua comme pour lui arracher une réponse. Amanda sentit une larme couler du coin de l'œil et ferma les yeux pour éviter de pleurer. L'homme jura dans sa barbe.

— À quoi tu *pensais*, Rebecca ? Peu importe combien on se déteste, Callesandra mérite une mère, même une qui se fiche d'elle.

Amanda resta immobile, cette fois à cause de la confusion. Qui croyait-il qu'elle était ?

— Bon sang, Rebecca, qu'est-ce qui te prend ? Tu n'es jamais à court de mots et tu as toujours une excuse pour tout. Et tu t'enfuis ? Maintenant ? Des invités – *tes* invités – arrivent déjà pour les festivités que *tu* voulais absolument organiser ! Je déteste ces rassemblements, Rebecca, et tu le sais. Je crois que c'est justement ce qui te plaît. Eh bien, tu as gagné, cracha-t-il. Je hais devoir apparaître complaisant pendant que tu t'exhibes et danses avec tous ceux qui veulent bien danser avec toi. Tu sais que c'est uniquement pour Callesandra – la seule bonne chose sortie de ce mariage avec toi – que je continue à prétendre tenir à toi en public. Nous n'avons pas partagé de lit depuis des *années* et je sais que tu as été avec d'autres.

Amanda essaya de parler, de protester – il pensait à l'évidence qu'elle était quelqu'un d'autre – mais il était lancé maintenant et ses yeux sombres brillaient de colère ; c'était comme s'il ne la voyait même plus.

— Non, Rebecca. *Je* ne serai pas le centre de leurs commérages, du moins pas sur l'infidélité. Callesandra aura toujours un parent qu'elle pourra respecter. C'est elle qui m'importe, et tu ne peux pas en dire autant. Et pour son bien, je refuse de jouer ce jeu stupide que tu adores lancer.

Sa voix était pleine de dégoût. Amanda secoua la tête, un geste de déni.

— Je ne joue pas, gémit-elle dans un murmure quand il s'arrêta assez pour qu'elle parle.

Elle s'agrippa à ses bras, essayant désespérément qu'il la croie.

Il réagit enfin. Ses yeux s'adoucirent et il sembla sur le point de parler quand l'approche de ses hommes les fit tous deux se retourner. Soudain, le tunnel était illuminé et Amanda frémit en les voyant la dévisager avec intensité, cherchant quelque chose dans ses yeux.

Mais ensuite, il attrapa sa main et elle étouffa un cri quand il la serra fort et la tira hors du tunnel vers la pelouse. Dehors, un des hommes les approcha en guidant un cheval par les rênes. Amanda fixa du regard le cheval, puis l'homme. Pendant un instant, elle oublia sa crainte et observa la grande pelouse du domaine, toujours familière mais pas exactement comme à son départ.

Au moins quatre jardiniers s'occupaient d'éclairer le terrain parfaitement entretenu et elle ne les avait jamais vus. Ils allumaient un par un les lampadaires tandis que plusieurs calèches tirées par des chevaux progressaient sur la longue allée vers le château. Amanda se frotta l'arrière de la tête, grimaçant en sentant une bosse.

— Mon personnel vous a-t-il embauché vous et vos hommes pour la soirée ? demanda-t-elle à voix haute.

Avant de pouvoir s'en empêcher, elle se tourna vers l'homme qui l'avait sauvée.

— Je sais que c'est un déguisement de soirée, mais sérieusement, vos tenues sont incroyables.

Elle toucha le tissu de son pantalon à la hanche, puis passa sa chemise en lin sur ses doigts.

— Je dirais même qu'ils sont authentiques.

L'homme semblait perdu, puis se moqua d'elle et marmonna dans sa barbe quelque chose qu'elle n'entendit pas. *Très bien, qu'il en soit ainsi,* pensa-t-elle, soudain plus si effrayée maintenant qu'elle était en terrain connu et avec tant de gens autour.

— Alexander, il se fait tard, dit l'homme avec le cheval.

Celui qui l'avait sauvée se tourna vers lui. Ah, c'était donc son prénom. *Alexander.* Ça lui allait bien, songea Amanda.

L'expression d'Alexander se tendit encore et il hocha la tête.

— Merci, Gregor. Rebecca, vas-y, cracha-t-il en la regardant.

Amanda ne bougea pas.

— Allez, Rebecca, répéta-t-il les dents serrées. Tes invités ont déjà commencé à arriver.

Le regard d'Amanda alla du cheval à Alexander, puis au groupe d'hommes dirigé par Gregor. Alexander la fusillait du regard et la peur revint légèrement. Elle essaya de le cacher, mais elle était trop fatiguée pour faire un réel effort. Elle secoua la tête quand les mots lui manquèrent. Elle ne monterait pas sur ce truc. Pour commencer, elle ne savait même pas comment faire.

Ses hommes semblèrent plus agacés encore que lui, comme s'ils la détestaient encore plus qu'Alexander, si c'était possible.

— Laisse-la Alexander. On veillera à ce qu'elle rentre.

Soudain, Amanda ne voulait plus qu'Alexander parte. Elle hoqueta et l'attrapa par les avant-bras. Il faisait peur, oui, et c'était un inconnu, mais au moins, il lui avait sauvé la vie – deux fois.

— Allez-y, ordonna-t-il à ses hommes, le regard rivé sur elle. On vous suivra rapidement.

Ses hommes grognèrent à l'unisson, se tournèrent et partirent dans la direction d'où ils étaient venus.

Encore une fois, le monsieur et elle furent entourés par l'obscurité.

— Prends le cheval, Rebecca. Je marcherai.

Comme si la seule chose qui la retenait était qu'elle ne voulait pas monter avec lui. Il se tourna, la laissant seule, et commença à marcher. Amanda dut ravaler un rire. D'accord, donc il n'allait pas lui faire de mal. Il la détestait peut-être, mais il essayait d'aider. Elle l'observa partir, tout en caressant le cheval d'un air absent. Elle pourrait le ramener en marchant, supposait-elle, mais elle préférerait qu'Alexander et ses amis soient partis.

Après quelques minutes, elle s'étonna pourtant de le voir rebrousser chemin.

— Rebecca, monte en selle ! cria-t-il.

— Je ne sais pas comment faire, murmura-t-elle soudain gênée.

Elle n'avait aucune raison d'être gênée, puisque cet homme qui aboyait des ordres était sur *sa* propriété, à *sa* soirée. Il posa sa torche par terre et l'attrapa par les épaules, la faisant tourner pour qu'elle soit devant lui.

— Cesse tes jeux, ordonna-t-il visiblement bouillonnant. Tu adores les chevaux. Plus que tout. C'est peut-être la seule chose que tu aimes vraiment à part toi-même.

Amanda ne savait pas quoi faire ; elle ne pouvait pas monter sur ce cheval, mais elle ne pouvait pas s'écarter de cet homme non plus. Malgré le fait qu'il la surplombait, qu'il soit agacé et un inconnu complet, elle se sentait en sécurité avec lui. Comme si elle savait au fond qu'il ne lui ferait pas de mal. Sans savoir quoi dire et perturbée d'avoir déjà oublié ce qu'il avait demandé, elle se contenta de secouer la tête.

Il la regarda avec une expression curieuse. Amanda lui rendit son regard, oubliant momentanément qu'elle ne le connaissait pas, qu'elle avait failli être tuée et qu'elle avait encore une prestation au piano à faire. Puis, son expression se transforma pour quelque chose d'encore plus étonnant : un désir, très réel et vif. Amanda rougit en ressentant la même chose. Il continua de la dévisager, puis il fixa ses lèvres. Ils restèrent figés comme ça un moment et ensuite, comme si tout ceci n'avait servi qu'à les mener là, il posa ses mains sur sa tête et l'embrassa.

Chacun lâcha un petit bruit à ce contact ; la sensation était électrifiante et sembla heurter toutes ses terminaisons nerveuses. Il s'écarta, comme ébahi et plongea son regard dans le sien, scrutant ses traits comme s'ils étaient nouveaux pour lui. Visiblement perplexe, il secoua la tête et l'attira encore à lui. Elle le retrouva à mi-chemin.

Mon Dieu, que cet homme savait embrasser.

Toute pensée rationnelle quitta l'esprit d'Amanda alors qu'il la dévorait presque, se délectait d'elle avec un tel désir qu'il lui volait son souffle. Perdue dans ses sensations, elle le sentit l'attirer contre son corps, écraser ses seins contre son torse. Alexander grogna quand elle enveloppa ses bras autour de son cou et lui rendit son baiser.

Soudain, il sembla être une ancre, pas quelqu'un dont on a peur, et elle trouva en lui... quoi ? Un salut ? Était-ce là ce que le destin lui réservait depuis ce moment dans la caverne, où tout lui semblait parfait et paisible ?

Quoi qu'il en soit, elle n'avait jamais vécu pareil baiser. Exigeant, puissant, si dévorant qu'elle ne remarqua même pas que son pied s'était soulevé du sol tandis qu'elle glissait ses mains à l'arrière de la tête d'Alexander. Trop tard, elle se perdit de nouveau dans sa force et ses cheveux épais, désormais entremêlés dans ses doigts.

D'un coup, il l'écarta et jura dans sa barbe.

— Maudite sois-tu.

Il ne dit rien de plus, mais elle se rappela alors qu'il la haïssait, ou du moins, qu'il haïssait la femme qu'il pensait qu'elle était. Pour une étrange raison, cette révélation lui faisait plus de mal que ce à quoi elle avait été exposée ce soir-là.

Avant qu'elle ne puisse réagir, il la souleva sauvagement et la plaça sur la selle. Elle s'agrippa à la poignée de celle-ci, terrifiée à l'idée de tomber, puis il monta derrière elle et elle soupira de soulagement et s'adossa à lui. Il ne dit rien, mais claqua de la langue pour faire avancer le cheval avant de prendre les rênes en main.

Ils remontèrent le chemin pendant de longues minutes tendues avant que les jardins n'apparaissent. La véranda en marbre à l'arrière du château était maintenant remplie de gens et les grandes lampes en fer projetaient de la lumière.

Tout le monde était habillé de façon impeccable et elle fut encore surprise par l'opulence des costumes de tout le monde. Les hommes étaient en queues-de-pie formelles et cravates, avec des pantalons parfaitement ajustés rentrés dans de grandes bottes cirées. Les femmes portaient de belles robes du genre qu'elle n'avait vu que dans les livres d'histoire. Un haut moulant et serré, des jupes bouffantes avec des bijoux en pierre précieuse autour du cou, voire dans leurs cheveux. Qui étaient ces gens ?

Amanda parcourut des yeux les visages autour d'elle, mais aucun n'était familier. Aucun des amis de Robert ou de ses propres invités. Non, ce n'était pas la soirée qu'elle avait quittée un peu plus tôt !

— Pourquoi trembles-tu ? Tu adores ces soirées.

— Je déteste ça, corrigea Amanda.

Elle cherchait encore au moins une personne qu'elle connaissait et avait des fourmillements à cause de leur baiser d'avant.

— Tu as bien assez testé ma patience, Rebecca. Habille-toi vite. Je te retrouverai quand tu te seras changée.

Il mit pied à terre, puis ses mains encerclèrent sa taille et il la descendit avant de la lâcher rapidement, comme s'il était brûlé par son contact. Déçue, elle le suivit vers les portes, sachant qu'elle n'avait pas d'autre choix que d'entrer. L'avant du château était tout aussi perturbant que l'arrière. Des calèches circulaient dans la grande cour et des valets aidaient les invités qui descendaient.

Amanda retint un hoquètement en franchissant les portes. L'entrée lui coupa le souffle : un hall immense et opulent avec un sol en marbre et des chandeliers allumés. Certainement pas le château qu'elle avait quitté.

Une femme s'avança et la prit par la main.

— Madame, dépêchez-vous. Il faut vous habiller.

Amanda fut tirée en haut de l'escalier – il était familier, tout comme la structure basique de tout le reste autour d'elle, mais les marches étaient recouvertes d'un tapis bordeaux et doré. En fait, tout le décor était différent, les meubles, les œuvres d'art. Et les lumières étaient tamisées ce soir-là, alors qu'elles étaient désormais étincelantes avec toutes les lampes à huile et les bougies.

Alexander les suivait. Il ne l'avait plus regardée, ce qui était sûrement une bonne chose, car sinon, regard noir ou pas, elle savait qu'elle se serait jetée dans ses bras. Ils arrivèrent à un palier en haut des marches et tournèrent à gauche pour monter un court escalier. Puis, on la mena dans la première chambre et elle vit du coin de l'œil Alexander disparaître dans le couloir.

Amanda entra dans une chambre qui n'était pas celle qu'elle occupait habituellement. Il y régnait un chaos complet. Des robes étaient étalées partout, sur le lit, sur les canapés et sur le paravent derrière lequel se changer – qu'elle n'avait jamais vu avant. La pièce était décorée dans des teintes de bleu et doré, avec des espaces pour s'asseoir de chaque côté du lit, un grand miroir à taille humaine au coin et deux armoires massives de chaque côté de la porte de la salle de bains.

— D'où vous vient cette robe ? demanda la femme devant elle.

Elle ne dissimula pas son dégoût en passant la robe d'Amanda par-dessus sa tête. Elle s'apprêtait à répondre quand elle remarqua les égratignures sur ses mains et son ventre.

— Bon Dieu, qu'est-il arrivé ? demanda-t-elle.

Amanda, toujours sous le choc de tout ce qu'il s'était passé – et se passait toujours – ne sut quoi dire.

En quelques minutes, ses plaies étaient recouvertes de crème et de bandes de lin, puis d'un tissu doux et extra-fin de la même couleur que la robe qu'elle enfila. Perplexe, elle laissa la femme l'habiller. Qu'était-elle censée faire d'autre ? Elle avait compris maintenant que quelque chose n'allait pas du tout, mais tant qu'elle ne savait pas ce qu'il se passait exactement, elle devait jouer le jeu. Ce serait pire de lutter.

Et donc, les liens furent fermés dans son dos, ses cheveux coiffés sans délicatesse avant d'être bombardés de bijoux et rubans. Elle fut chaussée de talons qui se fermaient sur le côté.

— Regardez-vous rapidement, la pressa la femme. Puis choisissez un collier.

Amanda avança jusqu'au miroir et regarda son reflet. La robe était splendide. Bleue et dans le même style que ce qu'elle avait vu sur les invités. Ses cheveux étaient joliment ramenés en arrière, mais trop sévèrement et avec bien trop de pierres. Ça n'allait pas.

Elle retira les bijoux et desserra les rubans pour que ses cheveux retombent doucement autour de son visage et cascadent en ondulant derrière ses épaules.

— Madame, vous m'avez dit plus tôt de coiffer vos cheveux comme ça. Je m'excuse si ce n'était pas à votre goût.

Sa voix était tremblante, presque comme si elle avait peur d'Amanda. Que se passait-il ? Avant qu'elle ne puisse répondre, une autre femme entra dans la pièce.

— Mère ? Alice, se corrigea-t-elle rapidement en voyant Amanda. Callesandra vous cherche.

La nouvelle arrivée, visiblement la fille d'Alice, regarda

Amanda prudemment. Comme si elle attendait qu'elle la réprimande et priait pour qu'elle n'en fasse rien.

— J'arrive dans une minute, dit Alice par-dessus son épaule. Venez Lady Rebecca. Nous devons choisir un collier.

Amanda se retourna et regarda les bijoux qu'Alice montrait. Pour elles aussi, elle s'appelait Rebecca.

Ce nom lui était familier. Elle n'avait pas pris le temps de s'en rendre compte quand elle s'accrochait à la vie sur les falaises, mais désormais, cela la titillait. Alexander et Rebecca. Où avait-elle lu ces noms-là ensemble avant ?

Amanda vit alors qu'Alice et sa fille l'observaient encore, tandis qu'Alice tendait un collier. Amanda se contenta de secouer la tête. Elle ne porterait aucun des bijoux qu'elle voyait. Non seulement ils donnaient l'impression de peser cinq kilos, mais ils étaient vraiment tapageurs.

— Non, merci, Alice, répondit-elle en tapotant son bras. Ils vont peser sur moi.

Alice la regarda comme si elle avait perdu la tête. Elle se tourna de surprise quand la porte se rouvrit.

— Callesandra, ça ne prendra qu'un moment. Partez maintenant. Vite, la pressa Alice.

Amanda observa la porte aussi et vit un petit ange lui rendre son regard. L'enfant ne pouvait pas avoir plus de cinq ans et Amanda sut aussitôt que c'était la fille d'Alexander. Elle avait ses yeux noirs et sa bouche déterminée, même si étrangement, ses cheveux étaient exactement de la même teinte que ceux d'Amanda.

La petite fille se mordit la lèvre et se tourna pour partir.
— Attends ! s'écria Amanda.

Elle ne voulait pas qu'elle parte. L'enfant avec l'air si effrayée et, ayant ressenti la même chose ce soir-là, Amanda avait soudain envie – non, elle avait besoin – de l'aider. Callesandra revint alors en baissant la tête. Sa chemise de nuit avait une ruche à son cou et à ses orteils. C'étaient les orteils les plus mignons qu'elle ait vus.

Callesandra s'arrêta devant Amanda, comme si elle n'avait pas d'autre choix que de relever courageusement le défi. Amanda se baissa, mais l'enfant ne leva pas les yeux. Cette petite fille avait peur *d'elle*. Espérant apaiser ses craintes, elle s'assit sur le sol et entendit des hoquets derrière elle.

— Callesandra ? demanda-t-elle doucement pour l'amadouer et qu'elle la regarde.

— Oui, maman ? répondit-elle avec hésitation.

Amanda manqua de s'évanouir. D'abord Rebecca et maintenant ça ? *Maman ?* Cette enfant pensait vraiment qu'elle était sa mère ? À l'évidence, cette petite fille n'était pas la sienne, mais elle était bel et bien celle d'Alexander.

Elle remarqua alors qu'il était sur le palier, occupant tout l'espace. Ses vêtements formels étaient parfaitement coupés et ses cheveux étaient attachés en arrière avec un lien en cuir. Les traits de son visage étaient étrangement séduisants, entre la confusion et la colère, tandis qu'il regardait Amanda et sa fille. Au moins, son attitude n'avait pas changé, songea-t-elle en ravalant un sourire.

Elle regarda la petite fille et attrapa ses minuscules mains.

— Callesandra, il semblerait que j'aie un problème. Tu crois que tu pourrais m'aider ?

Callesandra tenta de lever les yeux, mais elle croisa à peine les siens.

— Oui, chuchota-t-elle.

C'est quand Callesandra la regarda, avec ses yeux remplis d'innocence qu'elle comprit tout. Tout, sauf comment elle s'était retrouvée ici. En regardant la pièce et les meubles fournis, les robes à l'ancienne et les domestiques craintives, elle comprit le sens des prénoms Alexander, Rebecca et Callesandra.

Amanda était si fascinée par le château au bord de la falaise, quand son père l'y avait amenée pour la première fois, qu'elle avait fait toutes les recherches qu'elle pouvait. Elle avait trouvé plusieurs registres et journaux avec divers récits. Certains étaient de nature familiale, d'autres légale. Elle les avait lus de nombreuses fois, gravant la plupart des informations dans ses souvenirs.

L'histoire la plus intrigante qu'elle ait trouvée était celle de l'arrière-arrière-arrière-petit-fils du propriétaire d'origine, Alexander Montgomery. Il était né en 1738, avec un titre et une grande richesse. Il était devenu Royal Admiral of the White, même si elle ne savait pas ce que c'était, et au retour de sa dernière mission, il avait enduré un mariage arrangé en 1767.

Et *enduré*, selon les récits, était un euphémisme. De ce qu'Amanda avait découvert, et malheureusement il n'y avait pas beaucoup d'informations, sa femme était des plus cruelles. Leur premier enfant était une fille, Callesandra, et leur deuxième, un garçon qui n'avait pas été nommé, car mort-né. Même si la rumeur indiquait que la femme d'Alexander, Rebecca, l'avait tué juste pour contrarier son époux. Voilà à quel point cette femme était réputée vicieuse.

Il n'y avait aucune mention de l'extension de cette famille après 1774, et pourtant, elle avait cherché. Beaucoup. C'était comme si les occupants de ce domaine – Alexander, sa femme et leur fille – avaient disparu, sans qu'on n'écrive plus jamais sur eux.

Amanda frémit involontairement et seul le raclement de gorge d'Alexander la ramena au présent. Ou au passé. À l'époque où elle était, peu importe le *quand*. Elle se tourna vers Callesandra – cette petite fille historiquement disparue – et lui adressa son sourire le plus chaleureux.

— Il semblerait que j'aie besoin d'un collier, expliqua-t-elle avec un murmure conspirationniste.

Elle risqua un regard à Alexander, toujours sur le palier. Il la surveillait prudemment.

— Mais je ne veux aucun de ceux qu'Alice m'a proposés.

Ils étaient tous choqués par son affirmation. Apparemment, Rebecca adorait les babioles onéreuses.

— Mais maman, tu aimes tellement les bijoux ! s'exclama Callesandra.

— Les bijoux ne sont pas quelque chose qu'on aime, Callesandra, la corrigea-t-elle avec un sourire.

Elle ne pouvait s'empêcher de s'attacher déjà à cette petite fille. Elle avait l'impression de la connaître et c'était un peu le cas, vu tout ce qu'elle avait lu sur elle et sa famille.

— Ce qu'on aime, c'est les gens. J'admire en revanche beaucoup les bijoux, mais je préférerais quelque chose d'un peu plus discret. Puis-je t'emprunter ton collier, s'il te plaît ?

Callesandra sourit alors, pas d'un grand sourire, mais les coins de sa bouche se soulevèrent légèrement.

— Tu voudrais porter le mien ? demanda-t-elle à la fois émerveillée et hésitante.

— Oui. Je peux ? Juste ce soir. Après ma représentation, je te promets de te le rendre.

Alexander ricana à la porte, un air moqueur à son visage. Qu'est-ce qui lui valait ça ? Elle l'ignora et reporta son attention sur Callesandra, qui pencha la tête pour laisser Amanda défaire la chaîne en argent toute simple qui renfermait un pendentif en forme de cœur. Elle le plaça autour de son cou, toujours assise sur le sol et releva les yeux vers la petite fille.

— Eh bien, qu'en penses-tu ?

— Je pense que tu n'as jamais été aussi belle, maman, chuchota-t-elle.

— Je peux avoir un de tes rubans aussi ? Tu peux le nouer autour de mon poignet.

Callesandra attrapa un ruban et le libéra doucement.

— Je ne sais pas faire de nœuds, maman.

Elle secoua la tête et se mordit la lèvre, comme si elle allait se faire réprimander. Amanda la retourna et l'assit sur ses genoux. Elles étaient toutes deux face à Alexander maintenant.

— Je vais t'apprendre, affirma-t-elle en la serrant contre elle. Juste une simple boucle. Tu aimerais apprendre ça ?

Callesandra hocha la tête et Amanda aida patiemment la petite fille à nouer le ruban jusqu'à ce qu'elle ait réussi. Puis, elle enveloppa ses mains autour d'elle et la serra fort.

— Tu as réussi ! Merci, Callesandra. Je reviendrai te voir plus tard, promis.

Alexander s'avança alors et lui lança un nouveau regard curieux. Au moins, elle comprenait maintenant : son comportement devait lui paraître terriblement étrange. Vu ce qu'elle savait, Amanda n'avait rien de sa femme, Rebecca – même si visiblement, elle lui ressemblait physiquement. Malgré les étranges circonstances, sa crainte d'Alexander diminuait. Peut-être pouvait-elle régler ça.

— Viens, mon cœur, dit-il en prenant sa fille dans ses bras. Papa va te border.

Amanda regarda Callesandra serrer ses petits bras autour du cou d'Alexander et lui adresser un sourire par-dessus l'épaule de son père. Un vrai sourire. *Mon Dieu*, le sourire le plus incroyablement mignon qu'elle ait reçu. Amanda lui souffla un baiser, puis rit quand Callesandra l'attrapa.

Alexander revint quelques minutes plus tard, sûrement après avoir couché la petite.

— Je ne sais pas à quoi tu pensais ! s'écria-t-il. Mais tu ne joueras *pas* à tes jeux avec Callesandra. Ce n'est qu'une enfant.

Mon Dieu, il était furieux. Et qu'avait-elle fait de si terrible ? Fait sourire Callesandra ? *Ohh, quel terrible crime, Alexander !* À bout de nerfs, Amanda répliqua :

— Je ne joue pas, Alexander ! Et je ne le ferais jamais avec un enfant. Quel qu'il soit !

Il lâcha un reniflement de mépris.

— Viens. Tu as assez fait attendre tes invités. Je sais que tu n'as qu'une envie : donner ta *grande performance*.

Pour être honnête – ce qu'elle ne faisait pas du tout –, Amanda n'aimait pas vraiment les grandes représentations et faillit le lui rétorquer. À la place elle se dit : *Contente-toi de jouer, Amanda, et ce sera fini. À l'évidence, tu t'es cogné la tête plus fort que tu ne le pensais et c'est une hallucination ou un rêve. Ça t'apprendra à être obsédée par la lecture et les mystérieuses disparitions !*

Mais quelque part au fond d'elle-même, elle ne voulait pas que ça se termine. Jouer avec Alexander, le voir osciller entre la haine et l'envie de l'embrasser, était remarquablement amusant. D'accord, à dire vrai, elle voulait rester encore un peu jusqu'à ce qu'il l'embrasse à nouveau.

Inconscient de ses pensées – Dieu merci – Alexander la guida jusqu'à une salle de bal. Surpris, il baissa les yeux quand elle glissa sa main à son avant-bras. Elle plissa les yeux en réponse, l'avertissant en silence et sans prendre de gants qu'il était hors de question qu'elle le lâche. Si elle avait un jour eu besoin d'une ancre, c'était bien maintenant, à l'entrée de cette salle de bal, dont le haut plafond imposant était rempli de lumières grâce à des chandeliers exquis.

Les boiseries étaient cirées et brillaient, les murs étaient décorés de feuille d'or et de draperies d'un luxe à couper le souffle. Dans la pièce se trouvaient des tables avec des fleurs et des candélabres et de nombreuses personnes occupaient la piste de danse et oscillaient en rythme avec un orchestre qui jouait à la perfection. Sur le mur du fond, des portes-fenêtres s'ouvraient sur la véranda en marbre qu'elle avait vue plus tôt, d'où allaient et venaient des couples.

— Mon Dieu, murmura-t-elle dans un souffle.

— Ce n'est pas ce à quoi tu t'attendais ? demanda Alexander.

Amanda leva les yeux. Elle s'habituait à son regard noir, ce *je suis ton supérieur et ton gardien et tu m'es inférieure*. Agacée, elle lui rendit son regard une seconde, puis s'adoucit et caressa son avant-bras sous ses doigts. C'était un geste inconscient, presque pour essayer de l'apaiser. Elle soutint son regard et lui répondit en toute honnêteté :

— Ce n'est pas du tout ce à quoi je m'attendais, Alexander.

Et tu ne l'es pas non plus.

Il l'observa un instant avant que sa colère ne revienne et qu'il la pique au vif :

— La vie est rarement ce à quoi on s'attend, Rebecca. Comme tu le sais bien.

Il regarda l'endroit sur son bras où elle passait ses doigts sur lui, détourna le visage et la congédia.

— Va. Amuse-toi bien, Rebecca.

— Je ne veux pas partir, Alexander, murmura-t-elle.

C'était vrai. Elle n'était pas du tout prête à jouer pour ces gens, hallucination ou non.

— Donne ta représentation. Danse comme tu l'adores. Mais retire-toi de mon bras. Maintenant !

L'orchestre s'arrêta et, sentant qu'elle n'avait pas le choix, Amanda lâcha son bras.

— Dois-je jouer maintenant ?

— Tu adores ça, Rebecca, fit-il en secouant la tête, l'air presque dégoûté par elle. Joue autant que tu veux.

Il lui faudra travailler là-dessus. Il fit un geste du bras pour montrer toute la salle. Amanda haussa les épaules et se dirigea vers les musiciens à sa gauche, ne prêtant pas attention aux invités qui lui parlaient. Une personne à la fois, elle pouvait s'en sortir, mais feindre d'être la méchante Rebecca devant des dizaines ? Non, elle préférait se perdre dans la musique.

Quand elle atteignit le pianiste, elle lui tapota l'épaule et chuchota à son oreille qu'elle aimerait jouer.

Le pianiste s'inclina en se levant et lui céda le banc. La foule se tut peu à peu et elle commença à jouer.

Voilà qui lui convenait mieux. Ça, elle pouvait le faire. Amanda lâcha prise et sa musique envoûtante emplit la pièce. Elle oublia presque où elle était et continua jusqu'à ne plus pouvoir jouer, les yeux fermés jusqu'à ce que la dernière note disparaisse dans le silence. Quand un tonnerre d'applaudissements résonna dans la pièce, elle ouvrit les yeux et chercha Alexander dans la foule. L'intensité de son regard lui donna des frissons. De bons frissons.

Elle se leva et traversa la salle de bal, ignorant les compliments qu'on lui adressait. Elle ne regardait que lui et soutint son regard jusqu'à être devant lui.

— Ma représentation est terminée, dit-elle fermement d'une voix douce, avec un sérieux mortel. Bonne nuit, Alexander.

Alors, elle quitta la pièce.

En regardant derrière elle, elle le vit se tirer de sa stupeur. Il se retourna, s'apprêta à la suivre et Amanda se hâta. Elle l'entendait derrière elle, mais il ne l'atteignit que lorsqu'elle entra dans sa chambre. L'attrapant par le bras, il la fit faire volte-face. Il l'étudia et secoua la tête en agrippant ses bras.

— Qui êtes-vous ? chuchota-t-il.

C'était à la fois une question et une accusation.

Prête à se réveiller de cette hallucination, Amanda décida que le moment d'être honnête était venu. Ce n'était pas comme si ceci était réel de toute façon, même si ça semblait l'être. Toutes ses lectures obsessives sur le domaine des Montgomery s'étaient visiblement manifestées dans son subconscient depuis son coup à la tête.

C'était sûrement parce qu'elle était *physiquement* sur le domaine qu'elle avait imaginé Alexander lui sauver la vie, pas une fois, mais deux. Merci à son penchant pour les hommes puissants et autoritaires d'avoir imaginé cet homme. Exquis, élégant, viril. C'était peut-être aussi pour ça qu'être embrassée par lui avait paru être l'évènement le plus plaisant de sa vie.

Et Callesandra. Amanda avait toujours voulu des enfants, mais elle n'avait jamais trouvé la bonne personne avec qui les avoir. Si Callesandra avait été à elle, elle l'aurait chérie. Une petite fille si mignonne.

Cela lui brisa le cœur qu'ils aient tous deux étés si maltraités par Rebecca, que les histoires qu'elle avait lues soient vraies.

Un instant, Amanda sentit une attirance forte pour cette vie et souhaita que tout ça soit vrai, pour qu'Alexander soit son mari et Callesandra sa jolie fille. Elle voulut le toucher une dernière fois avant que ce soit terminé, effleura des doigts les pans de sa veste, puis posa ses mains à plat, sur son torse.

— Ce soir, je suis votre femme, je suppose... et la mère de votre fille. Mais je ne vous ai jamais vu de ma vie avant ça.

4

---

21 février

Californie du Nord

— Tout ce que je vois, Evan, ce sont des flashs de ma propriété sur les îles Britanniques.

Amanda haussa les épaules et se détourna du soleil qui lui réchauffait le visage, déçue que le seul premier moment de véritable calme des semaines post-retour à la maison se termine.

— Callie et moi partons. Sam. Stan.

Elle ouvrit les yeux et les baissa sur les cicatrices autour de son annulaire et du haut de sa main gauche. Son poignet était une autre histoire. À l'évidence, elle avait été opérée même si elle ne s'en souvenait pas du tout. Elle se retourna et le vit franchir la porte-fenêtre.

Montgomery. *M.* Montgomery.

Il la fixait du regard. Elle en était figée sur place. Il avait cet effet sur elle, qu'aucun homme qu'elle avait connu n'avait produit – d'après ses souvenirs, du moins.

Avec à peine un hochement de tête à Evan, il avança jusqu'à elle et plongea ses yeux dans les siens. Son regard était intense et pénétrant. C'était un peu désagréable, mais elle appréciait le sérieux avec lequel il observait sa famille et elle.

Elle n'avait jamais vécu ça au cours de toutes ses années de célébrité où elle avait fait appel à un service de protection rapprochée, pourtant cela semblait normal. Elle n'arrivait pas à se l'expliquer et n'était pas sûre de le vouloir. Amanda remettait cela sur le compte d'un lien karmique, car rien d'autre ne pouvait expliquer la sensation de profonde connexion qu'elle ressentait avec ce presque-inconnu. Pour ce qui aurait pu être la centième fois maintenant, parce que oui, elle comptait, elle sut ce qu'il se demandait sans qu'il parle à voix haute.

— Je vais bien, dit-elle en réponse à sa question muette.

Il s'adoucit.

— C'est agréable d'être dehors. Même avec vous comme ombre constante, dit-elle à l'attention d'Evan.

Elle indiqua de la tête Evan, assis à la grande table de la terrasse.

— C'est nécessaire.

Il tendit la main pour inspecter ses poignets, effleura les bleus qui s'étaient estompés en un jaune pâle. Puis, sa grande main se posa sur ses épaules et la serra doucement.

— Tu voudrais un peu de répit ?

— Oh oui. S'il te plaît.

— Viens.

Il la fit entrer, avec un signe pour son psychiatre à domicile quand ils le dépassèrent.

— On parlera plus tard, Amanda, l'interpella le Dr Childress.

— Bien sûr que oui, Evan.

Helen lisait dans le calme sur le canapé dans le grand salon à côté de la cuisine. Un couffin se trouvait sur la table basse devant elle, où Zander dormait.

Amanda et M. Montgomery se penchèrent vers le bébé au même moment. Ses longs bras l'atteignirent en premier, mais après un rapide baiser sur la tête de Zander, il posa le bébé dans ses bras, le glissant à la perfection dans le creux de son cou et à l'angle qu'il fallait pour qu'elle l'enveloppe. Amanda se tourna pour voir l'heure sur une grande horloge au-dessus de la cheminée.

— 7 heures.

Elle sourit.

— Merci, Amiral.

Elle l'observa se servir une grande tasse de café, puis lui jeter un regard par-dessus son épaule et hausser un sourcil en montrant la tasse. Elle accepta, il rit et lui apporta la tasse.

Callie arriva à ce moment dans la cuisine, son chien en peluche préféré dans la main et une couverture derrière elle.

— Bonjour maman... bonjour, Amiral.

M. Montgomery la prit dans ses bras et lui embrassa le front. Callie posa son visage sur son épaule et glissa deux doigts dans sa bouche en fermant les yeux.

C'était un tableau mignon. Si Amanda gagnait une pièce à chaque moment tendre dans sa maison dernièrement, elle serait très riche. Même si elle l'était déjà, pensa-t-elle en riant toute seule. Ses pensées furent interrompues par l'arrivée de Sam.

— Bonjour.

M. Montgomery servit une autre tasse de café, ajouta de la crème et la lui tendit à son passage.

— Merci, Alex.

Elle s'assit dans un des deux grands fauteuils rembourrés de la cuisine. Stephen avait fini sa course matinale sur la plage et entra par la porte-fenêtre avant de prendre le café que son frère lui tendait.

— Bonjour, petit singe, dit-il à Callie qui ouvrit les yeux et sourit.

Rosa entra et s'occupa de refaire du café et de préparer le petit déjeuner.

— Eh bien, maintenant que tout le gang est là..., commença Amanda

— Quelqu'un a dit *gang* ?

Stan fit une entrée remarquée depuis la terrasse, digne d'un policier de la télévision. Callie rit, ce qui était le but, et il tendit la main pour lui pincer le nez.

— Je pars pour les huit prochaines heures, indiqua-t-il à Stephen. Tu veux que j'attende que tu te sois douché ?

Stephen regarda par la fenêtre où deux autres hommes montaient la garde. Amanda les avait vus un peu plus tôt. Sa maison était devenue une véritable forteresse depuis que les frères Montgomery avaient pris le relais. Elle s'était pourtant sentie en sécurité quand elle n'avait que Stan. Et franchement, elle imputait la hausse de sécurité ces dernières semaines à M. Montgomery. Après tout, il était le propriétaire d'une entreprise qui valait des centaines de millions de dollars. Elle ne pouvait qu'imaginer sa fortune. Bien sûr, même l'homme qui proposait une protection, aussi bon soit-il, avait besoin d'être protégé lui aussi.

Stephen secoua la tête.

— Ça ira. À ce soir.

Il lui tint la porte ouverte et ils ressortirent tous sur la terrasse, laissant de la place à Rosa pour préparer le petit déjeuner.

Sam s'allongea sur une chaise longue et remonta le plaid au bout. Il faisait encore un peu froid et il y avait plus de vent que d'habitude.

— As-tu vu l'invitation, Ammy ?

Elle savait qu'elle parlait de l'évènement de charité La Nuit des Stars. Art Fisher l'avait créé et présidait le gala depuis dix ans maintenant. Il récoltait de l'argent pour les militaires à la retraite, les guerriers blessés et leurs familles, ainsi que ceux qui avaient perdu quelqu'un au service du pays.

Elle y avait souvent joué par le passé. Cette année, elle était censée aider avec les festivités. Son nom n'était pas listé au cas où elle n'était pas prête à sortir de l'ombre, mais Art espérait qu'après la naissance du bébé, elle commencerait à reprendre sa place en société.

— Ça semblait être une bonne idée sur le coup, souffla-t-elle. Non ?

Sam rit.

— Sur le coup, oui.

M. Montgomery s'appuya à la rambarde ; derrière lui, le soleil se levait, ce qui donnait une sacrée vue. Jean ou pantalon, chemise ou tee-shirt, il semblait constamment tout droit sorti d'une couverture de magazine.

— La Nuit des Stars ? J'ai une table à cet évènement, intervint-il.

Il sourit et secoua la tête, agitant ses cheveux épais au vent.

— Art m'a fait signer un contrat pour que je continue à être bienfaiteur et co-préside l'évènement par la suite, jusqu'à ce qu'il décide de prendre sa retraite. Ensuite, je serai président officiel.

Son téléphone sonna et après avoir pris l'appel, il annonça :

— On dirait que je vais retourner au bureau plus tôt.

Amanda fronça les sourcils, un peu triste qu'il parte déjà. Elle l'observa s'agenouiller près de Callie, qui était désormais sur la chaise avec Sam. Il avait pris l'habitude de la déposer à l'école en allant en ville, la plupart des matins. Cela ne dérangeait pas Amanda – elle détestait le chaos de l'ouverture et fermeture de l'école – et puis, sa fille ne pouvait être entre de meilleures mains.

Callie fit un grand sourire en réponse à ce que lui avait dit Alex. Amanda ne savait pas ce qu'ils se disaient, puisqu'ils parlaient souvent dans une autre langue, ce qui était en fait assez comique. Ses gloussements cessèrent et il posa sa grande main sur la tête de Callie un long moment avant de s'approcher d'Amanda.

— Prends quelque chose à manger avant de partir, proposa-t-elle quand il s'arrêta pour la regarder.

Il lui serra doucement l'épaule, mais ne bougea pas et continua de la fixer du regard. Elle leva les yeux au ciel et sourit.

— Je vais bien. Vraiment.

Il lui rendit son sourire, hocha la tête et retourna à l'intérieur. Stephen l'accompagna et en un rien de temps, ils mangèrent leur petit déjeuner et préparèrent Callie pour l'école. Puis la journée défila dans un tourbillon.

Pendant que Callie était à l'école, Amanda partit à son studio de danse. Il se trouvait dans l'étage inférieur de la maison, mais c'était la première fois depuis des semaines qu'elle faisait quelque chose comme ça. Elle alluma la musique et sourit en entendant *Secrets* de One Republic. Elle appuya sur le bouton répéter et se perdit dans la musique pendant presque une heure, se demandant quels secrets elle avait et quand elle s'en souviendrait.

Plus tard cet après-midi-là, Amanda accompagna Stephen pour aller chercher Callie à l'école, heureuse de reprendre un semblant de routine. Les encouragements constants d'Evan pour reprendre sa vie là où elle l'avait laissée et permettre à la nature de suivre son cours aidaient. Ils se charriaient l'un l'autre, mais Amanda l'appréciait vraiment et elle savait qu'il ne voulait que le meilleur pour elle.

Callie était si contente de la voir à la sortie de sa classe qu'elle courut tout le long du trajet jusqu'à la voiture. Stephen la souleva pour la déposer sur son siège et l'attacha. Amanda ne savait pas comment le nom Stephen était devenu *Aboon* avec les troubles d'élocution de Callie, mais c'était quand même mignon.

— On peut aller nager quand j'aurai fini mes devoirs ?

— Bien sûr, mon cœur, accepta Amanda en posant la main sur sa joue. Dis-moi, qu'est-ce que tu as appris aujourd'hui ?

Quelques heures plus tard, elles étaient dans la piscine. Sam les rejoignit, bien sûr, comme Stephen. Au retour de Stan, Callie lui demanda de venir et il ne résista pas. Une vraie *pool party* de fin d'après-midi. Seule une personne manquait : Al... M. Montgomery, se corrigea-t-elle.

Dernièrement, c'était lui qui allait chercher Callie à l'école, car il était souvent sur le chemin pour rentrer pile à ce moment, ce qui était bien pratique. Callie adorait ça, Amanda le savait. Chaque fois qu'il la soulevait pour la faire descendre de voiture, elle rayonnait, puis courait raconter à sa mère toute sa journée. Quant à M. Montgomery, il s'éclipsait avec son frère dans le salon, la cuisine ou la terrasse pour parler travail avant qu'ils ne dînent tous ensemble.

Amanda repensa à l'une des premières fois où elle était

tombée sur lui après leur réunion d'après-midi. Elle était simplement descendue et l'avait découvert assis au bar. Cela lui plaisait qu'il soit si à l'aise chez elle.

Bon Dieu, parfois, elle pensait qu'il était *plus* à l'aise dans sa maison qu'elle-même. Et encore une fois, elle avait remarqué combien elle était attirée par lui – ce n'était pas juste qu'il était incroyablement beau, mais elle n'arrivait pas à mettre le doigt sur ce dont il s'agissait exactement. Pas encore. Elle l'avait observé un moment avant qu'il sente sa présence. Il la surprenait toujours quand elle l'espionnait.

— Journée difficile au boulot ? avait-elle demandé d'un ton léger pour cacher sa gêne.

Il avait souri et avait tripoté les dossiers devant lui.

— Ce n'est pas le travail. Ce sont les contrats avec lesquels j'ai un problème.

Il s'était frotté les yeux et l'avait invitée à s'installer sur le tabouret à côté de lui. N'ayant pas besoin d'autre encouragement, contente d'être en sa compagnie, elle s'était assise pour regarder les documents. Elle avait parcouru une dizaine de paquets de sept centimètres environ.

— Alex, s'était-elle risquée, tu as toute une équipe d'avocats.

C'était la deuxième fois seulement qu'elle l'appelait par son prénom.

— Oui. Mais Chris m'a conseillé que l'entreprise Montgomery soit l'entreprise parente et que Calder Defense reste une filiale que nous possédons.

Qu'il partage quelque chose de si important avec elle l'intégrait à tout ça. Être sous la protection des frères Montgomery lui donnait cette sensation-là de toute façon.

— Et tu lis ça en intégralité ? avait-elle demandé en soulevant un dossier.

— C'est l'entreprise de notre famille, Amanda. Es-tu en train de me dire que ce n'est pas ce que je devrais faire ?

— Je sais que tu es britannique, avait-elle dit en tapotant sa main comme si son héritage était une explication pour son comportement, mais as-tu un diplôme en droit ?

— Non.

— Écoute. Chaque fois que je dois signer un document légal, mon avocat m'explique ce que je signe. M'informe si des changements sont faits au contrat d'origine et si oui, où. Ensuite, je signe. C'est pour ça que j'embauche un avocat. Ils sont fiables.

— Ne devrais-je pas savoir ce que je signe exactement ?

— Eh bien si, mais c'est pour ça que tu as Chris et une équipe d'avocats. Je te le dis, ce qui est écrit en douze paragraphes à rallonge, ils peuvent te le résumer en deux ou trois phrases.

— Tu es très intelligente.

Elle avait rougi.

— Tu me surprendras toujours, avait-elle répliqué.

Il avait effleuré sa joue pour repousser une mèche de cheveux derrière son oreille et elle était devenue péniblement consciente de toutes ses sensations.

— Comment ?

Sa voix était douce, ses doigts toujours dans ses cheveux. Elle s'était reprise un instant trop tard, après s'être penchée pour s'approcher de lui. Elle était si à l'aise avec lui qu'elle avait répondu avec honnêteté.

— Je pensais que tu serais arrogant. Mais pas du tout.

Le cri de Zander l'arracha à ses pensées et elle s'excusa du reste de la *pool party* pour monter le nourrir, même s'il était tôt. Pendant qu'il dormait, elle se doucha et se changea, pressée de rejoindre les autres pour le dîner.

En chemin pour sortir, elle sourit quand elle entendit des voix, une en particulier. Elle devait l'admettre, elle devenait plus que fascinée par cet homme. C'était étrange que ce soit encore un Alexander Montgomery qui attire son intérêt.

— Je sens de la viande, dit Amanda en sortant sur le patio en pierre. Mmh.

Elle ferma les yeux et inspira profondément.

Alexander sourit en la voyant. Elle portait un de ses pantalons préférés en cachemire et un sweat à capuche. Ses cheveux étaient ramenés en arrière, son visage propre et ses pieds nus. Helen la suivait, Zander dans les bras. Cela faisait trois semaines qu'il l'avait ramenée. Malgré ses pertes de mémoire, la fatigue et la rigueur de leur fils très exigeant, elle semblait s'être pliée au nouvel ordre des choses sans trop de difficulté.

Comme il l'avait espéré, elle avait facilement accepté sa présence vu que Stephen était affecté à plein-temps à sa sécurité. Amanda pensait qu'Alexander rentrait plus tôt pour parler planning et papiers avec son frère, et quand elle avait compris qu'il emmenait Callie à l'école chaque matin en allant au bureau, une semaine était déjà passée.

Il avait commencé à expliquer qu'il était tout aussi compétent que Stan ou Stephen, mais elle l'avait arrêté au milieu de sa phrase et avait répliqué :

— Vous vous déplacez avec quinze hommes, un convoi de cinq véhicules, vous êtes tous armés et vous...

Elle avait tendu la main et touché son bras.

— Je vous fais confiance, Alex.

Il savait qu'elle s'apprêtait à dire *et vous m'avez ramenée à la maison*, mais *je vous fais confiance* était mieux et c'était la première fois qu'elle l'appelait par son prénom.

La plupart des après-midi, du moins jusqu'à aujourd'hui, où Amanda avait recommencé à aller chercher leur fille à l'école, il avait programmé son retour de sorte à passer à l'école prendre Callie. Puis, quelques heures plus tard, il revenait dîner. Amanda appréciait la proximité entre son frère et lui et l'encourageait à venir et rester. C'était parfait.

— Qu'est-ce qu'on mange ? demanda Amanda.

Il leva les yeux au ciel.

— Vraiment ?

S'il faisait des grillades, c'était qu'ils mangeaient du steak et elle le savait. Dieu merci, elle dormait lors de sa première tentative de barbecue, quelques jours après leur arrivée ici. Il avait failli perdre ses cheveux et faire exploser la maison. Callie avait trouvé ça trop drôle. Michael et Trevor aussi. Malgré son entraînement et sa compréhension de la vie moderne et ses gadgets, il restait encore quelques détails à apprendre.

Amanda sourit de son sarcasme et s'assit sur le canapé qui donnait sur la terrasse de la piscine. Elle brandit ses mains vers Zander.

— Coucou bébé. Maman est là.

Helen s'affaira pour mettre des coussins derrière elle et la poussa pour qu'elle s'allonge.

— Sérieusement, Helen ?

Son infirmière se contenta d'un sourire en coin – elle adorait son travail et Alexander devait admettre qu'elle y excellait. Il dut s'empêcher de rire quand elle lui parla en français et que Stephen rejoignit leur conversation.

Alexander observa Sam et Callie sortir de la piscine et se diriger vers Amanda sur le canapé. Callie courut, l'embrassa, déposa un gros baiser sonore sur son frère, puis passa à Alexander. Elle s'accrocha à sa cuisse et, du coin de l'œil, Alexander vit Amanda le remarquer et sourire toute seule.

Sam lança un regard à son amie tout en prenant une boisson dans le panier.

— Ils sont tellement malpolis.

— M'en parle pas.

Certainement pour montrer qu'elle était agacée d'être écartée de la conversation en *français*, Amanda choisit ce moment pour augmenter le volume de la musique.

Alexander se hérissa. *If I Die Young*[1] de The Band Perry, d'après ses souvenirs. Une belle musique, mais il détestait les paroles.

---

1. *Si je meurs jeune* en anglais.

L'amour de la musique de sa femme avait alimenté le sien et ses artistes préférés lui restaient toujours en tête, maintenant. Une des premières choses qu'il avait faites dans le XXIe siècle – après comprendre ce qu'était qu'un ordinateur, comment l'allumer et télécharger de la musique – c'était chercher tous les artistes dont elle lui avait parlé quand ils étaient assis au coin du feu, ou qu'elle lui jouait au piano.

Il caressa Callie, toujours accrochée à sa jambe et lui fit un signe de tête. Elle sourit et se rendit auprès de sa mère. Amanda glissa un bras autour d'elle et Callie se pencha pour lui faire un nouveau bisou et prendre son téléphone en même temps.

— Callesandra Eleanor !

Amanda savait sûrement ce qu'elle s'apprêtait à faire et savait qu'il le lui avait demandé. Elle feignit la colère un instant avant de rire.

Alexander adorait la voir aussi heureuse, le cœur léger. C'était comme s'ils formaient de nouveau une famille entière. Enfin, presque. Il devait admettre que la vie était meilleure ici, à cette époque. Il y avait une liberté, une différence de possibilité à tout niveau. Même si leur ancienne vie était simple, cette époque était inexplicablement facile. Ce qui semblait un peu ridicule vu qu'il dirigeait un conglomérat valant des millions dans cette vie.

Mais au sujet de sa famille, il commençait à distinguer une insouciance qu'il ne connaissait pas, même quand Amanda était devenue sa femme dans le passé. Et ça ne ressemblait en rien avec la notion morne de famille avec laquelle il avait été élevé.

Callie trotta jusqu'à lui et lui ramena le téléphone au moment où Rosa attrapait le plateau de steaks qu'il venait de griller. Sous les yeux d'Amanda, il adressa un clin d'œil à Callie et mit la chanson qu'il voulait. *Anytime*[2] de Journey. Amanda rit, fort. Alexander l'imita, prit Callie dans ses bras et dansa jusqu'à retrouver sa mère.

---

2. *N'importe quand* en anglais.

— Comment peux-tu être fâchée contre une enfant si adorable ?

— Oh, elle sait y faire. Je courrais si j'étais toi, Callie. Tu sais que maman est sérieuse quand tu brises les règles.

— Je crois que c'est sa *maman* qui brise les règles, marmonna-t-il en réponse.

— Je ne vois pas la différence, protesta-t-elle avec un geste de la main.

— C'est ta réponse à tout ?

— Écoute, monsieur Je-sais-ce-qui-est-le-mieux-pour-toi-et-ta-famille… J'ai un plan d'éducation très sain.

Alexander savait que son visage trahissait ce qu'il pensait de cette déclaration ridicule.

— Juste pour que ce soit clair, mon cœur, tu crois que pourchasser ta fille et la chatouiller jusqu'à ce qu'elle demande grâce est une technique de discipline brillante ?

Amanda sourit, ignorant son sarcasme.

— Bien entendu.

— Bordel de merde.

Callie lui cria qu'il devait mettre un sou dans le bocal à gros mots tandis qu'il la reposait. Il la pourchassa et la chatouilla jusqu'à ce qu'elle demande grâce, puis la câlina en l'amenant à table.

— Tu vois ? décréta Amanda.

Il sourit en réponse et s'approcha d'elle pour prendre Zander et l'aider à se lever. Ce faisant, elle lui marcha sur le pied et heurta son torse. Génial. Il enveloppa son bras libre autour d'elle, l'attirant à lui pour l'équilibrer.

— Ça va ?

Amanda acquiesça, accrochée à sa chemise, mais n'essaya pas de bouger. Sa tête était légèrement penchée, elle ferma les yeux et inhala profondément. Le geste semblait être un pur réflexe. Un instinct primitif réveillé par son partenaire qui la prenait dans ses bras. Il ressentait la même chose.

Elle resta parfaitement immobile et il se demanda s'il se

passait quelque chose – un souvenir, peut-être ? Il sentit ses narines se dilater et son corps réagir à elle. Son odeur était incroyable. Ça faisait tellement de bien de l'avoir pressée contre lui de nouveau, après tout ce temps. Il détestait devoir retirer ses bras de son dos.

— Va-t-on manger, Montgomery ? demanda-t-elle après un moment.

Elle le regarda enfin. Il sourit.

— Oui, Marceau, il y a un gros filet à ton nom.

Il la poussa vers la table, en se disant qu'il valait peut-être vraiment mieux ne rien dire pour l'instant. Il sentait la connexion entre eux, vibrante et forte. C'était l'option deux, pour sûr. Malgré tout, il s'inquiétait qu'elle découvre la vérité de la mauvaise façon et que le jeu auquel ils jouaient leur revienne en pleine tête.

5

22 février
Californie du Nord

Tôt le matin suivant – elle ne s'était pas réveillée aussi tôt depuis une éternité –, Amanda s'engagea prudemment dans l'escalier, souriant en s'appuyant sur la rambarde d'une main et en tenant Zander de l'autre. Elle se sentait comme une petite fille à Noël. Sa maison était remplie de gens, ce qui l'excitait un peu. Elle adorait avoir tout le monde autour d'elle et c'était le cas tout le temps.

C'était encore bien avant l'aube, mais elle était fatiguée que tout le monde en fasse tant pour elle, la traîne comme une poupée en porcelaine fragile. Non qu'elle ne soit pas reconnaissante pour leur aide, mais elle devait reprendre les choses en main. Reprendre sa vie en main. Tout. Le plus étrange dernièrement, c'était que même avec sa perte de mémoire, au fond, elle se sentait complète. Elle n'arrivait pas à l'expliquer, malgré tous ses efforts.

Dans la cuisine, elle appuya sur le bouton de la cafetière pour la lancer et s'installa avec Zander sur le canapé. Dès qu'elle entendit la machine crachoter, elle posa Zander dans le couffin et alla chercher sa première délicieuse tasse de café.

———

— Où est Helen ?

Alexander regarda Amanda terminer de servir le café et prendre une nouvelle tasse. Elle afficha un sourire conspirateur.

— Je me suis échappée.

Elle était adorable. Alexander prit le café qu'elle lui tendait. Il voulait la gronder d'être debout et sans assistance, comme si elle devait pour toujours être enveloppée dans du coton et protégée, mais son sourire le désarma. Ça et le fait qu'elle portait un short de pyjama et que ses belles et longues jambes et ses fesses étaient les premières choses qu'il avait vues en entrant.

Alors à la place, il but une grosse gorgée, reposa la tasse sur le plan de travail et lui demanda pourquoi elle était réveillée si tôt. Il était à peine 5 heures. Elle avait déjà brossé ses cheveux et les avait attachés. Son visage semblait lavé et ridiculement beau.

— J'imagine que je commence à me sentir mieux. Mes pensées sont plus claires. Je me sens reposée. Et vraiment, entre Helen, Rosa, Sam, sans parler de Stephen, Stan et *toi*, il n'y a pas grand-chose que je puisse faire. Ça fait du bien de se lever avant tout le monde, de m'occuper de Zander moi-même, de regarder Callie dormir. Je me suis même brossé les dents et les cheveux sans qu'on soit à côté de moi comme si j'allais m'écrouler. Mentalement comme physiquement.

À part les équipes de sécurité dehors, la maison était encore silencieuse et vide, à cette heure-là. Il faudrait encore au moins une trentaine de minutes avant qu'ils aient de la compagnie.

— J'ai pu descendre avec Zander et préparer le café moi-même, ajouta-t-elle dans un sourire. La cafetière venait de finir quand je l'ai posé dans le couffin. Et toi, tu es souvent réveillé à cette heure-là ?

Elle savait qu'il venait chaque matin rendre visite à son frère, mais normalement, elle ne les voyait que plus tard, puisqu'ils parlaient travail calmement entre eux.

— Oui.

Pour rien au monde il n'aurait manqué de venir voir sa famille chaque matin. Et puis, c'était un luxe dont il avait dû se passer pendant si longtemps que cela semblait nécessaire à son bien-être. Dormir dans la maison d'à côté facilitait les choses.

— Tu veux sortir dehors ? Il fait déjà assez chaud.

Elle hocha la tête.

— Je vais prendre les tasses.

— Et moi le bébé.

Il souleva Zander de son couffin et l'installa contre son torse. Il se dirigea vers la baie vitrée, mais Amanda l'arrêta.

— Attends. Tu as faim ?

Alexander lui sourit, secoua la tête et lui dit que le petit déjeuner serait dans une heure, comme tous les jours. Il se retourna vers la porte-fenêtre et manqua de heurter Amanda en se tournant encore pour demander si *elle* avait faim. Il tendit rapidement la main pour la stabiliser, mais la seule chose qu'il pouvait faire avec Zander dans les bras, c'était attraper son tee-shirt. Le tissu se froissa dans sa main et il l'attira à lui et attendit qu'elle ait repris pied. Cela semblait beaucoup se produire dernièrement et il n'en était pas mécontent.

Elle le dévisagea, les tasses toujours dans ses mains, la tête penchée sur le côté. Il attendit, espérant que peut-être, elle se souvienne de quelque chose. *Allez, tu l'as, je t'aime, tu es ma femme, on a deux beaux enfants et j'ai traversé les siècles pour être avec toi.* Mais elle secoua la tête, comme pour clarifier ses pensées et mit fin au moment.

— Est-ce que quoi ?

Il sourit. Il lui fallut un instant pour se rappeler ce qu'il lui avait demandé.

— Est-ce que tu as faim ?

— Pourquoi ? Tu vas me préparer le petit déjeuner ? le taquina-t-elle.

Sa main tenait toujours son tee-shirt et il l'attira légèrement à lui, s'approcha de son beau visage.

— Je serais prêt à chasser – non tuer –, dépiauter, nettoyer et cuisiner pour toi.

— Bon Dieu, Montgomery, pourquoi s'embête-t-on à aller faire les courses ? chuchota-t-elle.

— Tu n'as pas répondu à ma question.

Elle écarquilla les yeux et rougit de manière adorable.

— Que m'as-tu demandé ?

— Tu as faim ?

Elle secoua la tête.

— Un café, ça ira pour l'instant.

Cette fois, elle indiqua la porte-fenêtre qui menait à la terrasse.

Ils s'installèrent sur le canapé. Alexander prenait un espace conséquent d'un côté, étendit ses jambes et ajusta Zander. Amanda s'adossa aux coussins de l'autre côté et posa ses pieds sous le coussin à côté de lui.

— Alors, *Monsieur* Montgomery. Comment as-tu fini par t'occuper de la sécurité ?

C'est parce que je n'arrivais pas à te trouver.

— C'est à cause de mon passé de militaire. Comme beaucoup d'autres.

— En Grande-Bretagne ?

— Oui.

— Ça te manque ?

— La Grande-Bretagne ?

Amanda rit.

— Oui, la Grande-Bretagne.

Il secoua la tête.

— Non, Amanda. Ça ne me manque pas.

Il ne voulait plus jamais reposer un pied en territoire britannique.

— Je ne sais pas pourquoi, mais ça me fait peur.

Elle l'avait dit si doucement. Il pencha la tête et la regarda.

— Le Royaume-Uni ? clarifia-t-il.

— Oui.

— Pourquoi ?

Il savait pourtant très bien pourquoi.

— Tu vas me croire folle, mais... j'ai l'impression d'y avoir laissé un grand morceau de moi. Je veux dire, on y allait tout le temps, mais pour une étrange raison, maintenant... j'ai l'impression de... de... de détester cet endroit.

— Je ne te prends pas pour une folle.

Evan sortit dehors.

— Eh bien, bonjour. Je vois que vous vous réveillez à l'heure des poules.

— Bonjour Evan, dit joyeusement Amanda.

Puis, elle chuchota à Alex qu'elle prévoyait de dire à Evan qu'elle se raserait la tête pour rejoindre un cirque. Alexander rit, regarda sa montre et proposa :

— Et si je vous laissais un peu de temps ensemble ? Il reste encore du temps avant le petit déjeuner.

Il se leva et prit Zander avant de rentrer. Après avoir fermé la porte, il se tourna et regarda sa femme fermer les yeux et débuter sa session avec Evan.

<hr>

Amanda sourit en sortant, s'émerveillant encore de la satisfaction qu'elle ressentait, malgré tout ce qui lui était arrivé. Après un autre grand dîner de famille en plein air ce soir-là, elle avait trouvé Callie sur les pierres près de la fontaine, à chanter en sautant d'une pierre à une autre, sous les yeux des adultes.

Stephen et Sam riaient tandis qu'elle hurlait *Rockstar* d'A Great Big World. Alex était appuyé à la balustrade à boire du whiskey. Elle avait remarqué qu'il appréciait le Macallan qu'elle avait en grande quantité derrière le bar. Ça collait bien à sa personnalité.

Le soleil commençait à se coucher et elle s'approchait de la balustrade quand Alex tendit son long bras et la toucha. Elle s'arrêta à côté de lui, voyant qu'il avait une vue parfaite sur Callie, qui chantait toujours, mais sautait désormais sur le bord de la fontaine.

— Je pensais aller marcher sur la plage. Ça te dit ?

— Sans l'ombre d'un doute, répondit-il.

Il tripota la capuche d'Amanda pour la mettre bien en place. Elle n'était pas sûre qu'elle avait vraiment besoin d'être remise, mais il avait un penchant pour les contacts physiques et de grandes mains terriblement douces. Chaque fois qu'elle se trouvait devant lui dernièrement, elle avait remarqué qu'il la touchait. Repoussait ses cheveux en arrière, remettait bien son col, l'étudiait du regard.

— Quelque chose te tourmente ? s'inquiéta-t-il.

Il était aussi perspicace. Elle ne voulait pas dire ce qui la dérangeait, parce que c'était avouer qu'elle appréciait vraiment sa compagnie. Elle aimait qu'il soit présent. Oui, elle aimait que tout le monde soit là, mais lui plus que tout. L'inquiétude avait pourtant lentement pris possession de ses pensées et encore plus ce soir-là. Elle avait peur que son sentiment de joie prenne fin.

Elle en avait parlé à Evan. Comment pouvait-elle maintenir ce sentiment de sécurité alors que la dernière personne avec qui elle avait eu une relation ou quelque chose du genre était visiblement partie ? Alors qu'elle ne savait même pas si elle pouvait faire confiance à son propre *cerveau* pour ne pas effacer tous ses souvenirs ?

À côté d'elle, Alex but une nouvelle gorgée de whiskey et lui proposa son verre. Elle l'accepta et regarda son contenu.

— Je crois...

Elle pencha la tête sur le côté pendant qu'il attendait en silence. Quand rien ne lui vint, elle haussa les épaules et but une petite gorgée du liquide ambre.

— J'ai quatre boîtes de ce truc et je ne sais pas pourquoi.

Il sourit, frôla le verre des doigts et cria aux autres en bas qu'ils allaient descendre sur la plage. Amanda but une autre gorgée de whiskey et Stephen prit quelques couvertures à l'intérieur de l'ottomane et signala à Michael qu'ils descendaient tous.

Callie partit en premier avec Sam et Stephen tandis qu'Alex et Amanda suivaient à un rythme plus lent, progressant jusqu'en bas de l'escalier vers le chemin de la plage. La nuit tombait et il était difficile de voir les galets et zones difficiles. Elle perdit pied à un moment et Alex lui attrapa la main pour la stabiliser. Peut-être était-ce le whiskey, ou sa propre audace, mais de son autre main, elle s'accrocha au passant à la ceinture de son jean. Quand elle trébucha une deuxième fois, il s'arrêta et s'agenouilla.

— Monte, mon cœur.

Elle grimpa avec joie sur son dos, enroula ses bras autour de son cou et appuya son menton sur son épaule le temps qu'il la porte sur le reste du chemin.

Sam, Stephen et Callie marchaient toujours, mais ils avaient laissé les couvertures près du chemin. Alex sortit une flasque de sa poche arrière et sourit. Elle rit et il l'ouvrit, but une gorgée et la lui tendit.

— Amanda, dit-il quand ils arrivèrent et qu'il la posa sur la place.

Elle attendit qu'il termine, mais il se contenta de secouer la tête et de la regarder intensément.

— Tu vois cette constellation ? demanda-t-elle après un long moment, en montrant le ciel.

— Oui.

— Je ne me rappelle pas son nom. Il est sur le bout de ma langue, mais ça ne me revient pas.

Ce qui était bizarre, car elle ne pensait pas s'être intéressée aux constellations avant. Et ce n'était pas comme si elle regardait la Grande Ourse.

— Le Grand Chien, répondit-il aussitôt.

Oh mon Dieu, il avait raison.

— Et celle-ci ?

— La Girafe.

Il continua à nommer chaque constellation qu'elle montrait et quand il tendit son bras et commença à nommer encore plus de constellations et d'étoiles, elle eut une grosse sensation de *déjà-vu*. Sa connaissance de l'astronomie était impressionnante. Il y avait aussi quelque chose dans la cadence de sa voix qui la calmait et lui prodiguait un sentiment de sécurité. Qui croyait-elle tromper ? *Il* éveillait chez elle ce sentiment. Elle adorait l'écouter parler. Peu importe la langue. Sans parler de son maudit accent britannique.

— Comment en sais-tu autant ?

— Cela faisait partie de mes études.

— Qu'as-tu étudié d'autre ?

— L'astronomie en grande partie, répondit-il en riant. La science physique, les lois mathématiques, la philosophie. Le latin.

— Tu as appris le latin ? demanda-t-elle incrédule.

Il rit.

— Oui.

— Pourquoi l'astronomie ?

— Je devais apprendre comment regarder dans le ciel et me repérer dans l'espace. Comment le cycle de la Lune affectait les marées.

— Oh, bien sûr – la navigation, dit-elle en plaquant sa main sur son front. As-tu déjà été pris dans une tempête ?

Son geste l'amusa.

— Souvent.

— Avais-tu peur ?

— Je n'avais pas le temps. Des hommes avaient besoin de mes connaissances et de mon instinct pour rentrer en vie.

Elle hocha la tête.

— La détermination.

— Eh bien ?

— Ça te décrit à la perfection.

— Je suis humain, Amanda. J'ai eu mes moments.

Elle rit alors.

— Je n'en suis pas si certaine. Tu es sûr que tu n'es pas un superhéros déguisé ?

Il soupira.

— Les superhéros ne gagnent pas à tous les coups.

Elle secoua la tête. Véhément.

— Si, Alex. Ils peinent peut-être et peuvent même sembler perdre pied, mais ils gagnent toujours. À la fin, ils gagnent toujours.

6

28 février
Californie du Nord

— Tu as vu papa ? demanda Callesandra ensommeillée.

Amanda était venue la voir peu de temps après minuit. Ébahie par la question innocente de Callie, elle recula la tête, comme si elle avait été frappée. *Papa ?*

— Qui, Callie ?

Elle voulait être sûre d'avoir bien entendu. Callie roula sur le lit et chuchota :

— L'amiral, maman.

Alex ? Qu'est-ce qui avait donné à Callie l'idée qu'*il* était son père ? Certes, il avait été très présent – tout le temps – et très affectueux avec sa fille, mais elle ne l'avait jamais entendue l'appeler *papa* avant ça. La pauvre, tout cela devait être si dur pour elle aussi ; sa propre mère se rappelait à peine sa vie. Pas étonnant qu'elle s'accroche à lui. N'en avait-elle pas fait de même ?

Amanda s'assit sur le rebord du lit de Callie. Sa fille la regardait toujours de ses yeux brillants et innocents. Des yeux qu'Amanda avait toujours adorés, même si elle ne s'y voyait jamais dedans. Soudain, elle se figea. *Ces yeux.* Non, ça ne pouvait pas être... non. Si ? Amanda considéra juste un instant l'idée que Callie ne soit *pas* en train de se tromper – un instant fou, c'était absolument impossible. Que M. Mont... Alex, soit son père, son vrai père.

Elle remonta aussi loin que son esprit le put. L'hôpital. Il avait signé un chèque pour sa sortie contre avis médical. La façon dont il avait touché ses poignets, l'effleurement respectueux de ses pouces sur ses bleus, quand il avait retiré les liens, avant que ses grandes mains ne la soulèvent. Sur le coup, elle était tellement dans les vapes qu'elle avait à peine remarqué, mais maintenant, elle sentait presque la possessivité de sa poigne. La façon dont il avait presque arraché les menottes à ses pieds. *Bon sang, mon cœur,* avait-il dit. *Je te ramène chez toi, Amanda.* Il l'avait serrée contre lui dans la voiture, sur le trajet. D'accord, elle était sous l'influence des médicaments, traumatisée et épuisée, mais il l'avait serrée contre lui. Sur ses genoux. Dans ses bras.

Elle se souvenait vaguement avoir enfoui sa tête dans son cou. Pourquoi avait-elle fait ça ? Il l'avait bercée. Et elle s'était sentie en sécurité. Vraiment en sécurité. Quand elle s'était réveillée chez elle, la nuit, il était là, à son chevet. Avec Zander dans les bras.

Un fils qui lui ressemblait aussi, même couleur de peau, mêmes cheveux. Pas étonnant qu'Alex soit si affectueux avec Callie et Zander. Pas étonnant que Callie soit si à l'aise avec lui.

Pouvait-ce être vrai ? Dès l'instant où Amanda se souvenait l'avoir rencontré, Callie l'avait appelée Amir... Son esprit lui envoya soudain une image, à peine le temps d'une seconde, d'Alex sur les falaises d'Abersoch battues par les vents, qui tendait la main vers elle...

— Maman ? Tu l'as vu ?

Callie arracha Amanda de ses pensées en tourmente. Elle plaqua un sourire sur son visage et repoussa les cheveux de Callie avant d'embrasser son front.

Oui, elle avait ses yeux, Amanda le comprit. Comment avait-elle pu passer à côté ? La ressemblance entre Callie et elle était troublante, les gens l'avaient remarquée, mais les similarités ne collaient pas au niveau des yeux.

À bien la regarder maintenant, quelque chose d'autre se cristallisa en elle, lui brisant le cœur un petit peu. Callie n'était pas sa fille biologique. Elle ne savait pas d'où ça sortait, mais elle savait que c'était vrai. Et pourtant, elle l'aimait comme si elle était sa fille.Ça semblait fou – Amanda avait vu l'acte de naissance de Callie, son passeport – mais au fond, elle savait que Callie n'était techniquement pas à elle, elle en était sûre autant que possible.

En fait, six ans auparavant, elle avait gagné son premier Grammy. Elle se rappelait le circuit des *awards* très clairement. Et elle sortait avec quelqu'un qui s'était révélé être un connard total. Elle s'était laissée oublier tout ça, mais elle en était sûre. Callie avait même la même étrange cadence de dialogue qu'Alex. Comment avait-elle pu être aussi aveugle ?

— Oui, mon cœur, répondit-elle en se tournant vers Callie, d'une voix légère. Il vient de partir.

Elle borda la couette un peu plus autour de sa fille et embrassa son joli petit visage encore une fois, se rendant compte combien elle aimait cet enfant, l'enfant d'*Alex*.

— Je te vois demain matin, bébé.

Appuyée contre la porte de la chambre de Callie, étourdie à cause de trop de pensées et émotions pour pouvoir les compter, elle se demanda pourquoi ils ne le lui avaient pas dit. Personne n'avait rien dit.

Pourquoi ? Elle avait vu des films et lu des livres où les personnages étaient amnésiques, mais aucun scénario ne laissait la personne dans le noir. À moins qu'ils essaient de manipuler la personne. Ou pire. Quelque chose de mal était-il à l'œuvre ? Elle frémit, terrifiée une seconde. Que lui cachaient-ils d'autre ?

L'innocente question de Callie dicta le prochain acte d'Amanda. En fait, une série d'actes qui changeraient sa vie telle qu'elle la connaissait – telle qu'elle pensait la connaître. C'était le signal pour que les rouages tournent dans sa tête. Rien n'était fermement ancré, mais une nouvelle pièce du puzzle était apparue sur la table et elle devait encore lui trouver une place.

Deux heures plus tard, après qu'elle eut mis la maison sens dessus dessous pour trouver une preuve de la présence d'Alex avant qu'il ne la fasse sortir de l'hôpital, ou d'une quelconque relation avec lui, elle prit son téléphone et composa un numéro en tapant du pied, frustrée. Elle réfléchit à d'autres endroits où regarder, tandis que le téléphone sonnait.

Mais il n'y avait aucune preuve. Rien n'avait de sens. Rien n'expliquait pourquoi personne, et surtout Sam, ne lui avait dit qu'Alexander Montgomery était le *père* de sa fille. Si cette idée ridicule qui devenait de plus en plus plausible était bien vraie, pourquoi n'y avait-il aucune photo de lui ou d'eux quelque part, ne serait-ce que dans un tiroir ou un album ? Elle avait regardé. Partout. Pas de photos, pas de lettres d'amour, de cartes, de souvenirs, de vieux tee-shirt à lui dans son placard, enfoui sous ses affaires à elle. Rien en ligne, rien dans la maison. Rien du tout.

— Derek ? demanda-t-elle quand son pilote de jet privé répondit enfin.

— Amanda ? répondit le capitaine Morgan.

À l'évidence, il était surpris d'entendre sa voix à 2 heures du matin.

— Tu es en ville ?

— Oui.

— J'ai besoin d'aller à Chicago. Je voudrais partir dès que possible.

Elle entendit du bruit en arrière-plan.

— J'appelle les gars et je prépare ça pour 4 heures. Ça te va ?

Amanda lâcha un souffle de soulagement. Le capitaine Morgan, toujours fiable.

— Parfait. Merci, Derek.

Il faudrait de toute façon une heure pour aller au petit aéroport privé où ils conservaient son G5. Elle avait un dernier appel à passer. Elle savait que cela briserait le protocole actuel, mais sur le moment, elle s'en fichait. Elle devait prendre les choses en main et cela semblait être le bon geste. Le seul geste bien. La voix de Stan lui parvint aussi claire que du cristal quand il décrocha :

— Ça va ?

— J'ai besoin que tu viennes me chercher.

— Amanda ?

— Je dois partir d'ici, Stan. S'il te plaît.

— Je dois lui dire.

Stan était avec elle depuis plus longtemps qu'il n'était avec Montgomery, alors elle savait que si elle insistait, il lui serait loyal à elle, même si cela le peinerait. Il aimait les règles.

— Non, dit-elle fermement. Tu n'as pas à lui dire. En fait, quand on partira d'ici, c'est à *moi* que tu devras parler. Je ne sais toujours pas ce qu'il se passe, mais je parierais tout ce que j'ai que toi, tu sais.

— Amanda, il faut qu'Alex soit mis au courant, c'est mon patron.

— J'emmène les enfants et Rosa quoi qu'il arrive. Si tu ne viens pas, je partirai seule.

Elle raccrocha et regarda l'horloge : 2 h 07. Elle connaissait assez bien Stan pour savoir qu'il serait là d'ici à ce qu'elle soit prête. Il s'inquiéterait trop pour sa sécurité pour la laisser seule. Et c'était un soulagement, car dans ce château de cartes, il était la seule personne en qui elle avait toujours confiance ; même si vu les circonstances, cette confiance s'accompagnait désormais de méfiance.

Pourquoi personne ne lui avait dit la vérité ? La question avait tourné en boucle dans sa tête toute la nuit. Ils avaient profité de sa générosité. Cela la mettait en colère. Et elle se sentait sacrément bête. Elle avait commencé à tisser un lien avec lui. Bon Dieu, ils... *elle* avait eu l'impression qu'ils devenaient amis. Des amis qui appréciaient la compagnie de l'autre. Beaucoup. Qui s'adressaient de longs regards – elle l'avait bien remarqué.

Alors quoi, était-elle estimée trop délicate pour encaisser la vérité ? Qu'ils aillent se faire voir. Elle refusait d'être la Amanda qui doit être traitée avec des gants. *Vous allez voir.* Elle prenait le contrôle de la situation. Elle s'occuperait de tout.

Remplie d'une détermination renouvelée, Amanda attrapa un calendrier et commença à arpenter le sol, ne sachant pas combien de temps elle serait partie, mais consciente que rester *ici*, là maintenant, n'était pas une possibilité.

Mon Dieu, elle avait été bête. Cela lui semblait si évident maintenant. La façon dont il la regardait tout le temps, avec intensité et sérieux. La façon dont il la touchait quand elle était devant lui, repoussait ses cheveux, remettait en place sa capuche, regardait ses bleus. La façon dont il lui parlait et, elle détestait l'admettre, ce que sa voix éveillait chez elle.

Et puis, quel PDG d'une entreprise de sécurité en faisait *autant*, accordait *autant* d'intérêt personnel à leurs clients, peu importe leur popularité ou l'argent qu'ils représentaient ?

Amanda repensa aux nombreuses fois où il avait semblé questionner Evan avant d'aborder un sujet avec elle. Comme s'il demandait la permission d'Evan sur ce qu'elle était capable d'encaisser. Sur quoi dire la vérité. Comprendre cela la mit encore plus en colère. Elle pouvait tout supporter, il fallait juste lui donner sa chance.

Et Sam ! C'était la trahison qui la blessait le plus. Pourquoi son amie, sa *meilleure* amie, ne lui avait-elle pas donné d'indice ? La prochaine fois qu'elle l'appelait par ce surnom mièvre, Ammy, elle serait bien capable de lui en coller une.

Se sentir comme une victime et attendre que ses souvenirs reviennent, c'était fini. Amanda dépassa la chambre de Sam et sa colère devint pure furie qu'elle lui ait caché quelque chose d'aussi monumental.

Quinze minutes plus tard, elle avait préparé Callie et Zander. Il n'y avait que trois heures trente de vol, alors elle enverrait quelqu'un chercher le nécessaire qu'elle n'aurait pas pour le bébé. Sachant que la maison était surveillée, Amanda attendit intelligemment dans le hall d'entrée, évitant les hommes postés dehors. Stan s'engagea dans l'allée à 2 h 37, au volant d'un des

Navigator de Montgomery. Il devait avoir dit quelque chose pour apaiser les hommes placés devant, car après un hochement de tête, les vigiles les laissèrent seuls et Amanda porta Callie qui était endormie tandis que Rosa gérait Zander. Stan s'occupa de leurs bagages.

Ne voulant pas trop chambouler les enfants et Rosa dans la voiture, Amanda garda le silence. Ce n'était pas simple : elle avait un million de questions qui tourbillonnaient dans sa tête.

Quand ils se garèrent à côté de l'avion, le capitaine Morgan avait déjà préparé le jet. Amanda installa les enfants à l'arrière, Callie attachée sur le canapé et Zander dans son siège auto à côté de Rosa. Amanda prit sa place habituelle, du côté hublot – son père lui avait enseigné des années plus tôt que c'était là qu'on bougeait le moins. Stan s'assit sur le siège de l'autre côté de l'allée. Le décollage eut lieu juste après.

Elle repensa à la question innocente et mignonne de Callie sur son papa, pendant que les lumières disparaissaient au loin, en contrebas. Alexander Montgomery. Le père de ses enfants. Où s'étaient-ils rencontrés ? *Quand* s'étaient-ils rencontrés ? Depuis combien de temps le connaissait-elle avant... sérieux ! Elle n'avait pas l'impression d'avoir perdu tant de mémoire que ça, mais pourtant, il lui manquait une relation entière.

Elle regarda les cicatrices sur sa main gauche, mais elle ne se rappelait pas quand elle les avait eues. Elle était traditionnelle sur certains aspects, ça avait toujours été, alors elle n'aurait jamais eu Zander sans être mariée. Et elle ne se rappelait rien de tout ça.

Elle chercha dans son cerveau ses souvenirs perdus et son esprit se reporta sur le premier jour d'école de Callie. Elle ne l'avait jamais oublié, car c'était la première fois qu'elle n'avait pas pu rentrer dans son jean depuis le début de sa grossesse et elle ne pouvait pas y aller sans pantalon. Dieu merci, les blogs pour mamans et génies étaient là et lui avaient servi l'astuce de l'élastique pour porter un jean déboutonné.

Elle se rappelait combien Callie était mignonne dans son

peti... attendez. Quelque chose d'autre. Elle se souvenait être très triste ce jour-là. Triste qu'*il* ne puisse pas la voir. Alex.

En fait, elle était plus que triste, elle était désemparée. Elle détestait qu'il ne soit pas là, mais pourquoi ? Travaillait-il pour son gouvernement ? En mission secrète ? Avaient-ils rompu ? Étaient-ils partis chacun de leur côté ? Pourquoi aurait-il laissé Callie avec elle, surtout alors qu'il tenait profondément à elle ?

Il fallut environ vingt minutes à Rosa pour s'endormir. Amanda attendait ce moment pour questionner Stan. Il devait le savoir aussi, car moins de trente secondes plus tard, il traversa la petite allée et s'installa dans le siège en face d'elle.

— Pourquoi ne me l'as-tu pas dit ? demanda-t-elle avant qu'il ne puisse parler.

— Je travaille pour lui maintenant.

— Ça fait mal.

— Je sais. Moi aussi.

— Dis-moi ce qu'il se passe, Stan ? Je peux te faire confiance ? Je suis en sécurité ? En a-t-il après les enfants ?

— Wow, wow, wow. Amanda, tout ça, répondit-il avec un geste circulaire des mains, c'est à cause de ce qui est arrivé à l'hôpital. Alex voulait que tu saches tout. Je voulais que tu saches tout. Mais Evan n'a pas arrêté de nous répéter que tes souvenirs allaient revenir, que tant que ce ne serait pas le cas, cela ferait plus de mal de te submerger avec toute ton histoire. C'est terriblement compliqué et je pourrais perdre mon poste en t'emmenant à Chicago, mais tu sais qu'il n'y a rien que je ne ferais pas pour toi, ou ta famille. Rien.

Stan déplia la petite table entre eux et posa son ordinateur dessus.

— Tous les fichiers sont là, expliqua-t-il en cliquant sur une icône. Je t'ai cachée, Amanda, l'année dernière, quand on a déménagé de New York à la Californie. La presse, c'était trop à l'époque et avec Callie et le bébé en route, c'était plus facile. Pour tout le monde. Pour plein de raisons. Tout ce que tu lis là a été effacé d'Internet. Notre équipe sous Art et maintenant sous Alex s'occupe du nettoyage quotidien. Ce ne sont que des os, Amanda. Je dois vraiment parler à Evan au sujet du reste, si ça te va. Pour l'instant, tu peux garder les commentaires de la presse.

Des articles de journaux et magazines s'affichaient devant elle, avec des unes comme « Amanda Marceau, compositrice reconnue et héritière de la fortune Marceau disparaît mystérieusement », tous datés de plus d'un an. Un article allait dans les détails sur où elle avait été vue la dernière fois, mais apparemment, on ne savait pas si c'était aux États-Unis ou à l'étranger. Étrangement, Amanda lut que son beau-frère, Robert, qui parlait fréquemment à la presse, n'avait pas été localisé pour commenter la nouvelle. Un autre article annonçait son retour, qui était apparemment tout aussi mystérieux. « Elle est de retour ! Amanda Marceau en chair et en os. »

Amanda frémit. Ce n'était pas naturel de lire des choses sur elle comme ça, sans en avoir le moindre souvenir. Celui-ci spéculait sur une dispute de famille, puisque Robert n'était *toujours* pas disponible. Franchement, Amanda se fichait de si Robert était là ou pas pour commenter, mais son absence était étrange. Il adorait être sous les projecteurs, ça avait toujours été.

Une couverture du magazine *In Scene* dévoilait des photos d'elle à tenir la main de Callie sur la plage dans les Hamptons, allant de boutique en boutique ou mangeant en ville. Sam, Stan et deux autres, visiblement des gardes du corps, figuraient sur la photo avec en titre : « Marceau partie deux : Où Amanda a-t-elle caché son enfant adoré et petit clone ? »

Il y avait un nombre infini d'articles et de coupures de magazine, y compris un avec une capture d'écran de cette terrible vidéo virale avec en sous-titre : « Peut-elle remonter la pente pour la saison des *Awards* ? ».

Le fichier suivant fut un choc. Divers passeports et actes de naissance, pas seulement pour elle, mais aussi pour Callie. Chacun correspondait aux noms de la mère et de la fille, avec des numéros. Des papiers d'adoption pour Callie. Une amniocentèse qu'elle avait faite pendant sa grossesse. Les documents attirèrent l'attention sur le fait que Callie et son bébé à naître étaient liés par leur père.

Là-dessus, Amanda remarqua qu'elle retenait son souffle en parcourant les fichiers. Elle laissa tout sortir dans un grand souffle.

Qui était cette personne ? Que préparait-elle pour avoir besoin de tant de documentation illicite ? Elle s'était rendue sur le marché noir. Pourquoi ? Avait-elle *enlevé* Callie ? Et maintenant qu'il savait qu'elle ne se rappelait pas, M. Montgomery avançait-il ses pions pour se lancer après elles ? Sam lui aurait sûrement dit quelque chose dans ces cas-là. Stan aussi. Sans oublier qu'Art l'aurait tué si... savaient-ils ? Peut-être avait-il intelligemment tracé son chemin jusqu'à elle ? Tant de questions et, pour l'instant, si peu de réponses. Comment Callie en était-elle venue à être avec elle et pas Montgomery ? À l'évidence, elles n'étaient que toutes les deux, sans Alex, l'année précédente. Que s'était-il passé ?

Avec les deux heures de décalage horaire, il était 9 h 30 à Chicago quand ils atterrirent. La fatigue et l'observation attentive de l'écran tout le long du trajet rendaient les yeux d'Amanda douloureux, mais puisqu'elle était en charge de tout maintenant, elle réunit les enfants et ce qui restait de son cortège loyal et ils grimpèrent dans la Range Rover qui attendait dans l'aéroport privé, en dehors de la ville.

Stan s'engagea dans la circulation pour aller à sa maison. Elle avait l'impression d'être le personnage d'un film d'espionnage qui essaie de devancer les autres joueurs.

Alexander Montgomery ne se considérait pas comme colérique. Pourtant, quand il arriva chez Amanda ce matin-là, sa pression sanguine augmenta d'un coup.

— Qu'est-ce que vous voulez dire, ils sont partis avec Stan ? demanda-t-il aux hommes postés devant les grandes portes.

Ils plaisantaient ? Après avoir été dans la cuisine et s'être servi une tasse de café, il s'était rendu compte du silence qui régnait, même pour cette heure-ci. Il avait monté les marches deux à deux et découvert rapidement qu'Amanda et ses enfants étaient partis. Helen n'était pas au courant de leur position ou de leur départ tout court.

— À 2 h 39 ce matin, confirma Jason.

Au moins, l'homme avait la décence d'avoir l'air contrit qu'il lui ait fallu autant de temps pour comprendre qu'il avait été dupé par son camarade.

Alexander appela Stan.

— As-tu vraiment eu la témérité d'emmener ma femme et mes enfants hors de la maison sans me le dire ?

— Patron, je...

— Ramène-les, *maintenant* ! cria-t-il.

Il se fichait de qui entendait. *Bordel de merde*, Stan lui avait arraché sa famille. Et à présent, il ne pouvait pas sauter dans un avion et partir à leur suite.

Alexander jeta un regard à sa Breitling : il avait deux rendez-vous importants aujourd'hui, dont un à 9 heures à New York. Amanda le savait aussi – il lui avait parlé de son emploi du temps du jour, pour qu'elle sache qu'il ne dînerait pas avec eux. Elle avait fait un gentil commentaire sur le fait qu'elle n'aurait que sept personnes à dîner et que c'était triste. C'était adorable. Ou ça l'avait été.

— Elle est vraiment en colère, dit Stan.

— À propos. De. Quoi.

— Vous, monsieur.

Alors Amanda avait compris. Elle savait. Il ne savait pas comment elle avait fait, mais c'était une femme sacrément intelligente. Il sentit ses muscles se relâcher, au moins légèrement. Mais si elle savait ce qui s'était produit, pourquoi avait-elle fui ?

— A-t-elle donné plus de détails ? grinça-t-il entre ses dents serrées.

Il essayait d'être aussi calme que possible, se rappelant que Stan était un professionnel accompli.

— À ce stade, je crois qu'elle sait uniquement que vous êtes le père de Callie et Zander.

Bordel. Certaines informations pouvaient être terriblement mal interprétées. Sans guère de choix, il céda.

— Un jour, c'est tout, ordonna-t-il en se frottant les tempes. Tu as jusqu'à demain matin. Je les veux à la maison pour le déjeuner. Compris ?

— Bien reçu, patron, répondit Stan avant de raccrocher.

— Bon, fit Alexander en se retournant vers Sam.

Elle était entrée dans la cuisine durant sa conversation.

— Elle ne m'a rien dit, Alex. Je te le jure, affirma-t-elle en levant une main. Je suis tout autant surprise que toi.

— Eh bien, j'en connais une qui a mis en colère ma femme, lâcha-t-il en se servant une tasse de café.

Il ne savait pas ce qui se déroulait dans son cerveau si intelligent, mais il supposait que ce n'était pas bon, vu qu'elle s'était levée et était partie. Avec ses enfants.

Il les avait enfin tous sous le même toit – deux, si l'on comptait sa résidence temporaire à côté – et il était plus que mécontent qu'ils soient partis. Mais il savait que plus ils attendaient pour tout lui dire, plus ils prenaient le risque que quelque chose comme ça se produise. Dommage, c'était arrivé au beau milieu de la nuit, sans qu'il le sache.

Tout le monde était réuni dans la cuisine et semblait le regarder avec attente. Il fit un geste de la tête.

— Allez, tout le monde en mouvement. Stephen, tu es avec moi aujourd'hui.

— Attends ! l'interpella Sam.

Elle se leva du fauteuil rembourré qui était son préféré.

— Tu ne peux pas rien faire.

Elle semblait découragée.

— Rien faire ? répéta-t-il incrédule. Samantha, je leur ai donné trente-six heures, et je vais en compter chaque seconde. S'ils ne sont pas ramenés en sécurité ici, dans cette cuisine, d'ici le déjeuner de demain, je soulèverai terre et ciel pour les retrouver. Et je peux t'assurer que si ça se produit, ils le regretteront.

— Si tu apprends quoi que ce soit…, commença-t-elle.

— Je te le ferai savoir, la coupa-t-il. J'attends la même chose de toi.

Dans une ambiance morne, leur convoi s'engagea sur l'autoroute. Comme toujours, la voiture d'Alexander, un Navigator XL noir, se trouvait encadrée de quatre autres. Tous les véhicules étaient customisés jusqu'à un certain point, mais la sienne encore plus. À l'arrière se trouvait une banquette en forme de U avec un grand espace pour les jambes au centre. Des écrans d'ordinateur et interrupteurs pour un grand nombre de gadgets l'entouraient. Gregor était toujours au volant, avec Trevor à l'avant, Michael, Stephen et lui à l'arrière.

Calder Defense occupait les meilleurs bureaux de JDL Security : un splendide bâtiment dernier cri de dix-huit étages avec vue sur la montagne et l'océan. Un nouveau logo trônait désormais sur le bâtiment, ce qui rendait très bien. S'il y avait une entrée dans la rue pour la forme, l'endroit était équipé d'un parking souterrain, où ils s'amassèrent dans deux des quatre ascenseurs. Ils arrivèrent quelques secondes plus tard au dernier étage, qui abritait leurs bureaux personnels.

— Katie, dit-il avec un hochement de tête pour leur réceptionniste.

Elle avait travaillé sous la tutelle d'Art pendant plus de dix ans. Elle l'accueillit de la même manière et lui tendit un planning propre, identique à celui qu'elle lui avait envoyé sur son téléphone. Elle ressemblait pour sûr au professionnel typique des temps modernes, qui travaille dans un bureau, mais Katie, comme tous ses employés, avait un entraînement militaire. Alors certes, elle pouvait sourire et répondre au téléphone et aux e-mails, s'occuper d'organiser diverses tâches, mais elle maîtrisait aussi le Krav Maga et était une tireuse d'élite talentueuse. Si des problèmes surgissaient à leur porte, Katie était brillante en première ligne de défense.

Stephen n'était pas venu depuis qu'ils avaient fait livrer leurs nouveaux meubles, alors Alex le pressa dans son bureau au coin, qui avait une vue splendide. Il avait hâte de lui montrer les améliorations, ce qui pourrait momentanément le distraire de sa femme fugueuse et de ses enfants.

Alexander laissa Stephen dans son bureau quelques minutes plus tard, où il se plongeait dans de nouvelles vidéos instructives que Trevor avait préparées pour lui. Il y avait beaucoup à apprendre, y compris sur les technologies en évolution constante et les pratiques actuelles du monde des affaires.

Quand le problème avec Amanda serait résolu, Stephen prendrait la place d'Alex à Calder Defense, ou au sein de l'entreprise des Montgomery. Tout ce qu'il voulait conviendrait à Alexander tant que son frère était heureux. Et puisque Stephen se sentait coupable, à tort, pour ce qui était arrivé le jour où ils avaient perdu Amanda et Callie, son bien-être et sa satisfaction étaient capitaux.

Alexander voulut ensuite voir Gregor, mais il n'était pas à son bureau, même si Alex avait fait installer tout un mur d'écrans plats pour lui. Irrité, il retourna à la réception et...

— Bon sang, Gregor.

Il s'arrêta au milieu du couloir. Gregor était appuyé sur le comptoir du bureau de réception, à essayer encore de charmer Katie. Pas d'humeur pour les plaisanteries, Alex l'attrapa par le col en passant devant lui et le poussa en avant.

— Je t'appellerai plus tard, Katie, s'écria Gregor par-dessus son épaule en essayant de se tourner vers elle.

— Tu n'as même pas son numéro, lui rappela Alexander.

— Pas encore, Alex, corrigea Gregor en secouant la tête. Mais ce n'est qu'une question de temps, mon ami.

— Bien entendu.

Il leva les yeux au ciel et observa Gregor imiter Musclor de manière ridicule – ou Hulk, il avait du mal entre les deux – jusqu'à ce qu'il voie les nouveaux écrans plats. Il leva la main quand son ami voulut lui faire un *chest bump*. Pas le style d'Alexander.

Les télévisions n'étaient pas pour le travail. Gregor adorait le sport. Et pas juste les grandes ligues, il avait un penchant pour tout ce qui allait vite et était compétitif. Entre autres. Quand Alexander le quitta, il avait déjà allumé les écrans pour afficher seize évènements différents. Tous sur silencieux, bien sûr, Gregor avait un vrai travail, puisqu'ils avaient décidé de ne pas se tourner les pouces grâce aux intérêts de ce qu'ils avaient amené avec eux et de gagner de l'argent aussi.

Et puis, ils étaient tous d'anciens militaires alors que pouvaient-ils faire de mieux que ça ? Comme dirait sa femme... *Sérieusement !*

Bon sang, elle lui manquait et il voulait qu'elle rentre – qu'*ils* rentrent. Maintenant. Il regarda le cadran de sa Breitling encore une fois : trente-trois heures, douze minutes – oui, il comptait.

Sachant qu'il n'y avait rien de plus à faire du côté d'Amanda, il reporta son attention sur le travail. Jour après jour, il commençait à comprendre ce que son entreprise faisait. Entre Art qui lui expliquait les mécanismes des opérations générales et Trevor et Michael qui l'aidaient avec les détails, il rattrapait son retard.

Il avait la personnalité, l'ingéniosité et les commandes, mais pour apprendre encore plus des pratiques du monde des affaires modernes, il avait assisté à l'entraînement de leurs dernières recrues administratives. Tous étaient des guerriers blessés. Qu'ils soient handicapés ou défigurés ne les empêchait pas d'avoir un travail. Les camarades engendraient des camarades. Et quoi de mieux que de travailler au sein du royaume de la sécurité et de la surveillance ? Il n'apprenait pas le codage ou quoi que ce soit, mais comprendre sur quel bouton appuyer et quand était d'une grande aide.

Après quelques autres bonjours pour la forme, il entra dans son bureau, un large espace rempli d'un grand bureau, d'imposants canapés et chaises, d'un écran plasma de soixante pouces et d'une table pour les rendez-vous en petits comités. Il avait sa propre salle de bains, dotée d'une douche, deux lavabos, une chaise et table confortable et des toilettes privées. La suite de Stephen et Gregor aussi.

Il s'installa derrière son bureau et regarda le tas de papiers administratifs devant lui. La plupart des contrats nécessitaient sa signature. Il s'apprêtait à appeler Chris, qui les attendait à New York, quand Stan fit un rapport. C'était son rapport typique pour chaque heure : *Amanda et les enfants vont bien.* Au moins, il lui donnait ça – un strict minimum.

Ils partirent pour l'aéroport privé après son appel avec Chris. Ils avaient un vol de six heures, un dîner de deux heures, puis six heures de nouveau, voyage jusqu'aux aéroports compris. Ils seraient de retour en Californie autour de minuit, épuisés.

— Eh bien ? demanda Alexander à Trevor.

Il ne l'avait pas vu depuis leur arrivée plus tôt dans les bureaux et maintenant qu'ils étaient en voiture, il voulait savoir ce qu'il avait pu trouver.

Trevor brandit son ordinateur et secoua la tête.

— Stan a désactivé son traceur GPS et a dû faire la même chose pour celui de Mme Montgomery et Callie.

Alexander savait qu'Amanda et les enfants étaient en sécurité – Stan s'en assurerait – mais il préférait savoir où ils étaient à tout moment. Était-ce trop demander ? Il avait craint si longtemps l'impensable et pensait que les traceurs placés sur leurs téléphones seraient suffisants, mais maintenant, il regrettait de ne pas les avoir pucés comme les gens le faisaient apparemment avec leurs animaux de compagnie.

On pouvait compter sur Stan pour donner à Amanda l'intimité dont elle avait besoin. Malgré tout, Trevor indiqua avec excitation que Stan n'avait pas déconnecté le système de sa Range Rover ni celui de l'appartement de Chicago. L'équipe savait quand elle était arrivée en sécurité à sa résidence et quand ils fermeraient la maison pour la nuit.

Quand leur convoi arriva à Manhattan, leur entrée dans ce

qui était désormais le QG des entreprises Montgomery fut filmée, ce qui arrivait de plus en plus fréquemment maintenant que l'acquisition avait fait les grands titres. Le rendez-vous se termina à 10 heures et ils rentrèrent. C'était une longue journée, mais au moins, une fois installés dans l'avion, le compte à rebours n'était plus qu'à vingt-trois heures, six minutes.

De retour en Californie, Alexander traversa le hall d'entrée et avança dans le long couloir à gauche qui menait à la cuisine. Il dépassa une salle de bains énorme et entra dans le salon. C'était une belle maison, mais ce qu'il voulait, c'était un foyer, avec sa femme et ses enfants. Il se servit un verre de whiskey et resta debout sur le seuil de la terrasse face à la propriété d'Amanda. Il détestait la voir plongée dans le noir. Vide sans sa famille.

Tôt le matin suivant, il alluma les lumières de la salle de sport, tapa dans ses mains comme on le lui avait appris et demanda à Siri de jouer *Dream on* en boucle. Puis, il passa les heures suivantes à frapper des sacs accrochés au plafond. Après, il resta allongé sur le sol, épuisé, se demandant comment la vie pouvait changer du tout au tout dans une période de temps relativement courte.

Le reste de la matinée impliquait d'arpenter la cour, le hall d'entrée et la terrasse de la propriété d'Amanda. L'heure du repas arriva et passa. Une heure plus tard, Alexander, ses hommes et Samantha entraient dans le jet de Calder Defense, déterminés à ramener Amanda à la maison.

Je viens te chercher, mon cœur.

7

───────────

Grande-Bretagne
1774

Amanda se trouvait devant la fenêtre de la chambre de Rebecca et la mer s'agitait autant que ses pensées et ses émotions.

Après sa déclaration à Alexander, il l'avait attrapée par les bras et l'avait attirée à lui, avait étudié chaque centimètre de son visage, ce qui était aussi terrifiant que grisant. Puis, il l'avait lâchée abruptement et s'était détourné. Vraiment, que s'attendait-elle à ce qu'il dise ? Elle lui avait dit qu'elle ne l'avait jamais vu de sa vie – et si c'était cent pour cent vrai, pour lui, elle ressemblait en tout point à sa femme.

Soulagée qu'au moins pour l'instant, ils ne partagent pas une chambre, elle était entrée dans ce qui devait être la sienne et avait retiré ses chaussures. Alors qu'elle bataillait avec les boutons de sa robe, Alice était revenue l'aider à s'en défaire et à mettre une longue chemise de nuit, un vêtement simple noué à l'arrière.

La gratitude d'Amanda avait dû être exagérée, car sa domestique avait balbutié et rougi tout le long. Elle était ensuite partie après avoir retiré une brique de la cheminée, qu'elle avait enveloppée dans un linge couvert de suie avant de la placer au pied de son lit.

Amanda était épuisée, mais elle n'était pas prête à se coucher. Elle n'arrivait à rien faire. Laissée seule avec ses pensées pour la première fois depuis des heures, elle fut frappée par combien tout ça était *fou*.

Que se passait-il ? Comment avait-elle atterri là, dans ce château qui n'était plus à elle, mais visiblement à Alexander Montgomery ? Le Alexander Montgomery du XVIIIe siècle. Plus elle y songeait, plus ça semblait fou. En plus de ça, elle ressemblait à s'y méprendre à sa méchante femme et lui était très *séduisant*.

Plus cette hallucination durait, plus Amanda commençait à avoir l'impression que ce n'était pas une hallucination du tout, qu'elle était vraiment remontée en arrière dans le temps. Tout était si réel. Le château, le domaine, le poids de sa robe, la sensation des mains d'Alexander sur elle... non. Elle ne penserait pas à ça, à ce qu'il s'était passé ou ce qui avait failli se passer.

En fait, raisonna-t-elle, si c'était une hallucination, si c'était quelque chose que son cerveau endolori avait inventé, Alexander ne se serait pas écarté comme il l'avait fait quelques minutes avant. Non, elle aurait laissé les choses aller bien plus loin, elle en était sûre.

Seule, elle était encore plus sûre que ce n'était pas un rêve. Elle s'était pincée tant de fois qu'elle était couverte de marques rouges. Elle avait même tiré sur ses cheveux. Rien n'avait marché.

Elle avait envie de rire, mon Dieu, c'était un fantasme devenu réalité : une époque mystérieuse, un beau mari qui transpire l'autorité et une adorable fille.

Étrangement, elle se sentait en sécurité ici, loin de Robert, et elle était réconfortée de faire partie des vies d'Alexander et de Callesandra. Elle avait tellement lu sur eux que c'était comme si elle les connaissait déjà, d'une certaine façon.

Mais sérieusement, c'était un rêve, ça l'était forcément. Elle se pinça encore une fois.

— Aïe.

— Tes mains te font mal ?

Elle se retourna, surprise par la voix d'Alexander, même s'il avait parlé à voix basse. Son cœur commença à battre plus fort, encore une fois. Comment pouvait-elle accepter, justifier et rationaliser sa réaction ? Sa place n'était pas ici, où que soit *ici*, peu importe combien elle se sentait en sécurité et réconfortée de jouer la femme d'Alexander et la mère de Callesandra. Voudrait-il coucher avec elle ? Remarquerait-il la différence ?

Il était appuyé au cadre de la porte, habillé seulement de son pantalon, ses cheveux libérés du lien de cuir qu'il avait avant. Son torse massif, même au repos, était impressionnant et sculpté. Ses bras puissants dévoilaient une marque sur son biceps gauche, qu'elle ne distinguait pas complètement. Un tatouage ? Elle voulait se blottir dans ses bras, se perdre dans sa force. Se perdre en lui. Elle n'avait jamais ressenti une telle attirance et c'était arrivé si vite, si fort. Pour un homme qui ne la supportait pas. Elle ou la femme qu'il la croyait être.

— Mes mains sont le cadet de mes soucis, répondit-elle.

Elle se retourna pour observer de nouveau par la fenêtre et éviter son regard.

— Rebecca ?

Elle voulait lui dire que ce n'était pas son nom, mais elle ne pouvait pas. Pas déjà.

— Oui, Alexander ?

— Quand as-tu appris à jouer du piano ?

— À mes cinq ans.

Elle éviterait le mensonge autant que possible. La vérité pouvait-elle faire du mal ? Savait-il que quelque chose était différent ? Il devait le sentir, ça expliquerait son étrange comportement *il m'aime bien, il ne m'aime pas.*

Amanda l'entendit s'approcher et sentit sa chaleur quand il s'arrêta juste derrière elle.

— Devrais-je avoir peur, Alexander ?

Elle savait qu'elle lui confiait sa confiance. Il était tout ce qu'elle avait maintenant et pour une raison ou pour une autre, cela la réconfortait, *il* la réconfortait.

— Tu n'as jamais eu peur avant, Rebecca. Qu'est-ce qui t'effraie maintenant ?

— Tout, murmura-t-elle.

Elle pressa son front contre la vitre de la fenêtre.

— Je n'ai pas le cœur pour d'autres jeux, Rebecca, répliqua-t-il avec mépris.

— Je ne joue pas, Alexander.

En vérité, elle ne saurait pas comment faire.

Elle sentit ses mains effleurer ses cheveux, les repousser sur son épaule. Il avait de grandes mains tendres. Mais les gestes de cet homme étaient déconcertants : il jouait le chaud et le froid et elle ne pouvait jamais prévoir à quoi elle aurait droit. Il y avait entre eux cette force, cette connexion, cette attirance, ou quoi que ce soit et elle aimait être touchée par lui. Il passa ses doigts sur son cou et elle frémit de ses caresses douces. Oh mon Dieu, que devrait-elle faire ? Elle n'était pas sa femme, ni la mère de son enfant. Elle devait le lui dire, essayer de lui faire comprendre.

Elle se retourna lentement, leva la tête et se figea. Il la regardait de si près qu'elle ne pouvait plus bouger. Il prit son visage entre ses mains, baissa les yeux et s'approcha, comme il l'avait fait avant.

Elle le retrouva à mi-chemin. Au diable les mots.

Elle plongea son regard dans le sien quand il lui leva le visage, essayant de lire les émotions qu'elle voyait chez lui. Du désir, pour sûr, de la confusion, une affection et pourtant, encore une étincelle de colère. Puis, toute pensée la quitta quand ses lèvres touchèrent les siennes. Un léger soupir lui échappa. Rien ne lui avait jamais semblé aussi incroyable, aussi parfait pour elle.

Elle voulait fermer les yeux, mais Alexander la regardait si intensément qu'elle n'y arrivait pas. Ils s'observèrent l'un l'autre, s'embrassant à tour de rôle : il captura ses lèvres, puis elle lui rendit la pareille. À chaque baiser, ils s'arrêtaient et jaugeaient la réaction de l'autre. Un test. Pour eux deux. Le visage d'Amanda était toujours entre les mains d'Alexander et elle avait appuyé ses mains à elle contre son torse.

Soudain, il s'écarta et se retourna sans dire un mot, quittant la chambre aussi abruptement qu'il y était entré.

Chancelante, Amanda s'était enfoncée sur le lit, touchant d'un air absent l'endroit à son cou où s'étaient posées ses mains juste avant. Ce fut à ce moment qu'elle se rendit compte qu'elle n'avait pas rendu à Callesandra son collier et son ruban. Elle avait promis qu'elle le ferait et elle refusait que la petite fille ne lui fasse plus confiance.

Elle ramassa une petite lampe à huile et jeta un coup d'œil par la porte pour s'assurer que personne n'était là. Heureusement, le grand couloir au second étage était vide. Elle suivit la ligne de portes le long des murs, de chaque côté.

C'était une si étrange sensation. Elle était à la fois chez elle ici et *pas* chez elle, plus maintenant. Ou, se corrigea-t-elle, pas encore. Amanda savait ce qui se trouvait derrière chaque porte dans sa propriété à elle, mais elle ne savait pas qui les occupait ici. La chambre d'Alexander était juste à côté de la sienne. Elle avait entendu la porte se fermer chaque fois qu'il l'avait quittée. En fait, la chambre actuelle d'Alexander était *sa* chambre dans son époque.

Toute pensée pour Callesandra fut balayée quand elle frappa doucement à la porte d'Alexander. Elle s'ouvrit un instant plus tard. Elle sentit ses yeux sur elle, mais ne put croiser son regard. Que faisait-elle ici ? En baissant la tête vers ses pieds nus, elle se rendit compte que même cette partie de son corps était belle. Des grands pieds larges, parfaitement proportionnés. Y avait-il quelque chose chez lui qui ne soit pas parfait ?

Alexander baissa les yeux, surpris de voir sa femme sur le seuil – pourtant, s'il y avait une nuit où cela aurait pu se produire, c'était bien celle-ci.

Il distinguait quelque chose d'étrange cette nuit-là : comme si elle n'était pas vraiment sa femme, mais une belle et charmante usurpatrice. Il avait quitté sa chambre avec l'intention de mettre autant de distance que possible entre eux, car cette femme lui donnait l'impression d'être fou. Déchiré entre l'envie de l'attraper et de l'embrasser encore et celle de lui fermer la porte au nez, il prit la lampe dans sa main. Elle tremblait si fort qu'elle allait démarrer un feu.

Il avait été ébahi d'entendre un coup à sa porte, aussi léger et hésitant soit-il. Callesandra ne frappait jamais, elle entrait, tout simplement, raison pour laquelle il dormait toujours en pantalon. Sa fille savait qu'elle était la bienvenue et pouvait le rejoindre quand elle le voulait. Et elle en avait souvent envie, car elle grimpait dans son lit la plupart des nuits, qu'elle commence ou non la nuit dans son lit à elle. Ses hommes, quand ils voulaient son attention, frappaient deux fois, fort, avant qu'il ne leur ordonne d'entrée. Le coup de sa femme était donc inhabituel et inattendu.

Il lui releva le menton.

— Tu n'as jamais frappé à ma porte, Rebecca. Jamais.

Elle croisa enfin son regard avant de parler.

— Non, Alexander. Jamais.

Il sentit son ventre se crisper. Elle l'ébranlait, c'était comme si elle savait quoi dire pour l'énerver – et pire encore, ses réponses déconcertantes étaient dites avec candeur et relevaient presque du défi.

— Qu'y a-t-il ? demanda-t-il avec impatience à travers ses dents serrées.

Le comportement de sa femme le rendait encore perplexe, sans parler qu'il était ébranlé par sa réaction et l'attirance qu'il ressentait pour elle.

— Je ne sais pas où est la chambre de Callesandra.

Bon Dieu, que pourrait-il supporter encore ? Un autre aveu qui lui tranchait les jambes. Il voyait les larmes dans ses yeux, mais elle refusa de les verser. Cette femme était courageuse. Et il savait du plus profond de lui qu'elle était honnête. Pourtant, il avait trop de questions qu'il n'était pas encore prêt à explorer, alors au lieu de ça, il laissa place à la colère.

— Pourquoi le saurais-tu ? répliqua-t-il, incapable de contenir son amertume. Tu n'as jamais eu de temps pour elle.

— Si j'avais une fille, protesta-t-elle sur le même ton, je trouverais toujours du temps pour elle, Alexander.

Si j'avais une fille ? Que voulait-elle dire par là ? Avant qu'il ne puisse répondre, elle leva la main, le collier et le ruban de Callesandra sur sa paume couverte d'un bandage.

— S'il te plaît, rends-les-lui.

Ne sachant pas quoi faire d'autre, Alexander les lui prit. Puis, elle lui chuchota une bonne nuit et se tourna pour retourner dans sa chambre. Il l'observa depuis le couloir y aller en tâtonnant. Elle n'avait pas récupéré la lampe qu'il avait toujours dans sa main.

<hr>

Quand Amanda se réveilla, il y avait du bruit dans sa chambre. Elle ouvrit lentement les yeux, se redressa et regarda autour d'elle. Elle était soulagée de se trouver toujours au XVIIIe siècle, si c'était bien là qu'elle était. Ses rêves de la veille, remplie d'images d'Alexander et Callesandra, ne ressemblaient à aucun autre rêve de sa vie. Elle n'avait jamais connu meilleurs rêves.

Alice était dans la pièce aussi et ouvrait les rideaux, laissant passer le soleil. C'était une belle chambre, mais ce n'était pas la sienne. Et aucune des affaires ici n'étaient à elle, ce qui était quelque part plus inquiétant que le reste.

Alice l'aida à enfiler une robe bordeaux avec des galons et liens dorés. Celle-ci était bien plus confortable que celle qu'elle avait portée la nuit précédente. Pas de panier à la jupe et ample, comme les chaussures. Les deux étaient un peu trop grandes, même si Alice ne dit rien du fait que ses vêtements ne lui allaient pas tout à fait.

Quand l'autre femme se retourna, Amanda retira les chaussures, espérant que personne ne le remarquerait puisque l'ourlet de sa robe couvrait ses pieds.

Alice commença à faire le lit et Amanda resta plantée devant le miroir à fixer du regard son reflet, qui était apparemment identique à celui de Rebecca. Étaient-elles si similaires ? En ramenant ses cheveux en arrière, elle se tourna vers Alice et demanda à voir Callesandra, d'une voix étouffée par la pince à cheveux dans sa bouche.

Alice ne montra pas de signe qu'elle avait entendu et Amanda répéta sa question un peu plus fort, en terminant par :

— Voudriez-vous bien me l'amener, s'il vous plaît ?

Elle fixa ses cheveux en place et joua avec les mèches quand elle se rendit compte qu'Alice n'avait pas bougé.

— Ma fille, Alice, lui rappela-t-elle comme si elle l'avait fait toute sa vie.

Sérieusement, cette partie de la charade était plus simple qu'elle ne l'aurait cru.

Alice hocha la tête, un peu sèchement, et revint quelques minutes plus tard en tenant la main de Callesandra. Rien que voir la petite fille et l'imaginer comme étant la sienne boostait le moral d'Amanda. Elle sourit et fit signe à Callesandra de s'approcher. La petite fille fut juste un peu hésitante et s'avança vers le banc où Amanda était assise, devant une belle coiffeuse. Dès qu'elle fut près d'elle, Amanda la souleva et la serra contre elle.

— Bonjour, mon joli bébé. Tu m'as manqué, dit-elle.

Elle était encore plus surprise de se rendre compte que c'était vrai. Elle se sentait bien avec Callesandra, autant qu'avec Alexander, en dépit de ses sautes d'humeur.

— Tes cheveux sont beaux, maman, se risqua Callesandra avec hésitation.

Amanda ferma les yeux et attira l'enfant à elle. Quand elle les rouvrit, Alexander la dévisageait depuis le palier. Elle le regarda des pieds à la tête, incapable de s'en empêcher. Ses traits semblaient plus doux ce jour-là, ses cheveux étaient encore humides suite à un bain. Ils tiraient sûrement l'eau d'un puits quelque part.

L'eau courante n'existait pas, comme la plomberie installée par sa famille. Il n'y avait que des bassines remplies d'eau chaude – et une chaise percée pour les toilettes, elle l'avait utilisée en grimaçant au milieu de la nuit quand elle ne pouvait plus se retenir.

Ce matin, Alexander portait une chemise en lin à manches longues, dont le col était légèrement ouvert puisque ses liens n'avaient pas été noués, et un pantalon noir glissé dans de grandes bottes cirées. Par-dessus, il avait un manteau noir qui descendait jusqu'à ses genoux et ne faisait que souligner son air autoritaire.

Une fois son inspection terminée, Amanda reporta son attention sur son visage et rougit quand il haussa un sourcil. Était-ce de l'amusement dans ses yeux ? Elle le vit alors faire la même inspection avec elle. Avec un regard tout aussi minutieux.

―

Alexander se trouvait sur le seuil de la chambre de sa femme, même si la femme qu'il observait avec satisfaction n'était pas la sienne. Impossible. Quelle que soit la sorcellerie à l'œuvre depuis la veille, il en était content.

Bon sang, tout son corps avait répondu à son examen. Il n'avait jamais réagi à Rebecca de cette façon. Ce n'était pas qu'elle n'était pas belle – elle l'était – mais la beauté de Rebecca n'était qu'en surface. Quant à cette femme... Cette femme resplendissait de beauté du plus profond d'elle, tant qu'il en était aveuglé. Et si elles avaient semblé similaires la veille, leurs différences devenaient évidentes le matin venu.

Ses cheveux étaient une teinte ou deux plus claire que ceux de Rebecca. Plus épais aussi et plus courts, ils retombaient entre ses omoplates. Sa peau était plus pâle et exempte du moindre défaut. Son nez était droit, sans la petite bosse qu'avait celui de sa femme.

Ses lèvres étaient pleines, douces et innocentes. Et puis, il y avait ses yeux. Ses yeux étaient d'une teinte de bleu si surprenante qu'il en avait le souffle coupé.

Le cou de cette femme était long et gracieux et son corps mince. Ses seins étaient plus petits et pourtant si fermes. Il pouvait encore les sentir plaqués contre son torse quand il l'avait tenue dans ses bras dans les tunnels. Il ne voyait pas ses jambes, mais il savait qu'elles étaient plus longues, car elle était plus grande que Rebecca. Il l'avait remarqué quand elle était pieds nus devant lui la veille. Et elle était de nouveau pieds nus ; ses orteils dépassaient de la robe qu'elle portait, des orteils peints d'une couleur rouge. Il n'avait jamais vu ça chez une femme, mais ça lui plaisait.

Il ne comprenait pas la réalité devant lui – où était passée Rebecca ? Mais il s'en fichait. Il garda un visage neutre en croisant son regard. Elle serrait Callesandra comme si sa vie en dépendait. Elle se cachait derrière elle, comme lui le faisait. Mais la chaleur dans ses yeux ne laissait pas de place à la manipulation ou à la malveillance.

— Papa, les cheveux de maman ne sont-ils pas beaux ?

Il regarda la *maman* de Callesandra et répondit :

— Si mon ange. Les cheveux de ta maman sont très jolis. Callesandra, va avec Alice maintenant. Je viendrai te voir avant de partir.

Callesandra serra la femme qui la tenait contre elle et ses efforts furent remerciés par des chatouilles qui lui arrachèrent un rire.

— Écoute ton papa, ma petite chérie, dit la femme en riant. Je passerai la journée avec toi quand on aura fini de parler, d'accord ?

Callesandra hocha la tête et prit la main d'Alice pour la suivre dehors.

Enfin, ils restèrent tous les deux.

— Il faut qu'on parle.

— Il y a quelque chose qu'il faut que je te dise..., commença-t-elle en même temps avant de se taire.

Alexander fut surpris de voir qu'ils avaient presque dit les mêmes mots. Il ne s'y attendait pas. C'était une idée bête, car s'il savait une chose sur cette nouvelle femme, c'était qu'elle était à la fois franche et honnête. Avant qu'il ne puisse dire quelque chose, elle se leva et marcha vers lui, s'arrêtant juste devant lui avant de poser une main sur son bras.

— Écoute, Alexander, je ne sais pas trop où...

Mais il ne pouvait pas attendre plus longtemps. Ils pourraient parler n'importe quand. S'embrasser maintenant, parler plus tard. Il fallait qu'il l'ait. Avec ces pensées en tête et rien d'autre, il s'avança, la faisant reculer contre le mur auquel elle s'appuya.

Ils bougeaient en parfaite synchronie, bouches fusionnées, mains qui cherchaient à quoi se rattacher. Ses mains à lui étaient dans son dos et sur sa tête et les siennes sur son torse et dans ses cheveux. Pile quand il allait presser tout son corps contre le sien, elle tendit la main, attrapa sa chemise et l'attira à elle. Tellement. Mignon. En vérité, il n'avait même pas voulu l'embrasser, mais quand elle était venue à lui et avait posé sa main sur son bras, quand elle avait commencé à parler et qu'il avait posé les yeux sur sa bouche... il n'avait plus pensé à rien d'autre.

Cet acte était complètement effronté, mais cela semblait prédestiné à arriver. Dès l'instant où ils s'étaient touchés, ça avait été comme allumer un feu avec du petit bois sec. Sa bouche le rendait quasiment fou. Depuis la seconde où ils avaient commencé, elle l'avait embrassé d'une centaine de façons différentes. Chaque fois, avec détermination. Il n'avait jamais rencontré une femme qui embrassait comme ça, qui prenait les choses en main comme elle.

Soudain, il avait envie de tuer tous les hommes avec lesquels elle s'était entraînée. La jalousie l'envahit tandis qu'elle suçait sa lèvre inférieure, le mordait et plongeait de nouveau à l'intérieur de sa bouche. Elle attrapa sa chemise, la serra dans ses mains et s'écarta.

— Si tu embrasses quelqu'un d'autre que moi un jour, je te jure que je te tue, le prévint-elle le souffle court.

Alexander était tellement stupéfait par ses mots et la férocité de son expression qu'il renversa sa tête en arrière et rit à gorge déployée. Bordel, il avait ri ! Elle ressentait à l'évidence la même chose que lui. En la regardant de nouveau, il vit qu'elle n'était pas aussi charmée.

— Je ne sais pas ce que tu trouves de drôle, répliqua-t-elle en le fusillant du regard.

— Là, maintenant, toi.

Cette femme était exaspérante, mais il aimait ça.

En voyant la détermination malicieuse dans ses yeux – pourquoi, ça, il n'en savait rien – il l'amena contre lui encore une fois. Il tira sa lèvre supérieure entre ses dents, la mordit avant de passer sa langue en dessous. Il sentit les genoux de la femme vaciller et savoir qu'elle répondait à ses gestes l'encouragea.

Alexander rit encore, l'attirant plus près de lui. Cette fois, son rire ne sembla pas la déranger autant. En fait, elle prit l'ascendant. Ses mains empoignèrent encore sa chemise et il sentit son souffle court sur son cou. Puis, elle se blottit contre lui et soupira de contentement. Il posa sa main sur sa tête et l'écarta de lui.

— Dis-moi qui tu es, demanda-t-il dans un murmure.

— Oh, maintenant, tu veux parler, dit-elle avec malice.

— En vérité, non, admit-il dans un sourire.

Elle sourit, puis se renfrogna. Il voyait presque les rouages tourner dans sa tête.

— Combien de femmes avez-vous embrassées exactement ?

— Jalouse ? la taquina-t-il.

— À la folie.

Il sourit.

— Bien.

Il se pencha pour l'embrasser de nouveau, oubliant sa question. Un coup fort à la porte résonna.

— Alex !

Alexander jura dans sa barbe. Le front appuyé contre le mur, il répondit sèchement :

— Quoi ?

La porte s'ouvrit et il se retourna, reportant sur Gregor un air extrêmement irrité. Puis, il remarqua la bouche ouverte et le choc de son homme. Il ne pouvait pas le blâmer. Il ne s'était jamais trouvé dans la chambre de sa femme avant, et encore moins à la prendre dans ses bras ainsi.

— Je dois te parler, demanda Gregor après un moment. En privé.

Alexander inclina la tête et chuchota à la femme mystère :

— Ne quitte pas cet endroit précis.

Elle hocha la tête contre son cou et posa les mains sur le mur quand il s'écarta. Alexander détourna les yeux et suivit Gregor dans le couloir, croisant ses bras sur son torse en attendant qu'il parle.

— On a trouvé son corps, Alex, chuchota-t-il. Sous les falaises. Elle a des marques autour de son cou et elle est habillée avec des vêtements d'équitation.

— Le corps de qui ? demanda Alexander momentanément ébahi.

— Rebecca !

Bon Dieu, comment avait-il pu oublier ? Il était si envoûté par cette nouvelle femme qu'il avait à peine songé à ce qu'il se passait. Il passa ses mains dans ses cheveux, essayant d'assimiler cette nouvelle perturbante.

— Tu es sûr que c'est Rebecca ?

Gregor plissa les yeux.

— Oui.

Alexander entra en trombe dans la chambre et d'un air meurtrier, il se tourna vers celle qui lui avait volé toute pensée cohérente. Il la blâmait elle pour sa propre stupidité et sa faiblesse.

— As-tu quelque chose à voir avec ça ? demanda-t-il une fois devant elle.

Elle sembla intimidée par son regard, perdue, choquée et blessée. Il devait admettre qu'il ressentait le même tourbillon d'émotions.

— Avec quoi ? demanda-t-elle enfin d'une petite voix, plus docile que jamais.

— Encore avec les jeux ? répliqua-t-il en sentant ses yeux se plisser.

— Qu... Que s'est-il passé ? bégaya-t-elle.

Sa peur paraissait honnête.

— Il *semblerait* que le corps de ma femme ait été trouvé. Et puisque tu n'es pas elle, dit-il en la montrant du doigt, je te le redemande : as-tu quelque chose à voir avec ça ?

La femme se contenta de le dévisager en secouant la tête, muette. Furieux d'avoir été dupé, il l'attrapa par le bras et la tira sauvagement de la chambre. Il la mena dans le couloir jusqu'à presque la jeter dans sa chambre à lui. *Qu'elle ait peur*, pensa-t-il en tournant la clé dans la serrure pour l'enfermer.

Alexander immobilisa sa monture à côté de l'affleurement rocheux au bord du rivage. Stephen attendait au loin, sur un banc de sable.

Sur le chemin, sa colère avait augmenté. Le corps de Rebecca constituait un spectacle repoussant : elle était allongée, brisée sur les rochers, déjà déformée par la marée. Il tendit la main, même si c'était futile, et pressa ses doigts sur son cou. Sa peau était meurtrie et enflée suite à l'étranglement qui avait visiblement causé sa mort avant qu'elle ne soit jetée des falaises.

— C'est une usurpatrice, Alexander, dit Gregor.

Alexander pivota sur ses talons, les yeux plissés.

— Dans quel but ? Qu'a-t-elle à gagner ?

Il était surpris de ressentir un besoin instantané de la défendre. Sur le chemin jusqu'aux falaises, il s'était tourmenté entre l'envie de la croire et l'assurance qu'il ne pouvait pas.

— À gagner ? répéta Gregor. La même chose que ta femme ! La vie d'une reine. Les joies de la richesse. Un titre sans lequel elle ne pourrait pas vivre !

Alexander se leva et se tourna vers Gregor en lui faisant signe de continuer.

— Quelle preuve supplémentaire te faut-il, Alex ? Elle a été trouvée juste après qu'on ait suivi Rebecca dans les tunnels. Et si elle avait tué Rebecca elle-même ? Ou pire, si elle avait un complice qui était toujours là ?

— Quand on est tombés sur elle, Gregor, un homme s'en prenait à elle, lui rappela Alex.

Il se demanda s'il n'essayait pas de s'autoconvaincre de son innocence.

— Toutes ces années t'ont-elles laissé si désespéré que tu ne vois pas ce qui est sous tes yeux ? C'était une feinte, Alex !

Alexander l'attrapa par les épaules.

— Arrête ! s'écria-t-il. Elle a fui la nuit dernière. Loin de toi et de moi. Si c'est une impostrice, elle n'est pas très bonne. Elle ne ressemble en rien à Rebecca.

— Et si elle l'est ?

— Alors je te le redemande : qu'a-t-elle à y gagner ?

— Et je te le redemande : qui est-elle ?

— Ça suffit ! s'exclama Alexander en envoyant son ami au sol.

Bon sang, il n'en pouvait plus ! Il avait assez de problèmes sans cette dissension actuelle parmi ses rangs.

— Alex, je t'ai vu souffrir pendant des années à cause de sa cruauté. Si tu es enfin libéré d'elle, alors pour l'amour de Dieu, sois libre ! le supplia Gregor en se relevant.

— Que dois-je faire d'elle, Gregor ? La renvoyer ? Où ça ?

— On trouvera sa famille et on la renverra. Alex, s'il te plaît, ne reproduis pas la même erreur.

— J'ai vu de l'espoir dans les yeux de ma fille pour la première fois hier, Gregor. De l'espoir que sa mère puisse l'aimer. Je ne lui arracherai pas ça !

Ce n'était qu'une demi-vérité.

— Ton amour a toujours suffi, Alex, protesta Gregor en se radoucissant. Callesandra est aimée de nous tous. Tu le sais.

Il marqua une pause.

— Écouteras-tu la raison ?

Alexander pivota sur ses talons.

— Toi, écoute la raison ! s'écria-t-il.

Il savait combien il devait avoir l'air menaçant, mais il s'en fichait.

— Tu l'as vue la nuit dernière, elle n'a pas les manières de Rebecca – elle jouait du piano, bordel ! Une impostrice ne ferait pas ça. Et si celui qui a fait ça à Rebecca découvre qu'une femme exactement comme elle est en vie au sein de ma demeure, elle sera en danger aussi !

Au moins, cela apporta le silence dont il avait désespérément besoin.

— Réfléchissez-y – vous tous. Si elle souhaitait adopter l'histoire de ma femme, elle aurait pu le faire facilement, au moins pour un temps. Même si j'ai été à ses côtés, je ne l'ai jamais regardée, pas vraiment. Aucun de nous ne l'a fait, vous savez que c'est vrai. Mais elle a cherché mon aide hier soir – plus d'une fois. Elle m'a regardé droit dans les yeux pour être guidée. Je vous le dis : ce n'est pas une usurpatrice.

Un silence d'assentiment se fit et ils baissèrent tous les yeux vers le corps de la femme pour qui ils ne ressentaient que du mépris. Aucun d'eux n'avait souhaité sa mort, mais sa haine et sa cruauté ne leur manqueraient pas.

Ils attendirent la nuit pour la déplacer loin du rivage et l'enterrer derrière la chapelle. Stephen promulgua une prière quand ils recouvrirent sa tombe. Quand ils quittèrent l'endroit, on aurait dit qu'il n'avait pas été altéré du tout. Personne ne devait jamais savoir ce qu'il s'était passé.

Amanda passa la journée coincée dans la chambre d'Alexander. Cela n'aurait pas été si terrible s'il ne l'avait pas enfermée avec un air trahi qui frisait avec la haine. Elle voulait juste le rendre heureux. Et elle savait qu'il ne l'était pas. Du moins, pas jusque-là. Pourtant, les quelques fois, rares fois, où ils avaient été ensemble, elle l'avait rendu heureux.

Elle fit les cent pas pendant des heures sans rien à admirer d'autre que la décoration. C'était très masculin et cela lui ressemblait.

Son lit était recouvert de lin sombre et rempli d'oreillers et les colonnes du baldaquin étaient enveloppées de soie noire. Des tapis riches en motifs de la même couleur que la pièce – noir, bordeaux et doré – réchauffaient le sol. Les rideaux aux fenêtres étaient accrochés à environ six mètres du sol et cascadaient d'une tringle sculptée. Les fauteuils devant la cheminée étaient rouge sombre ; si foncé qu'ils semblaient presque noirs. Le cuir était doux, décoré de clous dorés. Un autre salon avait été aménagé devant la salle de bains : une table, des chaises et un grand fauteuil recouvert d'un jeté. Il y avait même des paniers remplis de jeux qu'il devait avoir conservés pour Callesandra.

Elle avait essayé de garder le feu dans la journée, mais ses tentatives étaient futiles. Le soir, elle avait une migraine et avait si faim qu'elle ressentait un creux dans son ventre qui refusait de partir. Qu'avait-elle fait ?

Tu as joué le rôle de sa femme, voilà ce que tu as fait !

Elle ne comprenait pas comment elle était arrivée là, mais elle y était. Et étrangement, ça avait du sens, avant. Elle avait froid et faim et se blottit en boule près du feu, se recouvrant d'une couverture trouvée sur un des canapés. Elle s'endormit en se demandant où elle serait à son réveil. Au fond d'elle, elle voulait être ici, mais Alexander semblait à nouveau la haïr, comme avant.

Ses rêves n'étaient pas plaisants comme ceux de la veille. C'étaient des cauchemars sur l'homme qui la méprisait. À nouveau.

Alexander embrassa sa fille avant de se diriger dans sa chambre. Il lui avait dit avant de partir ce matin que sa mère était souffrante. Son visage déçu lui avait fait ajouter qu'elles passeraient peut-être du temps ensemble le lendemain. Tant qu'il n'avait pas de réponse, il ne pouvait pas mettre en danger sa sécurité. Alice avait pour ordres de rester avec Callie et sa chambre à lui devait être confinée puisque Lady Rebecca était malade. Elle n'avait pas posé de question. Alice et sa fille étaient de nouvelles employées payées généreusement pour leurs services.

Rebecca avait toujours plongé la maison dans un tel état de détresse que les domestiques changeaient tout le temps. Sa dernière femme de chambre était partie une semaine avant en emmenant la nourrice de Callesandra. Alice et Béatrice n'étaient pas là depuis assez longtemps pour comprendre combien la gestion de la demeure était différente. Une chance.

Il sortit la clé de sa poche, imaginant l'état dans lequel serait sa chambre quand il entrerait, et fut surpris de découvrir la pièce habituelle, sans un seul objet déplacé.

Alexander ne voyait pas la femme et honnêtement, il était choqué qu'elle ne soit pas à attendre à la porte qu'il ouvre pour lui lancer quelque chose. Il se demanda comment elle s'appelait. Se demanda aussi si c'était de son amant qu'il l'avait secourue dans les tunnels. Elle l'avait embrassé avec empressement, pourtant. Bon Dieu, elle l'avait presque embrassé à en perdre la tête. Chaque fois.

La pièce était complètement sombre et le feu éteint depuis longtemps. Il alluma une lampe à huile et la chercha jusqu'à la trouver tremblante, sur le sol devant la cheminée. Quand il comprit qu'elle s'était allongée dans le froid sur le sol au lieu de se glisser dans le confort de son lit, il sut pour sûr qu'elle n'avait rien à voir avec sa femme, qui aurait pris tout ce qu'elle voulait sans hésiter. En fait, elle ne ressemblait à aucune femme qu'il ait connue.

Elle se redressa à son approche et il la souleva du sol presque violemment. Il était furieux, contre lui cette fois.

Elle enveloppa ses bras autour de son cou tandis qu'il la tenait tendrement, pressant son visage contre son épaule. Les larmes silencieuses de l'inconnue trempaient sa chemise. Il resserra sa poigne et s'avança vers le lit. Elle était glacée jusqu'à l'os et en la portant sans difficulté avec un bras, il écarta les couvertures et la plaça prudemment sur le matelas avant de la recouvrir d'une épaisse couverture.

Il s'occupa ensuite du feu et le ralluma jusqu'à avoir un brasier qui crépitait. Puis, ne sachant pas quoi faire, quoi dire, il s'assit sur le bord sur lit et glissa sa tête dans ses mains.

Voulait-il vraiment des réponses aux questions qui le tourmentaient ? Alors qu'il réfléchissait à comment procéder, il entendit la porte s'ouvrir et le bruit de pas de Callesandra. Quand elle se tint devant lui, il leva la tête et sourit de la témérité de sa fille, malgré son humeur.

— Je peux dormir avec toi, papa ?

— Oui, mon ange. Tu peux dormir avec moi quand tu veux.

Il tendit la main pour la poser sur sa petite tête. Elle entoura ses jambes de ses mains et il la souleva, la serrant fort contre lui tout en la glissant vers le lit.

— Tu vas pouvoir dormir avec maman aussi.

— Mais maman ne dort jamais avec toi, papa.

Alexander se tourna et regarda la femme dans son lit.

— Maintenant si, mon ange.

Cette nouvelle femme lui fit face et essuya rapidement les larmes de ses yeux avant de tendre la main pour proposer un câlin à Callesandra. Il lui confia sa fille, d'un geste qui lui semblait approprié et sans danger. Il l'observa la serrer avec autant d'affection que lui l'avait fait, puis se leva, défit son manteau et retira sa chemise. Callesandra resta blottie dans les bras de la femme, la tête cachée contre sa poitrine. La femme le regarda se déshabiller et ne garder que son pantalon.

Il vint en silence dans le lit et les vit toutes deux tirer du réconfort l'une de l'autre.

— Maman, tu es si froide, chuchota Callesandra. Et tu as toujours ta robe.

Elle répondit tout en le fixant droit dans les yeux :

— Je ne me sentais pas bien aujourd'hui, Callesandra. J'étais trop fatiguée pour retirer ma robe.

— Papa a dit que tu étais malade. Enlève ta robe, maman, dors dans ta chemise de nuit.

— Ça ira. Chut, maintenant, mon ange, rendors-toi.

Alexander soupira. Sa fille avait raison.

— Redresse-toi, ordonna-t-il doucement.

Elle obéit.

Il la tourna pour être dans son dos et défit les liens de sa robe, écartant le tissu de ses épaules. Il vit alors les bleus sur son dos et ses bras.

Callesandra hoqueta.

— Maman, qu'est-ce qu'il s'est passé ?

— Je suis tombée, mon cœur. Ça ne fait pas mal.

Par-dessus son épaule, elle adressa un sourire à la petite fille.

Alexander savait qu'elle mentait pour le bien de sa fille. Il l'aida à baisser la robe jusqu'à ses pieds, la retira, puis la jeta au sol et sourit quand Callesandra gloussa.

Ils se rallongèrent tous deux en se regardant, les yeux remplis de regrets, sûrement pour des raisons différentes.

— Ton nom ? chuchota-t-il enfin une fois sûr que Callesandra dormait entre eux.

La femme baissa les yeux, mais ne dit rien. Alexander se hérissa et répéta la question.

— Amanda, dit-elle après un long moment.

— D'où viens-tu, Amanda ? demanda-t-il soulagé.

Il fallut un long moment pour qu'elle réponde.

— Loin d'ici, Alexander. Si loin que je ne sais pas si ça existe vraiment.

— Y a-t-il quelque chose ou quelqu'un que tu fuis ? L'amant que j'ai repoussé hier soir ?

L'idée le rendait malade et le mettait en colère.

— Non.

Elle avait un visage ouvert et franc. Elle disait la vérité.

— Je n'ai jamais rien fui, ajouta-t-elle, et ce n'était pas mon amant.

— Tu m'as fui moi, lui rappela-t-il en réprimant un sourire soulagé. Tu as choisi le mur de la falaise plutôt que la protection de mes hommes.

— Je ne les avais jamais vus avant, Alexander. Comment pouvais-je savoir qu'ils ne me feraient pas de mal ?

— Mes hommes ne te feraient jamais de mal et moi non plus.

— Tu détestes Rebecca. Et si je suis elle, alors tu me détestes aussi.

Sa voix était petite – elle avait presque l'air effrayée.

— Je ne la détestais pas. Cela impliquerait que je l'aie aimée à un moment. Je détestais juste ses actions, sa cruauté, surtout envers ma fille.

— Callesandra est uniquement ta fille alors ?

— Non, Amanda. C'est la nôtre.

Ça semblait juste. Il espérait qu'elle soit d'accord. Il venait de rencontrer cette femme, Amanda, mais quelque chose lui disait qu'elle était la seule femme pour lui.

— Et ta femme, Alexander ?

— Eh bien...

Il songea à ses mots, ne sachant pas que dire et où s'arrêter.

— Comme tu l'as dit hier, il semblerait que tu sois ma femme et pour le bien de ma fille, reste-le.

— Je ne sais pas si je peux rester.

— Tu as un autre endroit où aller ?

— Non.

— Y a-t-il une lettre que tu voudrais envoyer, un proche que tu as besoin de contacter ?

— Je ne saurais pas où l'envoyer et il n'y aurait personne pour la recevoir.

— Alors comme je l'ai dit, Amanda, reste – pour le bien de ma fille.

— Et toi, Alexander ? Qu'en est-il de ton bien à toi ?

— Je n'ai rien d'autre que ma fille.

— Tu as beaucoup de chance alors, Alexander, car je n'ai rien
– tout du moins, ici.

Elle se tourna, emportant Callesandra avec elle, face au mur.
Elle échoua cependant à cacher les larmes qui coulaient sur son
visage. Alexander referma ses bras autour d'elle, attirant Amanda
et Callesandra dans son étreinte protectrice.

— Tu m'as moi et ma fille maintenant, Amanda.

Alexander glissa la tête d'Amanda sous son menton et les serra
plus fort contre lui. Ils dormirent dans cette position toute la
nuit.

8

1er mars
Chicago, Illinois

Finalement, Alexander Montgomery décida qu'il était *bel et bien* un homme prompt à s'énerver. *Bon sang,* quand est-ce que ça s'arrêterait enfin ? Et *où* diable était Amanda ?

Son convoi de cinq véhicules, au sud d'Oak Street, était désœuvré. Il bougea sur son siège et regarda le cadran de sa Breitling une nouvelle fois. 13 h 00.

— Sam ? demanda-t-il dans son émetteur-récepteur.

C'était la troisième fois qu'il la questionnait. Normalement, son soupir audible l'aurait fait sourire, puisqu'il lui rappelait Amanda – il se demandait qui l'avait pris à qui. Mais ces dix derniers mois depuis son arrivée dans ce siècle faisaient des ravages et perdre Amanda et Callesandra après les avoir retrouvées et eues pour lui... il n'en pouvait plus.

Il voulait frapper Evan qui pensait qu'il valait mieux laisser Amanda tirer ses propres conclusions. Ceci ne se serait jamais produit si elle avait *su*. Su qui elle était, qui il était – qui ils étaient. Peut-être était-il en colère contre lui-même de s'être momentanément satisfait d'être simplement de nouveau proche d'elles.

Samantha le fit attendre dix longues secondes avant que sa voix ne résonne dans ses oreillettes, grâce à la technologie qui, malgré son omniprésence dans sa nouvelle vie, l'étonnait encore parfois.

— Elle a peut-être dû changer une couche, Alex. En plus, c'est une belle journée, une chaleur inhabituelle pour la saison, lui dit-elle. Elle s'en tiendra à sa routine. Quelque chose a dû la retarder de quelques minutes.

C'était la troisième fois qu'elle lui fournissait la même explication depuis le véhicule voisin où elle était installée avec Stephen et trois de ses hommes. Pour sa défense, il n'était pas dans un tel état à son arrivée chez Amanda deux heures avant, quarante-cinq minutes après leur atterrissage. Ce n'était qu'après avoir compris qu'Amanda et Stan avaient abandonné la Range Rover pour une promenade en ville qu'il s'était mis en colère.

Frustré et furieux, il était parti à leur recherche. Cette fois, prêt à charger. Sur tous. Il exagérait ? Absolument. Stan ne serait pas ravi de la tournure des évènements. Pour être honnête, il s'en fichait complètement. Il voulait retrouver sa famille. Et il les emmènerait. Aujourd'hui.

La seule chose qui aidait actuellement les affaires de Stan était qu'il ait requis deux hommes de leurs bureaux à Chicago pour assurer la sécurité de sa famille pendant leur promenade dans les rues. Il ne l'avait pas dit à Alexander, mais le QG de Chicago si – *certains* employés étaient loyaux.

Comme s'il avait senti son approche, ses poils se hérissèrent sur sa nuque une seconde avant qu'Amanda n'apparaisse au coin avec une poussette et Callie à ses côtés. Il les observa progresser dans la rue, les mains crispées et le cœur douloureusement serré.

Elle était belle. Même emmitouflée dans un habit d'hiver léger, elle aurait pu figurer sur une vitrine de magasin. Il la vit s'arrêter devant une devanture, visiblement pour Callie puisque sa fille se précipita vers la vitre et y pressa son visage.

Alexander tapota sur la fenêtre et Gregor et le reste de l'équipe s'engagèrent dans la circulation, progressant lentement sur Michigan Avenue. Stan et ses hommes aperçurent leur convoi approcher – selon la volonté d'Alexander – et s'approchèrent aussitôt d'Amanda et des enfants. Trevor, assis face à Alexander, lui adressa un pouce en l'air pour indiquer qu'il avait piraté leur fréquence radio et qu'il pouvait désormais écouter leurs communications verbales. Stan et ses hommes durent le comprendre aussitôt, car ils gardèrent le silence et passèrent aux signes manuels. Alexander tapa à nouveau à la fenêtre, attendant à peine l'arrêt du véhicule pour sortir. C'en était fini d'attendre.

Il s'avança tandis que ses hommes prenaient leurs positions et encerclaient toute une zone autour d'eux. Stan et ses hommes entouraient Amanda, eux-mêmes piégés par Alexander. Il écouta Gregor dire à Stan de se rendre. Stan était furieux. Il dit qu'il avait tout sous contrôle. *Bienvenue dans mon monde, fiston.*

Cinq minutes plus tôt

— Callie, viens mon cœur, appela Amanda.

L'heure du repas était largement passée et elle devait ramener Zander à la maison. Il faisait inhabituellement chaud pour cette période de l'année, alors ils étaient restés dehors plus longtemps.

Elle venait de tourner sur Michigan Avenue quand une devanture attira l'attention de sa fille et qu'elle accepta d'un signe de main qu'elle y aille. Le moment de pause était bienvenu de toute façon. Une minute plus tard environ, Callie se détourna de la vitrine qu'elle regardait et sourit. Amanda sentit son cœur fondre. Elle tendit la main et attendit que Callie la prenne.

Il y avait quelque chose de libérateur à être à Chicago, juste toutes les deux – enfin, sans compter Zander et Stan. Ça l'avait aidée à calmer sa colère et l'incertitude qu'elle ressentait sur de nombreuses choses. Comme qui diable était Alexander Montgomery et où elle avait pu le rencontrer. Pourquoi avait-il disparu de leur vie tout le long de sa grossesse – dont elle ne se souvenait pas – et était-il maintenant de retour ? La seule chose dont elle était sûre c'était que s'éloigner de la maison était son meilleur choix.

Des nombreux appels qu'elle avait reçus, elle n'en avait accepté qu'un. Celui d'Evan. Elle ne lui en voulait pas et, honnêtement, elle l'appréciait. Il était professionnel, gentil et voulait simplement l'aider et apaiser le retour de ses souvenirs, le tout de manière constructive si possible. Et maintenant plus que jamais, c'était quelque chose qu'elle voulait également.

— On rentre aujourd'hui ? demanda Callie.

Amanda lui sourit et recommença à pousser la poussette. Callie avait entendu la conversation qu'elle avait eue la veille avec Stan. Al... ou *M. Montgomery*, puisqu'elle avait décidé de reprendre les formalités, lui avait apparemment dit de régler les choses et de la ramener avec les enfants à la maison. En Californie. D'ici le déjeuner, qui était il y a des heures. Elle sourit intérieurement. Non, elle sourit tout court en fait. Ça faisait du bien de répliquer.

— Non, mon cœur.

Bon Dieu, elle avançait presque en bondissant.

— On reste jusqu'à dimanche, comme je l'ai dit.

Callie rit et couvrit sa bouche de ses mains.

— Il va venir, maman.

— Tu n'arrêtes pas de me le dire.

Elle pensait avoir parlé à voix basse, mais Callie eut l'air exaspérée et elle comprit qu'elle l'avait entendue.

Avec un soupir, elle s'agenouilla et tint Callie par les épaules.

— Je sais que ton papa te manque, Callie.

Étrangement, Amanda avait l'impression qu'il lui manquait à elle aussi. Elle ne se rappelait pas de lui, du moins pas avant son retour de l'hôpital, mais une partie d'elle pensait ressentir un manque.

C'était aussi étonnant qu'il soit si facile de commencer à l'appeler *papa de Callie*, même si elle n'était pas encore passée à *mari* pour elle-même.

— Tu te rappelles ce que je t'ai dit ? Réfléchis très fort, c'est très important.

Callie fit la moue, l'air déterminé. Très vite, elle répondit :

— Tu as dit que personne ne m'arracherait jamais à toi.

Bon Dieu, la vérité sort de la bouche des enfants, mais ce n'était *pas* ce à quoi elle se référait et elle ne se rappelait même pas avoir dit ça à Callie. Elle lui avait dit de ne pas s'inquiéter et qu'ils trouveraient une solution. Amanda l'attira à elle et la serra fort. Avait-elle fui M. Montgomery ? Quand et pourquoi avait-elle ressenti le besoin de dire quelque chose comme ça à sa petite fille ?

— Écoute-moi bien, mon bébé, *nous*, dit-elle en les montrant toutes les deux du doigt, allons rester encore un peu toutes les deux, comme on l'a fait dernièrement.

Elle lui embrassa les joues, la serra contre elle et lui rappela :

— Je suis douée pour établir des nouvelles règles non ?

Callie rit.

— Tu es douée pour ne pas les respecter, maman.

— C'est presque pareil. Viens, ton frère s'agite.

Amanda venait de se pencher vers Zander quand elle entendit Stan jurer derrière elle et Callie murmurer :

— Maman.

La petite fille s'accrocha à elle. Stan dit à quelqu'un de reculer. À l'évidence, quelqu'un dans son oreillette, puisque ça ne pouvait pas être à elle. D'instinct, elle prit Zander dans ses bras et Callie répéta *maman* avec plus de force cette fois.

— Quoi, mon cœur ? demanda-t-elle distraitement en se tournant vers Stan.

Il avait l'air furieux. Les deux autres hommes qui assuraient leur sécurité s'étaient rapprochés. Beaucoup. Callie cria cette fois, attirant l'attention d'Amanda, et désigna un point dans la rue.

Amanda eut un moment d'hésitation avant de se retourner. Et quand elle le fit, elle hoqueta.

Elle avait déjà vu cette image. La veille, en fait. Elle préparait le dîner pendant que Callie était assise sur le canapé dans la cuisine. Un instant la télévision était en silencieux, et la seconde d'après, le son était à fond. Amanda avait sursauté et s'était tournée pour découvrir Callie debout sur la table basse, son corps entier tremblant d'excitation, la télécommande en main. Elle était retournée en arrière pour voir ce qui avait attiré son attention et avait écouté le présentateur du journal parler.

— Côté affaires, de rares et exclusives images du milliardaire Alexander Montgomery, président et PDG des Entreprises Montgomery. M. Montgomery est vu à son QG de New York. Son arrivée aux États-Unis coïncide avec sa prise en main de JDL Security.

On distinguait un convoi de Navigator noirs s'arrêter devant une prestigieuse adresse à Manhattan. Les caméras étaient bien sûr rivées sur lui, impressionnant et beau, qui sortait de son véhicule. Il avait ignoré la presse et était entré dans le bâtiment accompagné de son entourage.

— Lorsqu'il était à Londres, M. Montgomery a amassé un personnel brillant, trié sur le volet, parmi les meilleurs techniciens, militaires et médecins de notre temps. Il s'est a priori installé aux États-Unis pour une période de temps indéfinie.

Callie avait trouvé cool de voir son père à la télévision, mais quand elle avait bondi vers sa mère et demandé si elle pouvait l'appeler, Amanda avait senti son cœur se briser. Comment était-elle censée savoir quoi faire ? Elle ne voulait pas éloigner sa fille de son père, mais il y avait encore tant de choses qui n'avaient pas de sens pour elle.

Si elle était partie, avait fait retirer les traceurs GPS placés sur leurs téléphones, sur eux et sur leurs affaires, c'était seulement parce qu'elle avait besoin d'espace.

— Pour l'instant mon cœur, avait-elle dit pour essayer de

calmer sa fille surexcitée, faisons un voyage simplement entre maman et bébés. Dimanche, on rentrera.

Puis, elle avait compris quoi faire et comment gérer les choses. Elle ne voulait pas promettre une visite, un dîner ou quoi que ce soit. Pas encore. Elle avait pris les petites joues de sa fille et avait dit :

— Ne t'inquiète de rien, d'accord ? Maman trouvera une solution.

Stan jura de nouveau, ramenant Amanda au présent tandis que le convoi s'arrêtait. Les portes s'ouvrirent à l'unisson et M. Montgomery et ses hommes sortirent. Callie avait raison, son papa était venu. Et bon Dieu, ils ne plaisantaient pas aujourd'hui. Tous vêtus de costumes noirs. Tous en lunettes de soleil. Et elle aurait parié sa vie qu'ils étaient tous armés. C'étaient des hommes imposants qui avaient le don de prendre le plus de place possible. Utilisant des signes de main pour communiquer, les hommes de M. Montgomery formèrent un périmètre autour d'elle et des enfants, fermant la rue pendant qu'il avançait vers elle.

Quelque chose dans son apparence – sur son trente-et-un, arrivant en trombe vers elle, en position de commandement – fit vibrer son corps au beau milieu de la rue.

Sérieusement, Amanda Abigail Marceau ! *Comment as-tu pu l'oublier ?*

Il représentait tous ses fantasmes de petite fille en chair et en os. Presque deux mètres. Grand. Large d'épaules. Brun. Et si beau. Un nez droit, un menton marqué et une bouche faite pour donner des ordres.

D'ailleurs, elle le vit ordonner à Stan et ses hommes de se rendre tandis qu'il avançait vers elle. Jusqu'à presque la toucher. Il était si proche qu'elle dut relever la tête, ce qu'elle n'avait pas l'habitude de faire, avec sa taille. Il la fixa plusieurs secondes, ses yeux s'adoucirent légèrement, puis il dit avec force :

— Il semblerait qu'il y ait un problème de sécurité.

— Qu...

Amanda dut déglutir, sa bouche s'était asséchée en entendant son accent. Après tout, elle avait bien un faible pour sa voix et apparemment la magie prenait vite sur elle après deux jours sans.

Elle réessaya :

— Quel problème de sécurité ?

— Je suis en charge de ta sécurité, lui cria-t-il au visage, et tu es mon problème !

Callie rit, visiblement elle n'était pas le moins du monde effrayée par son père et il s'agenouilla pour la soulever. Amanda s'apprêtait à lui dire de la reposer, mais il fit un geste de la tête et lui aboya :

— Avance !

— Pardon ?

Ce n'était pas tant ce qu'il avait dit, mais la façon dont il l'avait dit. Ce geste de la tête, elle faisait le même. Fréquemment, avec Callie.

— Bon sang, Amanda ! Monte dans ce putain de véhicule ! ordonna-t-il encore.

Gregor s'avança et prit Callie pour la guider en avant.

D'instinct, Amanda tendit la main pour attraper celle de Callie – un geste futile. Elle perdait tout contrôle de la situation et commença à paniquer. Sentant son stress, Stan toucha son pistolet. Pas du tout la chose à faire vu les circonstances, mais la situation se transformait en combat de coqs et Montgomery était furieux. Elle le vit prendre de court Stan et sortir son propre pistolet pour viser sa tête.

— Je t'ai dit de la ramener, Finch. Tu avais des ordres. Hier, cria-t-il en plaçant le canon vers la tempe de Stan.

— De vieilles habitudes, hein, Montgomery ? Tu crois qu'on va faire un duel ici, au beau milieu de la rue ?

Il grogna. Amanda ne comprenait pas ce qu'il voulait dire, mais elle n'avait pas le temps d'y réfléchir.

— Ce n'est pas sa faute, s'écria-t-elle en se positionnant avec Zander devant Stan. Ça suffit, s'il vous plaît. Nous viendrons. Maintenant, si vous voulez.

Tremblante, Amanda pria en silence Stan de coopérer.

— On a fini ici ? demanda Montgomery.

— Oui, monsieur, répondit Stan.

Montgomery retira son arme et attendit qu'Amanda avance. Comme elle ne le faisait pas, il la poussa vers le véhicule d'où il était sorti. Callie était déjà à l'intérieur. Amanda hésita encore, ses yeux allant de sa fille à la rue.

— Mon avion part dans deux heures. Toi et mes enfants y serez.

Son premier instinct était de secouer la tête, mais avant qu'elle ne puisse le faire, il clarifia :

— Ce n'était pas une invitation optionnelle. Bon Dieu, Amanda.

Voilà qui confirmait ce qu'elle pensait de sa bouche faite pour donner des ordres. Il secoua la tête et passa sa main sur son front, soudain usé et épuisé.

— Je ne vous ferais jamais de mal, ni à toi ni aux enfants. S'il te plaît.

Il tendit la main vers Zander. Elle serra le bébé contre elle.

— Allez-vous me le prendre ? chuchota-t-elle.

Il secoua la tête.

— Je ne te le prendrai pas. J'ai besoin que tu montes en voiture.

Il tendit de nouveau la main vers Zander, mais elle tremblait tellement qu'il dut dénouer ses mains autour du bébé. Puis, il la prit par le bras pour la faire monter et la suivit.

Toujours sous le choc, elle ne vit pas grand-chose de l'intérieur du véhicule, mais remarqua qu'au lieu d'une banquette avec des sièges au milieu, elle s'enfonçait dans ce qui ressemblait à un canapé en cuir luxueux. Des écrans de télévisions et ordinateurs portables avec des logiciels espions l'entouraient.

Callie sauta sur ses genoux, Stan s'assit à l'avant. Il regarda derrière pour s'assurer qu'elle allait bien, ce n'était pas le cas, mais elle acquiesça quand même. Montgomery s'installa à côté d'eux, en prenant un espace considérable. Il étira ses longues jambes et installa Zander dans le creux de son cou. Puis, il sourit à Callie et lui fit signe de venir. Il rejeta sa tête en arrière et rit quand elle se blottit contre lui.

Enfin, il le scruta.

— Amanda, je regrette...

Oui, elle aussi regrettait beaucoup de choses, mais avec ce regard rempli de douceur et d'affection, elle ne savait pas quoi penser. Alors elle le coupa au lieu de le laisser finir.

— Allez-vous le mettre dans son siège ?

— On a quatre pâtés de maisons à faire. À quinze kilomètres-heure. Il a plus de chances de se blesser sur le trottoir.

Il lui adressa un de ses regards pénétrants, sans réserve.

— Y a-t-il quelque chose que vous souhaitiez me dire, monsieur Montgomery ?

— Oui, Amanda.

Il se pencha en avant, agrippa son haut et l'approcha à lui.

— Je me fiche que tu m'appelles monsieur Montgomery.

— C'est tout ?

Sérieusement, son regard la touchait de plein fouet.

— Pour l'instant.

Elle haussa les épaules et contempla l'extérieur par la fenêtre. Sa présence était si autoritaire qu'il était difficile d'être aussi proche de lui. Comme s'il lisait dans son esprit, il empira les choses, glissant son grand pied entre ses pieds à elle et l'attirant à lui. Malgré son bon sens, elle le regarda et fut soulagée de le voir la tête appuyée contre le dossier, les yeux fermés, ses mains à tenir ses enfants.

Les similarités avec Zander étaient évidentes maintenant qu'elle savait quoi chercher. Mêmes cheveux noirs, même teinte de peau, et même couleur d'yeux, à bien y penser. Amanda continua à le dévisager, essayant désespérément de se souvenir avoir été avec lui, mariée à lui, proche de lui. C'était frustrant, mais rien ne venait.

Soudain, ça semblait fou d'avoir fui. Les réponses à toutes ses questions étaient juste devant elle. Mais peut-être qu'elle devait partir pour le voir. Pour voir qu'il était le seul à pouvoir lui dire ce qu'il s'était passé.

— Je t'ai quitté ? Ou c'est toi qui m'as quittée ?

— Aucun des deux, Amanda.

— *Argh*, grogna-t-elle.

Elle se frappa la tête de la paume. Fort. Tout ça était si frustrant.

— Ne fais pas ça ! la réprimanda-t-il en attrapant sa main. Ça n'aidera pas.

— Comment le sais-tu ?

Elle savait qu'elle se comportait en enfant. Mais honnêtement, elle ne pouvait pas s'en empêcher. Même si extérieurement, elle tentait de garder son calme, à l'intérieur, c'était le désastre. Principalement parce qu'en attrapant sa main, il avait entrelacé leurs doigts et ne l'avait plus lâchée. Son cerveau lui soufflait d'être très prudente. Son cœur, peut-être son âme, disait quelque chose de complètement différent.

— Nous n'avons pas le temps pour cette conversation, là maintenant, trancha Alex.

Ils étaient arrivés à la maison d'Amanda. Stan ouvrit la portière et Alex attendit qu'elle sorte en premier. Trevor était dehors, tout sourire. Il était vraiment gentil et il lui avait manqué, tous d'ailleurs – enfin presque.

— Bonjour, madame Montgomery.

Soudain, Amanda eut envie de le frapper. Était-elle vraiment madame Montgomery ? Comment osait-il supposer qu'elle pouvait l'être ? Elle dut tempérer sa réaction et grincer des dents l'aida.

— Votre sac était sous la poussette de Zander.

Amanda tendit la main vers son sac, gardant son commentaire en elle. Il avait vraiment été plein de gentillesse, jusqu'à il y a douze secondes.

— Merci, Trevor. Peux-tu...

— Ils récupèrent ce qui est dans la Rover. Vous l'aurez d'ici votre retour.

Amanda resta clouée au sol. Elle savait que tout le monde attendait qu'elle avance, mais elle ne bougea pas. Pour l'instant. Elle repéra Samantha qui sortait d'une voiture. Elle était toujours très en colère contre elle et avec ce que Trevor venait de dire, elle paniqua. Encore. Elle prit Zander des bras d'Alex, pivota et commença à avancer sur le trottoir.

Elle entendit un *bordel de merde* et une minute plus tard, elle sentit Alex derrière elle. Puis ses grandes mains se posèrent sur ses épaules.

— S'il te plaît, ne t'en va pas, Amanda.

Sa voix était douce maintenant.

Elle se retourna.

— Pourquoi Sam est-elle avec toi ?

— Probablement parce qu'elle se sentait perdue sans toi et les enfants.

— Je suis sûre que ça allait.

— Vraiment ? C'est ta meilleure amie et elle est à tes côtés depuis des mois.

— Et quelle meilleure amie ! À cacher un *mari* pendant un mois entier, mais peu importe.

Amanda serra Zander plus près d'elle, se retourna et recommença à marcher. Elle le sentit derrière elle tout le long. Elle ne pouvait pas retenir ce qu'elle pensait plus longtemps et se tourna enfin. De sa main libre, elle lui frappa le torse et s'écria :

— Nous nous sommes mariés !

Il l'attrapa par les épaules, l'attira à lui et se plaça devant son visage.

— Nous *sommes* mariés ! répliqua-t-il en criant lui aussi.

— Aucun papier n'indique que j'aie été mariée.

Elle avait consulté les fichiers que Stan lui montrait encore et encore depuis leur arrivée à Chicago.

— J'étais là, cracha-t-il. Toi aussi.

— Mais je ne te connais même pas vraiment, Alex. Comment suis-je censée me souvenir de tout ça ?

Il le prit comme une gifle et recula même, puis reprit le

contrôle de lui-même une seconde plus tard. *Eh bien, bien fait pour toi.* Toujours tourmentée par autre chose, elle ajouta :

— Vous m'avez piégée !

— Je ne t'ai jamais menti.

— Tu as acheté JDL Security pour avoir accès à tes enfants.

— Je l'ai acheté pour te trouver *toi* !

Si elle était si importante pour lui, s'ils étaient vraiment mariés, où était sa satanée alliance ?

— Tu portes un costard à huit mille dollars. Des mocassins à deux mille. Et il se dit que tu es plus riche que Midas.

— Et tu portes un jean à trois cents dollars, des bottes à huit cents et ta veste coûte au moins mille cent dollars. Qu'est-ce que ça peut faire ?

— Je. N'ai. Pas. De. Bague.

Elle brandit sa main gauche pour souligner son argument. Cicatrices en nombre. Une bague, ça non.

— Bon sang, Amanda ! s'écria-t-il. Tu veux vraiment faire ça ? *Maintenant !*

— Apparemment, oui !

— Tu. Te. Fiches. Des. Bijoux.

Elle plissa les yeux. C'était vrai, mais...

— Quelle femme n'aime pas les bijoux ?

— Toi.

— Eh bien, j'aurais voulu une alliance, même simple.

— Tu en avais une.

— Où est-elle ?

— Sur une chaîne, grogna-t-il. Autour de mon cou.

— Pourquoi ?

— Pourquoi ? répéta-t-il.

— Oui, Al... Montgomery.

Oh, bon Dieu, tout ça était tellement perturbant.

— Pourquoi ? insista-t-elle.

— Tu as vu ta main récemment ? répliqua-t-il avant d'attraper sa main gauche et de la brandir. Qu'est-ce qui a causé cette entaille le long de ton doigt d'après toi ?

Elle écarquilla les yeux.

— Tu me l'as arrachée ?

— Quoi ? Tu es sérieuse ?

Il n'arrivait pas à croire ce qu'elle lui demandait. Elle inspira un grand coup.

— Comment oses-tu me parler comme ça ?!

— Comment j'ose ?

Il la souleva du sol. Leur dispute était devenue si forte que ses hommes les entouraient et que Stan parlait à un officier de police que quelqu'un avait appelé.

— Tu veux savoir pourquoi ton alliance est autour de mon cou ?

— Riche *et* intelligent, quelle chance !

Il plissa les yeux, l'air mécontent, et les muscles de son cou se tendirent. Elle était juste devant lui. Nez devant nez. C'était lui qui l'avait placée là.

— *Tu. M'as. Lâché.* Pendant dix mois ces mots ont hanté chaque moment, que je dorme ou sois réveillé. Tu m'as lâché, Amanda !

Il avait beuglé chaque mot. Elle sentit sa colère. Mais la douleur dans ses yeux l'obligea à inspirer sèchement. Elle se rendit compte de la gravité de ce qu'il avait dit. Soudain, elle se sentit mal.

Cela dut se voir, car il la posa doucement sur le sol et scruta chaque centimètre de son visage. Elle vit les marques à l'intérieur de son poignet quand il prit son visage et l'inclina d'un côté puis de l'autre. Quatre cicatrices en forme de croissant de lune. Comme si une main était là, à s'accrocher à lui.

Elle entendit à peine sa voix quand elle dit :

— Tu as raison. Nous ferons ça plus tard.

Elle ne pouvait plus le regarder. La tête lui tournait et elle commença à revenir vers sa propriété.

Alexander prit Zander dès qu'Amanda se tourna vers lui. Ils approchaient tout juste de l'entrée de l'immeuble d'Amanda. Elle put à peine prononcer les mots *s'il te plaît* en lui tendant leur fils. Stan, Stephen et Trevor étaient les seuls à toujours attendre dehors. Stan appela l'ascenseur.

Une fois à l'intérieur, Amanda se plaça dans un coin, la main agrippée à la rambarde. Elle fixa les légères cicatrices. Des cicatrices qu'il avait créées en essayant désespérément de la retenir, mais elle avait lâché son poignet et lui avait glissé entre les doigts. Une des cicatrices allait de son annulaire et suivait le trajet de la bague qui avait raclé contre l'os durant la lutte. Elle leva les yeux vers Alex à ce moment-là.

Bon sang, il connaissait ce regard. Il transmit Zander à Stan et se plaça devant elle qui devenait vert salade. Il posa sa paume sur son front pour repousser ses cheveux juste avant qu'elle ne vomisse dans son sac.

Elle venait de vomir pour la troisième fois quand ils atteignirent son étage. Stephen sortit de l'ascenseur et attendit dehors tandis qu'Amanda passait enfin sa main sur sa bouche et frémissait.

— C'est bon ? demanda-t-il en tendant la main vers le sac.

— Hum hum.

Elle hocha la tête et ferma les yeux. Il repoussa ses cheveux en arrière. Stephen entra une deuxième fois pour prendre le sac à main et tendit à son frère une bouteille d'eau.

— Juste de quoi mouiller ta bouche, dit Alexander en la lui passant.

Elle prit une minuscule gorgée et laissa sa tête retomber.

— Amanda ?

Un étrange éclat se trouvait dans ses yeux. Ce qui en disait long, vu leur histoire.

— Que se passe-t-il dans cet intelligent cerveau ?

Elle secoua la tête comme pour clarifier ses pensées.

— Tu vas me la prendre ?

— Je ne séparerai jamais aucun d'eux de toi.

— Tu pourrais. Tu as les ressources qu'il faut et assez de preuves pour m'enfermer. Peut-être pour de bon.

Bon sang ! Elle pensait qu'il utiliserait sa crise contre elle.

— Je ne te ferai pas enfermer, Amanda, mentit-il.

Il allait totalement l'enfermer. Avec lui. Et les enfants. Et la troupe qu'il avait constituée en chemin.

— Maintenant que je t'ai trouvée, je ne vais nulle part. Plus jamais.

— Pourquoi es-tu revenu ?

— Revenu ? Je ne t'ai. Pas. Quittée.

Il essayait de parler d'une voix égale et de chasser la colère.

— Je me sens brisée, Alexander. Si tu ne m'as pas quittée avant, tu devrais le faire maintenant.

— Écoute-moi, Amanda. Très attentivement. Je réparerai ça. Je le ferai.

— C'est trop tard.

— L'histoire de nos vies. Il est toujours trop tard.

Se souviendrait-elle un jour ?

— Tu devrais vraiment travailler là-dessus.

— J'essaie.

Elle inspira profondément.

— Très bien. Allons-y.

Alexander la regarda des pieds à la tête, inclina son visage et croisa son regard.

— Ça va ?

— Définis *ça va*.

Il secoua la tête.

— Je ne saurais dire.

— Alors tout ce que j'ai c'est un bon gros faux sourire et hop, prête !

Elle lui fit une démonstration qui arracha un petit sourire à Alexander.

— Ça, c'est bien ma femme.

Il ne put s'empêcher d'effleurer son front des lèvres. Elle ne résista pas.

— Allons-y.

Dès qu'ils franchirent l'entrée, Amanda se dirigea dans sa chambre mais tomba sur Rosa dans le couloir.

— Rosa, M. Montgomery nous emmène...

Elle marqua une pause. Elle ne savait pas où il les emmenait.

— Pour être honnête, je ne sais pas où. Tu peux commencer à faire tes affaires...

— Je te ramène en Californie, Amanda. Des sacs à dos et des habits confortables pour le trajet, Rosa.

Il épia Amanda traverser le couloir. Elle tendit la main vers le mur pour s'y appuyer par deux fois avant de tourner dans ce qui devait être sa chambre. Samantha l'observait aussi et d'un geste de la tête, il l'encouragea à aller voir comment elle allait.

Quand Sam revint une minute plus tard, il avait Zander dans les bras et Rosa était assise au sol avec Callie à préparer un biberon.

— Mon ange, peux-tu aller avec oncle Stephen et préparer ton sac ?

Il attendit qu'ils soient partis dans sa chambre avant de donner à Samantha toute son attention.

— Elle m'a foutue dehors, dit-elle avec incrédulité. Elle s'est lavé les dents, a retiré ses chaussures, m'a dévisagée et m'a dit de partir.

— Donne-lui du temps, conseilla Alexander en la dépassant.

Il espérait avoir raison. Il prit le biberon pour Zander et se dirigea vers la chambre d'Amanda. Il frappa et ouvrit la porte.

— Amanda ?

Zander s'agita encore.

— Chut... chut... maman va te nourrir, promit-il.

Elle sortit alors, l'air adorable avec ses cheveux coiffés et son visage lavé. Elle s'était changée pour un pantalon ample en cachemire et un sweat à capuche. Elle prit Zander de ses bras, puis le biberon.

— Maman te tient, bébé. Combien de temps est-ce que j'ai ?

— Vingt minutes, ça ira ?

Elle hocha la tête et il prit le sac qu'elle avait posé au sol.

— Qu'as-tu besoin dans l'autre sac ?

— Celui dans lequel j'ai vomi ?

— Oui. Celui-là même.

— Mon portefeuille. Je le prendrai.

— Rosa l'a déjà sorti.

— Remercie-la pour moi, dit-elle avec soulagement et gratitude. Elle saura quoi mettre d'autre dedans.

Il acquiesça et referma la porte derrière lui.

Près de vingt-cinq minutes plus tard, Amanda entra dans la chambre de Callie, où il était étendu sur le lit, Callie à côté de lui en train de lui montrer quelque chose sur son iPad. Elle était glissée sous son bras et il savourait la sensation de sa fille blottie contre lui. Callie s'était changée et avait mis un survêtement bleu et Alexander avait opté pour un jean et un tee-shirt. Amanda sembla sur le point de les quitter quand il leva la main et lui fit signe de venir.

Une fois assise sur le bord du lit, Alexander lui demanda :

— Prête ?

Elle lui adressa son plus grand sourire. Callie gloussa.

— Bon gros faux sourire, murmura-t-elle.

Alexander lui pinça le nez.

— Je sais mon ange. La spécialité de ta mère.

— C'est bizarre de t'entendre parler de moi comme ça. C'est vrai, bien sûr, dit-elle en souriant à Callie tout en tendant la main pour la toucher. Et il se trouve que c'est mon mécanisme de défense préféré.

Callie rit et il posa la main sur la cuisse d'Amanda.

— Allons-y alors. Tout est prêt, à part nos téléphones et l'iPad de Callie.

Il souleva encore Callie dans les airs et la chatouilla jusqu'à ce qu'elle demande grâce, avant de la regarder fuir de la pièce. Puis, il se leva et tendit sa main à Amanda pour la relever.

Elle marqua une pause et il la vit remarquer les cicatrices à l'intérieur de son poignet et sur son pouce. Elle reposa Zander contre les oreillers et le regarda d'un air interrogateur. Lentement, elle suivit des deux mains les marques.

Il en eut le souffle coupé et l'observa tourner sa main et lever la sienne pour comparer. En voyant qu'il n'avait pas de cicatrices comme les siennes, elle effleura sa main d'un air absent. Puis, elle la retourna encore et pressa ses doigts contre les cicatrices à son poignet. Elle le ramenait à son cauchemar et elle ne le savait même pas.

Il ne savait pas si elle voulait parler à voix haute mais il l'entendit murmurer *ça loge parfaitement* au moment où elle enfonçait ses ongles, pas fort, mais assez pour qu'il le remarque. Ensuite, elle prit son poignet. Par réflexe, il fit la même chose et referma ses doigts sur son poignet – comme cette nuit, où il n'avait eu que ça pour la retenir.

Cela la surprit. Elle écarquilla les yeux et il l'observa desserrer sa prise et le regarder avec la même expression interrogatrice. Il en était malade, mais il fit en silence une démonstration, suivant avec ses doigts ses cicatrices, du poignet au haut de sa main et le long de son annulaire.

Elle déglutit avant de lever les yeux.

— J'ai lâché.

Tout ce qu'il put faire, c'était hocher lentement la tête.

— Pourquoi ?

La peur obscurcissait son visage. Il ne voulait pas faire ça maintenant. Il se passa les mains sur le visage et s'assit à côté d'elle. Il prit Zander et le posa sur ses genoux, effleura de ses mains son petit corps. Il la regarda et elle s'affaissa légèrement, ce qui lui brisa le cœur.

— Ce n'était pas parce que tu avais peur de moi !

— Pas la peine de faire une crise !

— Mon cœur, j'ai fait des dizaines de crises depuis que je t'ai rencontrée.

— Tu... tu as une maladie ? demanda-t-elle avec une inquiétude honnête.

— Une maladie ? répéta-t-il. Une maladie, Amanda ? Ouais, j'ai une maladie, Amanda : tu *me tues, putain !*

Alexander la vit se mordre la lèvre avant de sourire.

— Tu ne me fais pas peur.

— *Ça,* je sais.

— D'abord, il y a un bocal à gros mots dans la cuisine. Tu pourras y faire ta contribution en sortant. Ensuite...

— Un bocal à gros mots ? Tu es sérieuse ?

Elle était folle ?

— Pourquoi ça te surprend ?

— Parce que j'ai appris mon gros mot préféré de toi !

Elle inspira sèchement.

— C'est impossible.

— Certainement que si !

— Je ne jure pas !

— Oh, c'est peut-être seulement un mot, mais tu parles plus mal encore que tous les matelots autour desquels j'ai été. Et j'en ai connu beaucoup.

— Tu mens !

— Je. Ne. Mens. Pas.

— Je. Ne. Jure. Pas.

— Si. Tu le fais.

— Eh bien, c'est peut-être de ta faute.

— Oh. Je t'assure que oui.

Il lui adressa un sourire mauvais et la regarda d'une façon qui la fit rougir, comme s'il voyait à travers ses vêtements.

— Qu'est-ce que tu essaies de me dire ?

— Je n'essaie pas de *dire* quelque chose, dit-il en l'observant encore des pieds à la tête. Je te dis : dans les bonnes circonstances, tu dis des gros mots !

— Parce que tu m'irrites ?

Il secoua la tête.

— Non, même si t'irriter est très amusant.

Il s'approcha de son visage, l'attrapa par les épaules et passa ses mains le long de ses bras.

— *Ça*, c'est mieux.

Le sous-entendu la frappa de plein fouet et elle passa par trois teintes de rouge différentes avant de pouvoir reparler.

— Alors... alors...

Elle dut se racler la gorge.

— Quand on l'a conçu, dit-elle en montrant Zander.

Elle espérait qu'il ne la ferait pas dire la chose à voix haute et il la tira de sa misère.

— Oui.

Leur conversation lui embrouillait la tête. Littéralement.

— Ensuite ?

— Ensuite ? répéta-t-elle.

— Après m'avoir informé du bocal à gros mots, tu as dit ensuite...

— Je ne sais plus.

— Bien. On décolle dans quarante-cinq minutes. Allons-y.

En emmenant sa famille à la voiture, Alexander eut l'impression qu'un énorme poids avait été enlevé de ses épaules. Ils rentraient. Amanda était silencieuse. Enfin.

Ils n'étaient pas les mêmes personnes qu'avant. Peut-être parce qu'elle avait sa propre vie dans le XXIe siècle alors qu'à son époque, Callie et lui *étaient* sa vie. Comme les choses pourraient être différentes si elle pouvait se souvenir de lui ! D'eux.

Zander était profondément endormi, blotti sous le menton d'Amanda. Rosa parlait avec Stephen et Callie tenait la main d'Alex, son regard allant de son père à sa mère. De temps en temps, Amanda lui adressait un clin d'œil, puis un gros faux sourire, ce qui faisait rire sa fille, le visage caché contre sa cuisse.

Stan était dans le garage à s'assurer que tout et tout le monde était prêt. Devant la voiture, Alexander compta littéralement ses protégés. Amanda, OK. Zander, OK. Callie, OK. Quand il s'occupa d'attacher Callie, elle demanda :

— Tu aimes voler, papa ? Plus que naviguer ?

Il plaça sa main sur sa tête.

— J'aime tout ce qui me rapproche de toi.

— Bonjour Callesandra, répondit Gregor en ajustant le rétroviseur interne pour la voir. Moi, j'adore voler !

— Je le savais ! s'exclama-t-elle en brandissant son poing.

Amanda sourit aussi et échangea un regard avec elle.

Le trajet jusqu'à l'aéroport privé durait quarante-cinq minutes et quand ils se garèrent devant le jet, Hank, son pilote, et le reste du personnel attendaient. Alexander ne put s'empêcher de vérifier que sa famille était là en les aidant à descendre du véhicule. Femme, OK. Fils, OK. Fille, OK.

Hank se présenta à Amanda, Callie et Rosa, puis Callie courut dans l'avion, tourna en haut de l'escalier et demanda :

— Je peux m'asseoir où je veux ?

— Où tu veux sauf le siège du pilote, mon ange.

Il accompagna Amanda jusqu'aux marches, la main sur son dos. Ils découvrirent Callie étendue sur la banquette près du coin repas avec trois écrans de télévision à regarder. Elle branchait déjà son iPad et iPhone. Stephen s'assit avec elle et elle plaça aussitôt ses pieds sur ses genoux. Rosa s'installa à un regroupement de quatre sièges avec Stan et Gregor. Trevor et Michael prirent place dans un autre compartiment. Le siège bébé de Zander était déjà positionné à l'avant et Amanda s'assit à côté de lui.

Alexander parla avec le pilote et vérifia la ceinture de Callie même si Stephen venait de la boucler. Il alla aussi voir le harnais de Zander et la ceinture d'Amanda et lorsqu'il fut satisfait qu'ils soient bien protégés, il s'assit enfin face à Amanda.

Il regarda sa montre ; il avait dit que l'avion partait *dans deux heures*. C'était il y a une heure et cinquante-neuf minutes précisément. Hank démarra l'avion et Alexander échangea un regard avec Stephen. La journée avait été longue.

Ils décollèrent une minute après.

Mission accomplie.

Trente minutes plus tard, les lumières étaient éteintes et l'avion relativement calme quand Amanda se leva pour voir comment allait Callie. Elle était assise sur les genoux de Stephen, l'air plutôt contente. Elle l'embrassa et lui dit qu'elle l'aimait, puis alla au coin repas où elle découvrit un festin de Gibson, son restaurant de grillades préféré à Chicago.

Elle allait repartir et demander si quelqu'un voulait quelque chose quand elle vit la bouteille de Macallan. Elle était ridiculement chère. En fait, c'était l'une des plus chères. Les quatre bouteilles chez elle, celles qui s'alignaient au-dessus du bar, elles étaient pour lui. Elle comprit à cet instant qu'elle les avait achetées pour Alex.

Elle toucha la bouteille, souhaitant avec ardeur un souvenir de lui, d'eux, n'importe quoi. Juste au moment où elle s'apprêtait à se frapper la tête encore une fois, il apparut derrière elle et recouvrit ses mains des siennes.

— Ne fais pas ça, chuchota-t-il.

— Je ne peux pas m'en empêcher.

— Si je pensais que ça marcherait, crois-moi, je le ferais moi-même.

Elle se tourna et leva les yeux.

— Ça semble logique, non ?

— Laisse-moi te dire quelque chose sur la logique, Amanda...

Elle attendit qu'il poursuive. Et attendit. Il se contentait de la dévisager.

— Eh bien ?

Il secoua la tête.

— C'est compliqué.

— C'est censé être simple.

— Pas quand toutes les variables changent. Pas quand le plus simple pour aller d'un point A à un point B n'est plus une ligne droite. J'ai vécu pour *et* par la logique, Amanda.

— C'est quoi qui a changé ?

— Qu'est-ce qui a changé ? Bordel, c'est simple. Tu es arrivée, expliqua-t-il dans un sourire.

Elle plissa les yeux.

— Tu viens de corriger ma grammaire ?

Il sourit légèrement et elle eut soudain mal au cœur en comprenant sa douleur. Parfois, elle admirait sa capacité à repousser les choses.

— Pas intentionnellement.

— Puis-je te poser une question ?

— Tu peux.

— Tu as faim ?

— Toujours.

— Bien, alors mangeons.

Alors qu'il s'apprêtait à quitter le coin repas, elle l'interpella.

— Étions-nous heureux, Alex ?

Il se retourna et la regarda avec intensité, le visage traversé d'un million d'émotions.

— Heureux à en perdre la tête.

— Vraiment ?

— Je te le jure devant Dieu.

9

2 mars
Californie du Nord

Il était bien après minuit quand ils s'engagèrent sur l'allée circulaire d'Amanda et s'arrêtèrent devant les portes d'entrée, ce qui n'était pas une exagération. Sérieusement, ils étaient neuf et ce nombre aurait été bien plus grand s'il n'était pas aussi tard.

Sur le chemin du retour, Alex avait dit à Amanda qu'il louait depuis un moment la maison d'à côté et que quand lui et la plupart de son équipe partaient pour la nuit, c'était là qu'ils allaient. Amanda l'avait dévisagé avec incrédulité. Comment avait-elle pu ne pas le remarquer ? Pas étonnant qu'ils soient toujours dans le coin.

Maintenant qu'Amanda avait repris pied un peu et qu'elle voyait les choses plus clairement, elle comprit que c'était ridicule qu'elle ait autorisé ce cirque chez elle si facilement.

La pause de ces derniers jours lui avait fait du bien. Elle avait besoin de cet éclat d'indépendance, même si ça avait été court.

Épuisée, elle laissa Alex porter Callie qui dormait dans sa chambre et la border, sous ses yeux. Elle l'avait suivi et se tenait sur le seuil, à le regarder, cherchant dans son esprit un souvenir, n'importe lequel. Il avait l'air si naturel avec Callie, comme si c'était là sa place.

À cet instant, il se tourna, se leva et s'approcha d'elle.

— Amanda, je...

Elle tendit la main et la posa sur son torse. Ça l'avait toujours surprise que le toucher soit si facile, naturel même. Était-ce un signe ? Elle n'avait jamais été aussi immédiatement à l'aise avec un homme avant. Et à part quand il l'avait attirée à lui dans la voiture et avait mêlé leurs mains ensemble, il n'avait pas tenté beaucoup de gestes manifestes. Rien de romantique ou de particulièrement intime. En fait, elle l'avait même surpris à s'écarter plusieurs fois, ce qu'elle appréciait vraiment.

— Peut-on faire ça demain, Alex ? S'il te plaît ?

Elle n'était pas prête pour les autres révélations qu'il lui restait. Il hocha la tête.

— Je reviendrai demain matin.

Il recouvrit sa main, l'air dépité, et lui souhaita bonne nuit. Elle sentait sa douleur et elle en avait mal au cœur. Pas juste émotionnellement, mais physiquement. Une part d'elle avait la sensation que le renvoyer faisait d'elle la pire personne du monde et l'autre partie d'elle était perdue et fatiguée. Dieu merci, Evan leur avait conseillé de laisser les choses telles qu'elles étaient pour l'instant.

Elle resta sur le palier et écouta Alex parler doucement à son frère. Quand ils sortirent, Amanda descendit l'escalier et s'assit sur la dernière marche, observant ses feux arrière progresser sur l'allée.

Stephen rentra quelques minutes plus tard, l'air abattu et un peu triste. Amanda le regarda fermer la porte derrière lui et s'arrêter un instant avant de cogner sa tête contre la vitre de frustration, jurer en silence et se frotter le crâne. Il ne l'avait pas encore vue.

— J'ai essayé, et on m'a dit que ça n'aiderait pas.

Une soudaine affection lui venait pour cet homme qui était techniquement son beau-frère. *Tellement bizarre.* Elle vit les coins de sa bouche remonter légèrement et il se tourna pour la regarder.

— Ça te ressemble, les coups sur la tête.

— Ça ne t'étonne pas ?

Il souffla par le nez.

— À un moment, tu faisais pire, alors un coup sur la tête ? Pas du tout.

Ouah, elle pouvait carrément sentir le passé qui les unissait, la familiarité. Elle ne s'en rappelait pas, mais à la façon dont il la regardait et lui parlait, elle savait sans l'ombre d'un doute qu'elle était *vraiment* connectée à ces frères d'une façon profonde et inexplicable.

— Qu'est-ce que je faisais ?

Elle se déplaça pour lui laisser de la place sur la marche. Il s'assit et lui tendit la main. Sans réfléchir, elle tendit sa main gauche, mais il secoua la tête.

— Oh, ma bonne main. Quelle chance.

Elle leva les yeux au ciel et plaça sa main droite sur la sienne. Il la tourna et passa ses pouces sur la cicatrice désormais familière qui traversait sa paume. Elle eut un flash d'Alex faisant la même chose quand il l'avait ramenée de l'hôpital.

— Tu étais là ?

Le son qu'il lâcha ressemblait plus à un gloussement et il secoua la tête et leva les yeux vers le plafond avant de lui rendre son regard.

— J'étais toujours là quand quelque chose t'arrivait, Amanda. Ou du moins, pas loin derrière. J'étais ton garde du corps aussi, parfois. Quand Alexander partait, euh, gérer des choses. Apparemment, je suis nul pour ça.

Elle sourit. Sa façon de le dire lui réchauffait le cœur.

— Nous étions proches, Stephen, non ?

Il acquiesça.

— Oui, nous étions proches.

— C'est toi qui m'as amenée à l'hôpital ?

— L'hôpital, répéta-t-il avant de secouer la tête. Non, nous n'aurions jamais... je veux dire, si on avait pu, ça aurait été bien trop loin. Alex revenait de son séjour en mer et... Bon Dieu, Amanda, tu saignais énormément. Je t'ai tenue pendant qu'Alex te recousait.

— Attends.

Elle retira sa main et regarda la cicatrice. Elle était si lisse, et à part les petits points qui tachaient toujours sa peau là où s'étaient trouvés les points, la plaie était très propre.

— Ton frère a fait ça ?

Elle lui montra sa main pour être sûre qu'ils parlaient de la même plaie.

Stephen hocha la tête.

— Oui. Il était d'un calme absolu...

— Oh mon Dieu, le coupa Amanda. Quelque chose vient de me revenir... En situation de crise, c'est la seule personne dont tu aies besoin avec toi.

Elle revoyait Callie habillée d'une robe à l'ancienne. S'était-elle déguisée ? Sa voix resta en suspens une seconde. Bon Dieu, était-ce normal ? Sa *nouvelle* normalité ?

— Je ne sais pas d'où ça vient.

— Gardons ça entre nous, d'accord ? Je ne voudrais pas que ça lui monte à la tête, plaisanta-t-il.

La légèreté formait une pause bien nécessaire avec toute la tension dans l'air et elle en était reconnaissante.

— Au sujet de ta main, il l'a nettoyée, recousue et pansée lui-mê...

— Attends !

Oh bon Dieu, elle voyait un verre rempli d'une substance blanche et laiteuse. Elle frémit – un souvenir concret du goût horrible. Alex était à califourchon sur une ottomane et elle lui faisait face tandis que Stephen la tenait par derrière. Il y avait quelque chose d'étrange dans ce souvenir. On aurait dit une chambre à Abersoch, mais les meubles étaient si vieillots.

— Je m'en souviens.

— Vraiment ?

Elle opina du chef.

— Il avait l'air si sérieux... plus que d'habitude.

Là-dessus, Stephen sourit et acquiesça.

— Je crois qu'il était en uniforme.

Elle hésita. L'uniforme ressemblait plus à ce qu'elle avait vu dans des reconstitutions historiques, mais c'était tout à fait possible qu'Alexander s'intéresse à ce genre de choses. Elle plissa les yeux en essayant de se concentrer sur ce souvenir – sa tête était un bazar monstre – puis secoua la tête et haussa les épaules. L'image était partie.

— Peut-être, répondit Stephen. Il avait si peur que ça s'infecte ou que tu ne puisses plus jouer au piano s'il ne refermait pas bien la plaie.

Ils se tournèrent tous les deux quand ils entendirent la voix de Callie du haut de l'escalier. Pauvre bébé, aller et venir ces derniers jours avait fait des ravages. Amanda tendit la main vers Stephen.

— Merci de m'en avoir parlé.

Puis, elle appela Callie :

— Viens, mon cœur.

Tant avait changé ces derniers jours. Et si elle n'avait pas de souvenirs, du moins pas de sa relation et de son mariage avec Alexander Montgomery, elle se sentait plus sûre d'elle, comme s'il n'y avait plus ce gros secret qui planait au-dessus de sa tête, qu'on lui cachait. Cela l'aidait à se sentir plus en contrôle. Et des morceaux et fragments *commençaient* à lui revenir.

Plus tard, dans son lit, les lumières toujours allumées, elle entendit un petit coup à sa porte.

— Amanda ?

Elle se tourna et Sam ouvrit la porte et avança à pas de loup jusqu'à l'autre côté de son lit pour se glisser sous la couette à côté d'elle.

— Je suis désolée de n'avoir rien dit. Tu as tous les droits d'être en colère après moi, lâcha-t-elle.

Amanda ferma les yeux et secoua la tête.

— Je ne sais pas quoi penser. Evan m'a assuré que mes souvenirs reviendraient naturellement. Il le pense vraiment.

Elle leva les yeux au ciel.

— Sérieusement ! Maintenant, j'adhère à tout ce que le psy de l'entreprise dit.

Elles s'esclaffèrent toutes les deux. Ça faisait du bien de rire de nouveau avec sa meilleure amie. Et les mots d'Evan semblaient plus probables maintenant qu'elle commençait à avoir des flashs vivides de certains moments, aussi étranges et étonnants soient-ils.

— J'étais tellement en colère et paniquée... tu étais une cible évidente et facile.

— Callie et toi, et maintenant Zander, vous avez été toute ma vie ces derniers mois, Amanda. Je ne laisserai jamais quelqu'un te faire du mal. Jamais.

Elle se redressa sur un coude.

— Stan pourrait partir, parce que je tuerais quiconque te fait du mal moi-même.

Les yeux d'Amanda s'adoucirent et elle inclina la tête.

— Quelle chance que tu aies appelé Stan cette nuit-là. Je ne vois personne d'autre qui aurait pu nous aider.

— Tu étais dans un état pas croyable, cette nuit-là, Amanda. Selon Stan et Callie aussi. J'étais à des milliers de kilomètres quand tu m'as appelée et si je ne pouvais pas être là moi-même, Stan – M. Protocole, M. Droiture, le bon ami par excellence – était le seul en qui j'avais confiance pour t'aider.

— Je ne me souviens pas, mais je suis contente que ça ait été lui. Je ne me rappelle de rien.

Elle secoua la tête, regarda son poignet et la cicatrice qui lui restait de l'opération. Elle pensa à Alex, à son expression dévastée quand elle avait rejoué la scène qui avait pu se produire avec leurs mains. Lessivée, Amanda éteignit la lumière et roula sur le matelas. Elle entendit Sam retourner l'oreiller et s'installer confortablement.

— Je lui ai demandé si nous étions heureux, chuchota-t-elle quelques minutes plus tard.

— Qu'a-t-il dit ?

— À en perdre la tête.

— Tu sais, je ne l'ai pas rencontré avant la naissance de Zander, mais vu ce que tu disais de lui, je pense que c'est vrai, Ammy. Je pense vraiment que vous l'étiez.

Alexander entra chez Amanda à 7 heures du matin. La nuit avait été longue et agitée. Evan lui avait passé un savon sur le fait qu'il laissait son *anxiété* – les mots d'Evan – prendre le dessus.

La vérité, c'était qu'il était furieux qu'Amanda soit partie et ait pris ses enfants. Non qu'elle ne soit pas capable ou en droit de faire ce qu'elle voulait quand elle voulait, mais – et c'était un *mais* à proportions monstrueuses – il venait de les retrouver, pour l'amour de Dieu, fallait-il vraiment qu'elle parte ?

Au fond, il connaissait la réponse : ils l'avaient maintenue dans le noir et maintenant, même si elle savait qu'il y avait quelque chose entre eux, un gros quelque chose, tout semblait pire.

Quand il décida d'arrêter de se torturer et de sortir du lit, il parla à Stephen, qui lui dit que les lumières étaient éteintes dans la maison d'Amanda du côté de sa chambre, et depuis tard le soir, ce qui voulait dire que personne n'était debout, pas même Helen avec le bébé.

Une rapide session de sport plus tard, Alex et les gars arrivèrent au moment où Amanda descendait l'escalier avec le bébé.

— Bonjour, la salua-t-il.

Elle répondit poliment. Cette nouvelle gêne entre eux était difficile, même étant donné les circonstances.

— Callie va à l'école ?

Elle sourit.

— Eh bien, puisqu'on est samedi, probablement pas.

Il jura dans sa barbe ; c'était peut-être la première fois de sa vie qu'il perdait le fil des jours. Vu sa vie cette dernière année, dans deux siècles différents, ça en disait long.

— Amanda, je ne sais pas quoi faire. Comment...

— Peut-on juste prendre un café et le petit déjeuner ? Comme les autres matins ?

— Oui, ça semble être un bon début.

Il sentit ses épaules se détendre, la suivit dans la cuisine où Rosa préparait le petit déjeuner et servit le café. Les gars, y compris Stephen et Gregor, s'étaient installés dans le salon à côté de la cuisine.

Quand il se tourna pour lui tendre une tasse, Amanda le fixait d'un air vide. Il l'appela doucement, mais elle ne répondit pas. Il essaya de nouveau et tendit la main pour prendre son bras.

— Hé, où étais-tu ?

Elle cligna des paupières, comme si elle venait de sortir de sa torpeur.

— Où *moi*, j'étais ? Où étais-tu, *toi*, Alex ?

Ainsi continueraient-ils donc. Et pas en privé non plus, apparemment.

— Je ne suis *allé* nulle part, Amanda, répliqua-t-il en secouant la tête. Pendant un très long moment je n'ai pas pu *aller* où que ce soit.

— Je ne comprends pas, Alex.

— Tant que tu ne te souviendras pas, tu ne pourras pas comprendre.

Elle secoua la tête et Alexander vit un éclat dans ses yeux qu'il connaissait bien. Elle n'allait rien lâcher.

— Hum hum, non, ce n'est pas assez. Je ne sais toujours pas *vraiment* ce qu'il s'est passé. Tu as dit que je t'avais lâché, ce qui voulait dire que tu n'avais pas l'intention de me quitter, hein ? Mais...

Il recula la tête comme s'il avait été frappé, pas sûr d'avoir bien entendu. Il l'attira à lui.

— Pardon ?

Bon sang, il aimait qu'elle soit proche. Elle sentait si bon et ses magnifiques yeux bleus brillaient avec le soleil qui s'engouffrait depuis les fenêtres, même si elle le regardait les yeux plissés.

— J'ai dit que je ne pensais pas que tu voulais me quit...

— J'ai entendu, grinça-t-il.

Ça sonnait aussi mal que la première fois.

— Je ne t'aurais jamais quittée, Amanda.

Ne le savait-elle pas ? Ne sentait-elle pas ce qu'il y avait entre eux ? Il sentit la brûlure des larmes, mais ce n'était pas le bon moment.

— Je ne t'aurais *jamais* quittée, ni toi ni Callie, si j'avais pu l'en empêcher, insista-t-il en se forçant à garder une voix calme.

— Je ne sais pas ce que ça veut dire, Alex ! s'exclama-t-elle exaspérée. Qu'est-ce qui aurait pu être empêché ?

En voyant son regard, il eut envie de tout lui dire. Mais que pouvait-il vraiment dire ? *Tu vois Amanda, Callie et toi êtes tombées d'une falaise de plus de trente mètres de haut et avez voyagé dans le temps et donc avec les gars, nous avons aussi voyagé dans le temps pour être avec toi.*

Evan allait adorer. Il soupira, détestant qu'elle ne puisse pas savoir.

— Ça veut dire qu'à l'époque c'était impossible pour moi et mes hommes de t'atteindre. Et quand nous avons pu le faire, tu étais sous la protection de JDL.

Elle fronça les sourcils en réfléchissant à Dieu sait quoi, mais ensuite, elle hocha la tête, satisfaite, au moins pour l'instant.

— Savais-tu que j'étais enceinte ? demanda-t-elle d'une voix encore plus petite.

Il lâcha un soupir de soulagement. Celle-ci, il pouvait y répondre.

— Je ne sais même pas si *toi*, tu savais. Nous déménagions.

Ils fuyaient, même.

— Toute la maison était sens dessus dessous cette nuit-là, Amanda. C'était comme ça depuis des jours.

— Attends. Quelle maison ? dit-elle en secouant la tête.

— Abersoch.

Enfin, tu peux y arriver, songea-t-il. Il espérait que quelque chose, n'importe quoi dans ce qu'il dirait puisse réveiller un souvenir.

Elle passa sa main sur son front et hocha lentement la tête.

— Tu crois qu'y retourner aiderait ?

— Ça pourrait.

Et si aller en Grande-Bretagne était la clé ? Et si revoir le domaine ramenait sa mémoire ? Alexander ne voulait plus jamais remettre un pied sur le sol anglais. C'était un endroit différent, il le savait, mais c'était par principe.

— Mais nous n'y retournerons pas.

— Je ne voulais pas dire maintenant, protesta-t-elle en levant les yeux au ciel. Bien entendu qu'on n'ira pas dans la seconde, mais...

— On ne retournera pas en Angleterre, Amanda, répliqua-t-il fermement.

Il était aussi sûr que possible de ça.

— Je voulais dire à un moment dans un futur proche.

Quand sa femme était coincée sur quelque chose, c'était difficile de la faire changer d'avis.

— On ne retournera pas en Angleterre, Amanda, répéta-t-il doucement, d'une voix égale.

— Jamais ?

— Jamais.

Il ne pourrait jamais retourner dans un endroit qui avait jadis mis sa tête à prix simplement parce qu'il croyait en le droit à la liberté, peu importe combien de temps s'était passé depuis.

— D'accord, accepta-t-elle lentement. Quoi qu'il se soit passé, Alex, je sais que ça a dû être mauvais. Je te crois. J'ai des sentiments partagés pour Abersoch aussi, sans savoir pourquoi. J'adorais être là-bas, avant. Peut-être que c'est pour ça. Mais, et si Callie veut aller à Oxford un jour ? Ou Cambridge ? Ou la London School of Economics ? Cela fait partie de son héritage,

Alex… ce n'est pas irraisonnable qu'elle veuille l'explorer un jour.

— Elle ne voudra pas, la contredit-il même s'il n'y avait pas songé.

— Tu ne peux pas savoir ça…

— Bordel de merde, Amanda, il y a dix mois on voulait à tout prix quitter la Grande-Bretagne. Pour de bon.

— Je *sais* ça. Mais pourquoi ? Tu n'arrêtes pas de me dire qu'on n'y retournera pas, mais que s'est-il passé, Alex ?

Elle serra dans son poing sa chemise.

— J'adorais cet endroit – qu'est-ce qui a été si terrible pour que j'en aie me procure des sentiments partagés maintenant ?

Il ne pouvait que croiser son regard, sans savoir quoi dire.

— Aide-moi, s'il te plaît.

— C'est compliqué.

— Simplifie.

— Mon Dieu, Amanda.

La gravité de ses actions le frappa alors. Pour la première fois, il se rendit compte que tout était sa faute. C'était lui qui s'était rebellé et avait rejoint le côté adverse. Pourquoi n'avait-il pu se satisfaire du *statu quo* ?

Ils auraient pu vivre leur vie tranquillement. Même si bien sûr, il aurait pu mourir quand même une fois la guerre déclarée. Il s'essuya les yeux.

— Dis-moi.

Il réfléchit à la meilleure façon de le dire.

— Ma tête était mise à prix.

— Quoi ?

Elle recula.

— Tu veux dire… ?

Elle se rapprocha et chuchota :

— Il y avait un contrat pour te tuer ?

Elle regarda autour comme s'il pouvait encore y avoir un danger. Sa supposition n'était pas très loin, alors il opina du chef.

— Qui ?

C'était facile de dire la vérité, cette fois.

— La couronne.

Elle hoqueta et Zander s'agita quand elle le serra plus fort.

— Ton propre gouvernement ! Que... Tu as volé des secrets d'État ? Tu étais un espion ou...

Elle commença à manquer d'air.

— Amanda !

Il la conduisit à table, l'assit et s'agenouilla devant elle.

— Respire, mon cœur.

Il posa une main sur sa poitrine.

— Chut... chut..., murmura-t-il en posant sa main sur sa tête. Voilà, c'est ça, respire.

Elle frémit et attrapa sa main.

— Ça m'arrive souvent dernièrement, avoua-t-elle entre deux respirations tremblantes. Des flashs de souvenirs qui... prennent le contrôle. Je viens de me rappeler d'un document. C'était un registre en cuir, ou quelque chose comme ça. Comme une sorte de document légal.

— Tu te rappelles ce qui était dessus ? demanda Alexander tous les sens en alerte.

Elle secoua la tête, mais quelque chose lui souffla qu'elle gardait un truc pour elle.

— Amanda, je n'ai pas été... je n'ai pas été exécuté, déclara-t-il en frémissant à cette pensée. Je suis en vie et je vais bien. Comme toi et nos enfants.

— Peux-tu le prendre ?

Elle montra Zander de la tête en commençant à se lever. Il se hâta de prendre le bébé, puis la regarda comme un idiot se frapper violemment le front.

— Arrête.

Callie entra sans bruit dans la cuisine à ce moment, puis se jeta contre la jambe de sa mère, rejoignant la conversation comme si elle était là tout du long.

— Papa, tu vas recommencer à être souvent absent ?

Il acquiesça.

— J'ai un nouveau travail et des responsabilités, mon ange.

— Tu es encore amiral dans la marine ?

Les yeux d'Amanda croisèrent les siens.

— Non, mon ange.

— Tu es encore un espion ?

Elle fit tourner ses cheveux et les examina intensément. Lui garda les yeux rivés sur Amanda en répondant à cette question :

— Non, Callie.

— Ces méchants messieurs, ils ont enlevé maman et moi parce qu'ils l'ont découvert ?

Amanda bondit et enroula un bras autour de Callie.

— Attends, quels méchants messieurs ?

— Ceux qui nous ont enlevés à la maison, maman. Tu les as tués, hein papa ? demanda-t-elle d'un air absent.

— Les méchants ne sont plus là, mon ange. Je les ai tués, dit-il d'un ton égal.

Il priait pour que sa fille n'en dise pas plus. Pas maintenant.

— Papa ?

— Oui, Callie ?

— J'ai quelque chose à te dire.

— Je t'écoute.

— Quand... cette nuit-là...

Elle baissa les yeux et tordit ses petites mains encore et encore.

— J'étais cachée sous ton bureau.

— Je sais que tu y étais, je t'ai aidée à y aller, lui rappela-t-il en levant doucement son menton pour croiser son regard. Ce n'est pas ta faute, mon ange.

— Tu te souviens ce que tu as dit à maman quand elle est entrée ?

— *Bon sang*, murmura-t-il en se frottant le visage. Je me rappelle.

Il prit une profonde inspiration et reporta toute son attention sur Callie. Il savait qu'elle continuerait à en parler jusqu'à ce qu'il entende l'histoire comme il fallait et il essaya de ne pas regarder Amanda quand il reprit :

— D'abord, maman est entrée et elle a dit qu'elle avait un mauvais pressentiment. Et j'ai répondu...

— Tu as dit : *vraiment ?* l'interrompit Callie en riant.

Alexander lui sourit.

— Parce que c'est ce que maman te répondait toujours quand tu lui disais quelque chose qu'elle savait déjà.

— C'est exactement pour ça que j'ai dit ça.

Soudain, il se sentait lourd. Ils avaient excellé en tant que famille et se rappeler cette proximité facile qu'ils avaient eue le tuait.

— Tu te rappelles ce que tu as dit après ?

Il ne la quitta pas des yeux en reconstituant la scène, gravée dans son esprit – les dernières heures passées avec sa famille avant que tout ne se brise.

— J'ai dit : *Vingt minutes, Amanda. Ce bateau...*

— Tu l'as montré du doigt, papa ? Sous le bureau, je ne pouvais pas savoir.

— Oui. *Vingt minutes, Amanda.*

Il leva son bras droit comme il l'avait fait cette nuit-là pour désigner le navire comme s'il était là.

— *Le bateau... on va y monter. S'il y a quelque chose indispensable à ta vie, tu ferais mieux d'aller le chercher maintenant.*

Amanda semblait frappée d'horreur.

Je sais, mon cœur. C'est un cauchemar vivant et récurrent dans ma tête, qui ne s'en va jamais.

— Tu sais sans quoi elle ne pouvait pas vivre ?

— Je ne savais pas sur le moment, admit-il en secouant la tête, mais j'imagine que c'était toi, Callie.

— Alors c'est bien ma faute, dit-elle en laissant tomber sa tête.

Cette vue lui brisa le cœur. S'il avait su où cet interrogatoire le menait, il ne l'aurait jamais laissé faire.

— Non, nia-t-il en même temps qu'Amanda. Tu étais toujours cachée quand maman est revenue, non ?

Callie hocha la tête.

— Alors tu sais que quand maman m'a dit qu'elle devait me parler, *moi*, je lui ai dit que ça devrait attendre.

— Mais elle ne pensait pas que ça pouvait attendre.

— Ce n'est pas ce qu'elle a dit, mon ange.

— Mais c'est ce qu'elle *voulait* dire, papa, insista Callie de plus en plus bouleversée. Je me rappelle comment elle l'a dit. C'est pour ça que j'ai été la chercher.

Elle regarda Amanda.

— Maman ?

— Oh, mon cœur, j'aimerais pouvoir t'aider.

Amanda la prit dans ses bras et l'observa, haussa les épaules, impuissante. Quelque chose dans ce geste changea la dynamique et lui réchauffa le cœur. Amanda essayait de l'aider avec leur fille.

Comme sa mère ne pouvait rien ajouter à l'histoire, Callie reprit :

— Quand je t'ai trouvée, c'était trop tard. Tu te rappelles comment tu as rugi, papa ? Quand tu nous as trouvées au bord du vide ?

Il jura dans sa barbe.

— Oui, Callie.

— Et quand je suis tombée et que maman t'a lâché... tu as rugi encore. Je pensais que le premier cri était féroce, papa... mais je n'oublierai jamais le dernier. Tu as rugi comme ça parce que tu as cru que tu ne nous reverrais plus jamais, hein ?

Il ne pouvait pas répondre à cette question en particulier. Il ne le ferait pas.

— Je vous ai retrouvées, non ?

— Je dois te dire autre chose, papa.

— Je t'écoute toujours.

— Je sais pourquoi maman ne se souvient plus.

— Oh, mon ange. Elle a été très triste à l'hôpital après la naissance de Zander et sa mémoire prend une petite pause. Tu le sais.

— Non, répliqua Callie en secouant la tête. Maman pensait

qu'elle ne te reverrait plus jamais aussi. Je me rappelle. On vivait dans notre grande maison à New York.

Elle sourit et regarda Amanda.

— J'aimais bien cet endroit, maman.

Amanda lui rendit son sourire, articula en silence *moi aussi* et commença à passer ses doigts dans les cheveux de Callie.

— Maman allumait une bougie pour toi toutes les nuits, papa. Quand elle pensait que j'étais couchée, elle jouait au piano.

Elle regarda de nouveau sa mère pour être rassurée.

— Tu jouais la plus belle des musiques, maman.

Amanda lui sourit gentiment – une tentative pour masquer la tension et l'attente dans ses yeux. Callie se tourna vers lui.

— Mais maman pleurait toujours après ça, papa, et après, elle se plaçait devant la fenêtre, juste devant, la tête et les mains pressées contre la vitre et elle te disait de nous revenir. Je me rappelle parce qu'elle faisait ça toutes les nuits.

— Vraiment ?

Amanda avait à peine prononcé ce mot que sa tête se mit à tourner et qu'elle eut l'impression qu'un poids de deux cents kilos pesait sur son cœur. Elle ne s'en souvenait pas, comme tant d'autres choses.

Pauvre petite Callie, qui gardait tous ces souvenirs sans sa mère pour prendre un peu du fardeau.

Elle avait ce flash du registre, mais rien d'autre. Elle se rappelait leur maison à New York, bien sûr, et maintenant qu'elle y pensait, elle était surprise qu'elles aient déménagé. Elle pensait qu'elle adorait cet endroit et de ce dont elle se souvenait, elles avaient passé un très bon été. Grâce à Stan, elle avait vu des photos, des articles de journaux et magazines.

— J'adore notre maison à New York aussi, mon bébé.

— Mais pas après avoir vu ce livre.

— Quel livre, mon cœur ?

— Celui qui t'a fait crier, maman. Je l'ai trouvé quand tata Sam et M. Finch t'ont emmenée en haut. M. Finch a dû te porter.

Alex la regarda, mais elle secoua la tête. Elle ne savait pas de quoi Callie parlait. Elle était complètement déconcertée et un peu pétrifiée.

— Qu'est-ce que ça disait, Callie ?

— C'était ouvert sur une page avec le nom de papa. Ça disait que tu étais coupable, papa, de *trison*. Et que tu étais condamné à mort. Il m'a fallu beaucoup de temps pour déchiffrer cette phrase, papa, mais je l'ai répétée plein de fois, pour ne jamais l'oublier.

Amanda passa le reste de sa matinée à hésiter entre l'envie d'en savoir plus et de ne pas revenir dessus. C'était épuisant.

C'était une chose d'avoir tous ces souvenirs aléatoires, ces flashs, quels qu'ils soient, mais quand elle essayait de les remettre dans le contexte, c'était comme faire un puzzle. Et l'image était parfois terrifiante.

Après la dernière déclaration de Callie, le téléphone d'Alex avait sonné. Il avait semblé ridiculement soulagé, probablement reconnaissant d'avoir une urgence. Peu de temps après, l'équipe était sortie, à part Stephen, et n'était pas revenue avant plusieurs heures.

Elle avait encore tant de questions – maintenant plus qu'avant encore –, mais pour le moment, elle était heureuse d'avoir un peu de répit. Il y avait des limites à ce qu'on pouvait encaisser en très peu de temps.

À leur retour, Alex et les autres s'installèrent dans le salon. Plus tard, Amanda le croisa dans le couloir, mais tous deux allaient dans deux directions opposées et Alex tendit la main pour la toucher.

Pour la première fois ce jour-là, il lui adressa l'un de ses regards qu'elle adorait quelques jours avant, quand elle voyait combien il s'inquiétait de son bien-être. Elle acquiesça et sourit.

— Je vais bien. Et toi ?

Elle tendit la main pour pouvoir toujours le toucher.

— Oui.

D'un air absent, elle frotta le tissu de sa chemise entre ses doigts.

— C'est assez doux ?

Elle sourit.

— Vu la fortune que tu dépenses en vêtements, je m'attendais à quelque chose de doux, mais tes vêtements sont les plus doux que j'aie touchés.

— Tu as toujours eu un truc pour mes vêtements, dit-il en riant.

— Ah oui ?

Une seconde après, Rosa passa la tête dans le couloir et lui donna une pile de pantalons fraîchement repassés.

— Je ne suis peut-être pas le couteau le plus aiguisé du tiroir en ce moment, mais je te le dis, je le remarquerai si tu emménages ici, Montgomery, le taquina-t-elle.

Elle savait que Rosa adorait chouchouter Alex et les garçons. Et mon Dieu, ça faisait du bien d'être avec lui, tout simplement ; leurs rapports faciles depuis l'hôpital lui manquaient.

— Toi ? Pas le couteau le plus aiguisé du tiroir ? Tu es une femme ridiculement intelligente. Et tu n'es pas folle, Amanda, dit-il en la retouchant pour glisser une mèche rebelle derrière son oreille. Tu souffres d'amnésie dissociative.

— C'est une gentille attention Alex, mais ce que j'ai, c'est de l'amnésie dissociative *due* à ma souffrance.

— Tu viens de prouver mes dires. Toujours aussi intelligente.

Elle passa les heures suivantes à arpenter la maison. Elle avait monté et descendu l'escalier et traversé le hall d'entrée une cinquantaine de fois. À chaque passage, elle s'arrêtait pour le regarder. Puis, elle réfléchissait et s'éloignait. Enfin, Alex posa son ordinateur sur la table, jeta son téléphone à côté et se lança à sa recherche. Le cœur battant, elle fuit. Il la rattrapa dans le couloir, juste avant la cuisine et l'attira à lui.

— Qu'y a-t-il ?

— Je ne sais pas quoi faire, chuchota-t-elle, le souffle court.

Elle était pleinement dans ses bras. C'était une première, dans ses souvenirs en tout cas. Elle était engloutie par sa chaleur et ses bras puissants. La sensation était incroyable.

— À quel sujet ?

Amanda se tourna dans ses bras. Elle était si proche qu'il n'y avait pas d'espace entre eux.

— Ça.

Elle agita son doigt entre eux.

— Nous.

— Que penses-tu qu'on devrait faire ?

— Je viens de te dire, je ne sais pas !

— Alors trouve, toi qui es intelligente.

— *La voilà ma femme, intelligente et blablabla,* répéta-t-elle ce qu'il lui avait dit plusieurs fois la veille et le jour même. *Je ne la connais pas ! Je ne te connais pas !*

— C'est *toi*, Amanda.

— Elle te manque.

Il plissa les yeux.

— Comment serait-ce possible ? Tu es juste devant moi.

— Je ne suis pas la même, s'écria-t-elle.

Elle était perturbée par la sensation de son étreinte. Elle était si proche qu'elle voyait des petits éclats ambre dans ses yeux sombres. Son cœur tambourinait et pas à cause de la course dans le couloir.

— Moi non plus.

Il remonta ses mains pour les poser de chaque côté de sa tête.

— Et si... Que...

Elle perdit le fil de ses pensées. Allait-il l'embrasser ? Soudain, elle n'arrivait plus à penser à autre chose.

Enveloppée dans ses bras, aussi proche de lui, elle savait – elle le sentait dans ses os – qu'elle était en sécurité avec lui. Pas étonnant que sa voix grave et son accent la calmaient. Que fixer ses yeux noirs l'ancrait sur terre. Et même si elle avait été pressée contre lui plusieurs fois maintenant, trop de ses sens s'éveillaient et s'agitaient à chaque fois.

— On a eu une vie, Amanda. Nous tous.

Il pencha la tête vers elle.

— On a eu une vie, souffla-t-elle.

Elle était à peine capable de suivre le fil de la conversation avec son cœur qui battait à cent à l'heure.

— Tu es allé en prison, Alex. À l'évidence, j'ai cru que tu avais été exécuté pour des raisons que je ne crois pas pouvoir encaisser pour l'instant et j'ai craqué.

Elle s'agrippa à sa chemise et se pencha vers lui.

— Et nous voilà, rappela-t-il. En vie. Ensemble. Avec nos enfants.

Ses deux mains tenaient doucement sa tête maintenant et il reprit dans un souffle :

— Tu m'as glissé entre les doigts une fois, Amanda. Littéralement. Cela ne se reproduira pas.

Puis, il pencha sa tête juste à l'angle qu'il voulait et recouvrit sa bouche de la sienne.

Sérieusement, comment avait-elle pu oublier ça ?!

10

10 mars
Californie du Nord

Le téléphone d'Alexander sonna à 22 heures pile. Il était sur le seuil entre la terrasse et le salon de sa location, appuyé au cadre de la baie vitrée, un whiskey à la main qu'il sirotait depuis presque une heure en observant la propriété d'Amanda.

Le dîner était terminé depuis longtemps et il avait quitté Amanda avant l'heure du coucher ce soir-là. Elle avait demandé un peu de temps et ne trouvant pas une raison pour laquelle elle ne devrait pas en avoir, il lui avait gentiment souhaité bonne nuit.

Les gars avaient eu l'air un peu déçus de partir tôt, ce qu'il ressentait aussi, secrètement. Ils aimaient rester aider les filles avec leur puzzle en cours ou jouer au Yam's s'ils avaient de la chance et qu'Amanda le sortait, ce qui permettait à l'ambiance de tourner à la compétition.

Voilà ce qui se déroulait avant l'heure du coucher des petits et après, ils se retiraient généralement dans la salle de jeux où se trouvait le billard. Il devenait très bon, Stephen aussi. Amanda aimait juste faire partie du groupe et Sam, bon Dieu, qu'elle était douée, quoiqu'un peu assoiffée de sang.

Alors oui, partir tôt était dur. C'était nul. Surtout qu'un peu de la gêne des derniers jours s'était dissipée et qu'Amanda avait enfin semblé comprendre qu'il était un homme bien et que ce qu'ils avaient eu était réel. Que cela avait simplement été interrompu.

Il avait fallu une semaine et un autre accès de colère pour en arriver là – Amanda n'était pas du genre à se satisfaire d'une fournée de questions, mais cela avait valu le coup.

Un matin, après sa session avec Evan – elle ne se rappelait encore que de sa vie après son retour aux États-Unis, rien du temps passé ensemble à Abersoch, du moins rien de significatif –, elle l'avait accueilli sur la terrasse sèchement :

— Comment es-tu sorti de prison ? Et d'ailleurs, ça fait de toi un criminel ?

— Bonjour à toi aussi, avait-il dit avec un regard pour Evan.

Le génie de médecine s'était contenté de hausser les épaules. Tout en réfléchissant à comment prendre ça, Alexander s'était servi une tasse de café, avait bu une longue gorgée tout en fixant la côte, puis s'était tourné vers Amanda, ayant enfin trouvé une réponse qui, il l'espérait, la satisferait.

— Stephen et Gregor m'ont libéré, Amanda. Suis-je un criminel ? Techniquement non. Toute trace de mes activités a disparu ou été détruite.

Ce qui était vrai.

— Qu'as-tu fait, monsieur le super espion, pour les faire disparaître ?

Oui, elle était agacée, c'était le cas de le dire. Elle avait croisé les bras sur sa poitrine.

— Tu veux savoir la vérité ?

— Je ne poserais pas de question sinon, monsieur le sage.

Elle avait commencé à tapoter du pied à ce moment-là.

— Ton amie Samantha et l'autre super espion sage, avait-il

expliqué en montrant la cuisine, Finch, ont fait disparaître les dernières traces.

— Foutaises.

— Foutaises ? répéta-t-il.

— Ouais, Alexander. C'est des foutaises.

— Laisse-moi te dire quelque chose sur ton entourage, mon cœur.

Il était temps de se débarrasser de quelque chose qui le dérangeait depuis un moment.

— Cette chère amie à toi ? Samantha Gilchrist, ta gentille copine d'antan qui est devenue une avocate extraordinaire et maligne ? Elle t'a donné le nom d'une des personnes les plus compétentes de Londres connue pour régler les problèmes.

— Connue ? Qui ?

— Stanley Finch.

Elle avait entrouvert la bouche juste une seconde avant que son expression déterminée ne revienne.

— Ce n'est pas parce que quelqu'un est capable de gérer les choses qu'il est connu, Alex. C'était peut-être *toi*.

Sa naïveté était frustrante et il le lui avait fait savoir :

— Tu comprends que tu as embauché Finch à un moment où il venait d'infiltrer un réseau de mecs du marché noir ? Un groupe si écœurant que je suis surpris que Callesandra et toi ayez survécu à cette nuit suite à cette simple association avec eux. *Pourquoi* n'as-tu pas tout simplement appelé Art Fisher ou une autre entreprise de services réputée pour commencer ?

Il avait hurlé la dernière partie et elle l'avait fusillé du regard.

— Pardon. Vous avez été très chanceuses. Au fond, il se trouve que Finch est un mec super et le meilleur dans ce qu'il fait. Mais au bout du compte, même si Sam avait peut-être raison, ça restait précaire. Et ça me donne toujours des cauchemars de penser que les choses auraient pu prendre une autre tournure.

— Tu n'étais pas là, Alex ! s'était-elle écriée. Au moins, j'avais quelqu'un pour m'aider.

Cela l'avait tranché à vif comme une lame plus acérée encore que la dague de Stephen. La voix de Stan, pour couronner le tout, avait surgi derrière lui.

— Il a raison, Amanda. Ça aurait pu vraiment mal tourner. Dieu merci, je connaissais Sam et elle me connaissait.

— Vraiment, Stan ? De quel côté es-tu ?

— Écoute, je n'ai pas rencontré Alex avant son rachat de JDL. Mais je le connaissais déjà, grâce à toi, Amanda. Grâce à tes propres mots et même tes actions. Tu servais un verre de whiskey tous les soirs et le plaçais sur le piano et tu jouais pour ce maudit verre. Considère que tu as de la chance de ne pas t'en souvenir, parce que Sam a raison, c'était déchirant à regarder. Alors oui, je prends sa défense. C'est un homme bien.

— Il a du sang sur les mains, avait-elle répliqué exaspérée et confuse.

Stan avait secoué la tête.

— N'est-ce pas notre cas à tous ?

Alexander avait observé Amanda digérer ce que Stan lui disait et hocher la tête en cédant. Il savait qu'elle faisait pleinement confiance à Stan. Souvenirs ou non, ce serait mentir de dire que cela ne le gênait pas qu'à une époque, elle lui avait fait confiance à *lui*, mais que ce n'était plus le cas. Que c'était sa faute pour ne pas lui avoir dit qu'ils étaient mariés.

— Pourquoi a-t-il fallu autant de temps pour nous trouver ? avait-elle demandé enfin.

— Quand j'ai pu commencer à vous chercher, Callie et toi, Stan vous avait bien cachées. Après avoir trouvé le chirurgien qui a soigné ta main et ta maison à New York, la piste est devenue froide. Glacée.

— Avant qu'on quitte la Grande-Bretagne, j'avais passé un appel à Art Fisher. Il m'a embauché dans la foulée et tu es devenue cliente officielle, intervint Stan. On a acheté des passeports et les papiers d'adoption de Callie et d'autres dossiers au cas où nous aurions été arrêtés par les autorités.

— Attends, l'avait-elle coupé en levant la main. Je... argh.

Sa frustration semblait l'emporter.

— Attends. Cette boutique à Londres dans une allée crasseuse. Tu me cherchais *moi*, c'est ça ? Moi et Callie.

— Bon sang, Amanda. Je n'ai rien fait d'autre que vous chercher.

Il se rappelait du moment où ils avaient trouvé ce laboratoire de documents falsifiés, combien il s'était cru proche de trouver la clé pour être réuni avec sa femme et sa fille... et la déception dévastatrice que ça avait été de découvrir qu'il ne pouvait qu'avoir leurs noms – informations qu'il connaissait déjà.

— Alors on était déjà parties ?

— Une semaine après ton opération, tu as appris que tu étais enceinte et on est partis pour les États-Unis, avait expliqué Stan.

— New York ?

Il avait hoché la tête.

— Pourquoi n'es-tu pas venu à ce moment-là, Alex ?

Comme si c'était simple.

— Le temps qu'on trouve le chirurgien et le labo de documents, tu avais quitté New York, Amanda. Pas juste la Grande-Bretagne.

— Mais je croyais que tu étais un espion. Pourquoi ne pouvais-tu pas... je ne sais pas, me trouver ?

— Dès l'instant où Callie et toi avez été seules, chaque achat que tu faisais était avec du liquide ou sous un faux nom. Y compris les formulaires d'entrée dans l'école privée de Callesandra. Les rapports médicaux de Callie. Et les tiens. Il n'y avait pas de voie, Amanda. Tout était crypté. Scellé. Impossible à trouver.

— Impossible ? Pourtant tu es là.

— Parce que j'ai acheté JDL, Amanda. Même là, c'était après avoir acquis plusieurs entreprises spécialisées dans la sécurité, sans savoir si tu serais cliente ou non.

— C'est à cause de moi que tu es dans la sécurité ? avait-elle demandé comme si elle venait de comprendre.

— Oui, Amanda. Il fallait que je sois de l'intérieur. D'autres clients ont besoin des mêmes services que toi à un moment. À quoi bon demander ces services si n'importe quel bon détective peut te trouver ? Alors avec l'aide de Chris, on a...

Il avait laissé sa phrase en suspens. Elle n'avait pas besoin de connaître cette partie.

— Alors avec l'aide de Chris, tu as fait quoi ?

Et Alexander avait soupiré. Elle n'était jamais satisfaite tant qu'elle n'avait pas toute l'histoire.

— Avec l'aide de Chris, nous avons acheté JDL Security, toutes ses filiales et avec l'autre entreprise que nous avions déjà acquise, nous avons formé un agglomérat.

— Ça a dû coûter une somme d'argent considérable.

— En effet.

— Combien ?

— Ce n'est pas important, Amanda.

— Combien Montgomery ?

— 650 millions de dollars.

Il avait réprimé un sourire quand elle avait frappé son torse en demandant :

— Tu plaisantes ?

Puis, elle s'était penchée vers lui et avait murmuré :

— Tu as payé autant d'argent pour me trouver ?

— Je donnerais toutes mes possessions terrestres pour toi Amanda et plus encore.

Callie était sortie à ce moment, mettant fin à leur conversation.

Elle avait ruminé cette nouvelle information pendant une bonne partie des deux jours suivants, puis avait demandé une trêve. Qu'elle se soit énervée contre lui cette unique fois était vraiment remarquable vu la pression qu'elle affrontait. Non qu'il lui mette la pression – plus maintenant. Il avait bien compris le message quand il avait fait son mâle alpha et était allé les chercher à Chicago.

Parfois, leur ancienne vie lui manquait. À sa demeure dans le XVIIIe siècle, il savait toujours où étaient sa femme et ses enfants. Pourtant, cela s'accompagnait de son lot d'incertitudes : la guerre, la famine, les voyages qui les séparaient pour de longues périodes de temps.

Ils étaient mieux ici. Amanda pouvait avoir une vie et Callie également. Et il aimait cet endroit. Qu'y avait-il de mauvais ? Il avait une tonne d'argent et façonnait sa propre destinée. Il adorait son nouveau travail, les gens qu'il employait et l'aide qu'ils fournissaient. Sans parler que c'était bien mieux que de travailler au nom de l'empire britannique et de devoir obéir sans avoir le choix.

Alors une fois ce nœud de tension passé, il y avait eu une nouvelle hausse de tension... sexuelle. Être proche d'elle depuis qu'il l'avait embrassée était on ne peut plus difficile. Quand il l'avait pourchassée dans le couloir et l'avait attrapée, qu'il l'avait enfin pleinement prise dans ses bras, il ne pouvait pas faire grand-chose pour garder des pensées cohérentes. Et quand elle s'était tournée et qu'elle avait levé la tête vers lui, tout était devenu possible.

Comme on dit –il adorait les expressions maintenant – il l'avait embrassée à en perdre son latin et ce n'était pas suffisant. Il voulait l'attirer à elle, l'embrasser jusqu'à la mort, s'enfouir si profondément en elle qu'il ne saurait plus où s'arrêteraient leurs deux corps. Il se comportait cela dit du mieux possible et attendait un autre signe d'Amanda.

Il était toujours appuyé contre le cadre de la baie vitrée, à regarder la maison d'Amanda, quand le téléphone sonna.

— Elle s'apprête à venir, Alex, annonça Stephen quand il répondit.

— Quoi ?

Il n'était pas sûr d'avoir bien compris.

— Elle a mis les enfants au lit, elle est descendue, elle a pris une veste et elle m'a dit : *Je vais chez Alex, c'est à droite ou à gauche en bas de l'allée ?*

— Elle est à pied ? *Toute seule ?*

— Tu plaisantes ?

Stephen sembla insulté et corrigea :

— Eh bien, oui, elle est à pied, mais deux gars la surveillent et je la regarde avec mon monoculaire de nuit.

Alexander jura, raccrocha et regarda l'application qui lui permettait de voir les caméras de sa propriété. Et elle était là, en bonne maman ours dans toute sa splendeur qui s'approchait de son allée.

Il ouvrit le portail en appuyant sur un bouton et courut chercher une chemise. Il était en train de descendre quand il la vit dépasser la fontaine dans la cour à travers l'énorme fenêtre au-dessus de sa porte d'entrée. Il manqua de trébucher dans sa hâte d'arriver à la porte avant elle. Il l'ouvrit dans un sifflement et elle sursauta.

— Salut, dit-il.

Il se sentait comme un écolier débile.

— Salut.

Elle était superbe, aucune surprise là-dessus, les joues rouges à cause de l'air frais.

— J'ai pensé...

Il tendit la main et la tira à l'intérieur.

— Entre, s'il te plaît.

Ses joues rougirent encore plus.

— Alex, je...

Elle rit nerveusement.

— Bon Dieu...

Elle s'éventa et il dut se retenir de rire de ce moment léger. Il n'allait pas manquer cette occasion. Il était censé travailler sur son timing, d'ailleurs.

— Amanda.

Il sourit et l'accompagna sur les deux marches qu'il fallait monter avant de pouvoir la presser contre la porte.

— Pardonne-moi.

Elle noua ses bras autour de son cou tandis qu'il l'attirait à elle, se penchait et l'embrassait.

La tête commença à lui tourner. La sensation était incroyable. Le goût encore mieux. Elle lâcha un petit bruit quand il la poussa avec sa tête là où il voulait qu'elle soit. Ses mains délicates caressèrent sa tête, ses doigts glissèrent dans ses cheveux et il l'embrassa de tous les angles possibles. Puis il recommença. Quand elle le poussa quelques instants plus tard, il recula.

— Alex, aussi agréables que soient ces baisers, je ne suis pas venue pour ça.

Elle repoussa en soufflant une mèche de cheveux de son visage, ce qui était adorable.

— Désolé, s'excusa-t-il en souriant comme un idiot.

Il était si excité qu'il devait s'empêcher de sautiller partout. À la place, il la mena calmement au salon et s'arrêta net en dépassant le couloir menant à la cuisine.

— Tu as faim ?

— Pourquoi ? Il y a quelque chose qui vit dans le jardin que tu peux chasser, dépiauter, nettoyer et cuisiner pour moi ? renchérit-elle en levant les yeux au ciel.

Il rit, bon sang comme elle le faisait rire.

— Écoute, madame la clown, je trouverai quelque chose de ce style si c'est ce que tu veux. Sinon, j'ai un frigo rempli de nourriture puisque Trevor et Michael mangent autant qu'une équipe entière de football.

— Tu n'étais pas au dîner ce soir ? le réprimanda-t-elle. Rosa a préparé un festin. Encore. Je ne sais pas qui elle essaie le plus de satisfaire, moi, toi ou les garçons. Je parie sur toi et les gars.

— Il y a des trucs à grignoter sur le plan de travail de toute façon.

— Des trucs à grignoter ? répéta-t-elle les yeux écarquillés. Vraiment ?

Amanda adorait les gourmandises.

— Oui, confirma-t-il en riant. Attends un peu.

— J'espère que ce n'est pas loin.

Il sourit en la tirant en avant. Cela devait être la meilleure nuit qu'il avait passée depuis des siècles – littéralement.

— Ooh.

Elle écarquilla encore les yeux quand ils traversèrent le seuil du salon et qu'elle vit le plan de travail jonché d'assiettes en cristal, toutes remplies de noix, bonbons et bretzels. Elle se dirigea droit vers un bol de cacahouètes recouvertes de chocolat. Il savait que c'étaient ses préférées.

— Dedans ou dehors ?

Elle regarda son salon qui, un peu comme le sien, contenait un imposant bar, deux zones distinctes où s'asseoir et un grand piano.

— Installons-nous là.

Elle montra un coin à part, avec des fauteuils et canapés, situés devant la grande baie vitrée.

— Un verre ?

— Juste un Coca Diet si tu as, s'il te plaît.

Il avait tout. Surtout son soda préféré. Après s'être occupé d'elle, il se servit un verre pour lui. Elle s'installa au coin d'un canapé et il prit le fauteuil à côté d'elle.

— Amanda.

— Alex, commença-t-elle en même temps.

D'un geste, il montra le sol. Elle retira ses chaussures et glissa ses jambes sur l'assise à côté d'elle. Il aimait qu'elle soit aussi à l'aise. Beaucoup.

— Je voulais te demander quelque chose. Je n'arrivais pas à me réconcilier avec ça et je me sens bête de demander...

— Quelle que soit ta ou tes questions, Amanda, je suis là, lui assura-t-il en s'asseyant sur la table juste en face d'elle. Demande.

Elle sourit quand il s'approcha. Elle appréciait ce moment, il le voyait. Elle s'humidifia les lèvres avant de parler. C'était difficile de ne pas les fixer, mais il se força à se concentrer sur ses yeux.

— Quand on s'est séparés...

— Wow, wow, wow.

Il rit en y songeant. *Ça*, il pouvait en rire. Il se pencha et corrigea :

— Qu'on se mette d'accord une bonne fois pour toutes, on ne s'est pas *séparés*, Amanda. On *a été* séparés.

— Ce n'est pas ce que j'ai dit.

— Tu as dit *quand on s'est séparés*.

— Bon Dieu, Montgomery, dit-elle en levant les yeux au ciel. Tu cherches la petite bête ou quoi ?

— Le sujet est terriblement sensible, répliqua-t-il en souriant de leurs plaisanteries.

— Je serai plus prudente la prochaine fois, souffla-t-elle en levant de nouveau les yeux au ciel.

Bon Dieu, comme lui parler comme ça lui avait manqué. Elle était si vive, d'une compagnie si rafraîchissante.

— Donc quand on *a été* séparés.

— Tu veux dire quand tu as lâché.

Il ne pouvait pas s'en empêcher. Ni croire qu'il arrivait à la taquiner sur quelque chose d'aussi sérieux. Mais les voilà ensemble à travailler à *être ensemble*.

— Tu es sérieux, là ?

Il secoua la tête, il ne savait pas ce qui lui avait pris. Il se sentait comme un adolescent qui ne se contrôlait pas. Sa femme, sa belle, populaire et talentueuse femme était juste en face de lui, dans sa maison. C'était un peu étourdissant. Oui. Ils avaient été heureux à en perdre la tête.

— Je suis désolé. C'était déplacé.

— Où en étions-nous ? Callie a dit que nous étions au bord du vide, c'est vrai ?

— Oui, c'est vrai, confirma-t-il en se calmant aussitôt. C'était à Abersoch.

— Les falaises ? demanda-t-elle en écarquillant les yeux. On ne pouvait pas être aussi haut pourtant. Je veux dire, à part mon poignet, Callie et moi allions bien.

Elle marqua une pause et Alexander paniqua un instant. Comment expliquer ? Mais Dieu merci, elle continua sans se préoccuper de ce point :

— Pourquoi tu ne nous as pas retrouvées après ?

Il tendit les mains et les posa sur le canapé de chaque côté d'elle.

— Tu te rappelles quand tu... tu m'avais parlé de tous tes

films préférés, des comédies romantiques et films d'action, c'est comme ça que tu les qualifiais.

Il les avait tous regardés.

— Dans *À la poursuite du diamant vert*, Michael Douglas et Kathleen Turner tombent d'une falaise, dépassent en courant les arbres, sont emportés par ce qui ressemble à une coulée de boue et atterrissent dans l'eau relativement peu blessés et en forme. Et visiblement, ils ont terminé dans un endroit complètement différent du début ?

— Je me rappelle la scène, Alex.

— Très bien, ce que j'essaie de dire, assez maladroitement, c'est, s'il te plaît, crois-moi, Amanda : l'endroit où je vous ai perdues Callie et toi et l'endroit où vous avez atterri étaient dans deux stratosphères différentes.

— Donc...

— Parvenons à un accord, si tu veux bien ?

Il avait besoin de garder le terrain qu'il avait gagné dernièrement.

— Une autre trêve si tu veux, puisque la dernière se passe si bien.

— Peut-être, nuança-t-elle les yeux vifs et curieux. Qu'as-tu en tête ?

— Laisse le temps passer, donne-*moi* du temps. Tu vas te souvenir, je le sais et quand ça reviendra, tu comprendras tout. Je te le promets.

— Alors aide-moi à me souvenir, Alex. S'il te plaît.

Il sourit. Ça, il en était capable. Il se leva et lui proposa une main.

— Viens là, ma belle.

Elle rougit en se levant.

— Où va-t-on ?

— Je vais danser avec toi, mais d'abord, on va faire un détour.

Il lui prit la main et la guida vers le plan de travail.

— Dis Siri, diminue les lumières trois, quatre et cinq du salon.

Il remplit son verre et Amanda rit.

— Tu bois beaucoup ?

— Ce n'est pas que pour moi.

— Tu as une souris dans ta poche ?

Il rit.

— Bon sang, tu m'as manqué, Amanda.

Il lui reprit la main, la mena de l'autre côté de la pièce et l'appuya contre le grand piano. Il but une longue gorgée de whiskey et sourit quand elle le lui prit des mains et but. Une longue gorgée aussi.

— Je te l'avais bien dit, madame la clown.

Amanda contempla Alex par-dessus le rebord de son verre. Son cœur battait si fort qu'elle avait l'impression que sa poitrine allait exploser et elle ne pouvait s'empêcher de sourire. Bon Dieu, elle souriait même de toutes ses dents. Être avec lui la touchait au plus profond de son cœur, de son corps et de son âme. Mon Dieu, elle était dans le pétrin.

Leur situation était si différente de celle de la semaine dernière. Elle n'arrivait toujours pas à croire qu'elle s'était emportée contre lui comme elle l'avait fait. Elle avait été tellement irascible ; elle l'avait même traité de criminel en face.

Sa réaction avait été remarquable. En fait, elle ne pouvait pas oublier l'avoir vu rassembler ses pensées, puis répondre à tout ce qu'elle lui avait lancé, de façon égale et déterminée. Il ne lui avait pas échappé non plus qu'elle lui avait donné l'occasion de la réprimander pour les choses qui le dérangeaient aussi. Et il l'avait saisie.

Elle ne pouvait pas lui en vouloir ; c'était elle qui avait essayé d'appuyer sur tous les boutons qu'elle pouvait. C'était en partie une réaction au baiser qu'ils avaient partagé. Pas seulement le baiser, mais tout l'épisode qui allait avec. Elle avait presque crié quand il avait jeté ses affaires et lui avait couru après. Et la façon dont il l'avait attrapée par derrière et tenue dans ses bras... Si on oublie le baiser, rien que quand elle avait senti son souffle dans son cou et le léger frôlement de sa moustache sur son visage, elle avait failli sombrer dans l'hyperventilation.

Et ce soir, quand il était parti après le dîner – parce que, comme une idiote, elle le lui avait demandé – elle ne pensait *qu'à* lui. En mettant Callie au lit, elle était si distraite qu'elle n'avait pas entendu la moitié des choses que sa fille avait dites, y compris quand elle lui avait demandé de lâcher le dentifrice pour qu'elle puisse l'utiliser. C'était à ce moment-là qu'elle avait su qu'elle reviendrait voir Alex. L'impatience n'avait fait que croître jusqu'à ce qu'il ouvre la porte et l'entraîne à l'intérieur. Et elle continuait à monter.

Il effleura le côté de son visage et elle se rendit compte qu'elle se rapprochait de sa main.

— Je pensais que nous allions danser, Montgomery.

— Oh, nous allons danser, promit-il en reprenant le verre et en le posant sur le piano.

Puis il la conduisit jusqu'à l'espace situé juste devant les fenêtres. Elle le regarda sortir son téléphone de sa poche et le tripoter en gloussant.

C'était un spectacle charmant. Elle ne l'avait jamais vu aussi détendu, aussi insouciant. Ou elle ne s'en souvenait plus. Elle toucha son visage pour attirer son attention.

— Avons-nous déjà dansé ensemble, Alex ?

— Oh, mon cœur, dit-il en la regardant si sérieusement. Chaque fois que nous en avons eu l'occasion.

Ouah. Quel effet il lui faisait ! Il tourna la tête et embrassa sa paume, puis appuya à nouveau sur l'écran de son téléphone et jura :

— Bon sang... Dis Siri, joue playlist Amanda.

— Tu as donné mon nom à une playlist ? demanda-t-elle, incapable de réprimer un sourire.

— Oui.

Il lui prit les mains et les passa autour de son cou. Il entoura sa taille et la tira vers l'avant jusqu'à ce qu'elle soit si proche qu'elle dut lever les yeux vers lui. Ensuite, il effleura son front de ses lèvres et la rapprocha de lui tandis que la chanson *I Won't Give Up* de Jason Mraz commençait.

Il chuchota les paroles en les déplaçant lentement sur leur piste de danse improvisée. Elle enfouit sa tête dans le creux de son cou, n'arrivant pas à croire à l'incroyable sensation qu'elle ressentait. Trois chansons plus tard, elle se détacha pour demander :

— Tu crois que j'en ai eu une aussi ?

— Une quoi, Amanda ?

— Une playlist. Pour toi.

Il baissa les yeux, soudain occupé à remettre ses cheveux derrière ses oreilles.

— Je pense que oui. C'est juste que... je crois que quand les choses sont devenues trop difficiles pour toi, tu...

— Tu crois que je l'ai effacée ? demanda-t-elle, fronçant les sourcils à cette terrible pensée.

Mon Dieu, avait-elle eu le cœur *si* brisé qu'elle n'était même pas capable de garder une playlist ?

Elle se souvenait être déjà sortie avec des hommes, et même avoir été amoureuse, mais jamais un homme ne l'avait affectée de la sorte. Comment leur couple était-il ensemble ? Elle secoua la tête.

— Impossible, Alex. Où est ma veste ?

Il lui adressa un sourire indulgent et fit le même mouvement de tête que celui qu'il utilisait avec son équipe, moins la partie qui voulait dire *bouge*. Elle se tourna dans la direction qu'il avait indiquée d'un signe de tête et vit sa veste suspendue à la rampe. Elle s'en approcha, fouilla dans sa poche et en sortit son téléphone.

S'asseyant sur la marche, trop impatiente pour attendre, elle ouvrit ses playlists, jetant un coup d'œil à Alex avant de s'y plonger. Il se tenait debout, adossé à la rambarde, la regardant faire défiler ses playlists. Tout semblait normal : « Sport »,

« Méditation », « Préférées de Callie ». Puis elle vit quelque chose qui attira son attention et elle s'arrêta, le doigt sur l'écran.

Amanda leva les yeux vers Alex. Il haussa un sourcil et elle s'humidifia les lèvres, à nouveau le souffle court.

— Je crois que je l'ai trouvée.

— *Tu l'as trouvée ?*

Son choc était réel et il s'assit à côté d'elle. Ils s'appuyèrent l'un contre l'autre en regardant l'écran.

Elle était à la fois terrifiée et excitée. Elle n'avait jamais pensé à regarder sa bibliothèque musicale. Quelle professionnelle de la musique elle faisait ! *Amanda Abigail, tu aurais dû savoir qu'il y aurait une piste de ce genre.* Il vit ce qu'elle avait devant elle.

— Bon sang, Amanda, souffla-t-il, aussi surpris qu'elle.

Parce qu'elle était là, la playlist qu'elle avait appelée « The Spy Who Loved Me ». Elle le regarda alors et ce fut comme si une valve se libérait. Elle se mit à pleurer. Elle ne faisait pas exprès, ça arrivait, c'est tout. Ce n'était pas une crise de larmes ou quoi que ce soit d'autre, juste quelques larmes versées en guise de soulagement.

Et une autre pièce du puzzle prit place, plus importante. Ce n'était pas une image ou un flash-back.

C'était un sentiment tangible, ici et maintenant. Et pour elle, une preuve que tout ce qu'elle avait ressenti pour Alexander Montgomery depuis qu'il l'avait ramenée de l'hôpital était réel... était vrai.

Elle se demanda si c'était juste le titre de la playlist ou si cette chanson y figurait.

— Hé, dit doucement Alex, en essuyant les larmes sous ses yeux. Ça va ?

— Est-ce qu'on a dansé sur cette chanson ? demanda-t-elle avant de regarder la playlist.

Il sourit et lui prit le visage dans ses mains.

— Est-ce qu'on a dansé sur cette chanson ? répéta-t-il. Amanda, tu m'as chanté cette chanson presque tous les soirs où nous étions ensemble.

— Est-ce qu'on peut...

Il acquiesça, et ce fut comme remonter le temps : il joignit leurs mains et la ramena dans le salon. Elle tremblait quand elle commença à parcourir sa playlist, mais Alex secoua la tête, prit son téléphone et le rangea dans sa poche.

— Pourquoi fais-tu ça ?

— Je m'en occupe. Dis, Siri, joue notre chanson.

— Non.

— Si, chuchota-t-il.

Il l'attira contre lui et les notes résonnèrent dans les haut-parleurs, quelques secondes avant que la belle voix de Carly Simon ne chante leur chanson. Et lorsqu'Alex la fit à nouveau se déplacer sur la piste de danse, elle ne put qu'imaginer ce que cet homme représentait pour elle. Parce que cette chanson était comme la chanson de ses rêves ; tous ses fantasmes de jeune fille devenus réalité.

— Cette chanson, Alex, lui dit-elle alors qu'ils continuaient à osciller d'avant en arrière. Je ne l'ai jamais...

— Jouée pour quelqu'un.

— C'était...

— Ce que tu imaginais chanter à...

— L'espion qui m'aimait...

Il secoua la tête.

— T'aime.

— Tu es vraiment un espion.

— J'en étais un.

— J'avais des secrets ?

— Pas pour moi. Et nous n'avions pas de secrets l'un pour l'autre.

— Tu les as gardés en sécurité ?

— J'ai essayé, Amanda. Bon sang, j'ai essayé.

— Remets-la.

Il s'exécuta, l'attira à nouveau près de lui, se saisit de l'arrière de sa tête et pressa son visage dans son cou. Ils frissonnèrent tous les deux tandis qu'il la berçait d'avant en arrière pour la énième fois de la soirée.

Lorsqu'ils eurent terminé, il la raccompagna chez elle, lui tenant la main tout le long. Ils ne parlèrent pas des enfants, ils ne parlèrent pas du passé ; il semblerait qu'ils aient enfin trouvé ce terrain d'entente qu'ils cherchaient.

Cette soirée devint l'une des plus agréables dont elle se souvienne. Le baiser qu'il lui donna sur le perron de sa maison compris.

Elle l'observa redescendre l'allée, se retourner et la saluer une dernière fois, puis elle monta les marches en sautillant, comme une adolescente, avec l'impression de flotter dans les airs pour le reste de la nuit.

11

Grande-Bretagne
1774

— Bienvenue à la maison, Amiral.

— Bonjour Goodly, répondit Alexander en hochant la tête.

Il se retourna tandis que son homme attrapait son manteau, puis haussa un sourcil.

Goodly sourit, une étincelle dans les yeux qui contredisait son ton sec :

— Comme le dit si bien notre maîtresse, monsieur... attendez de voir.

Alexander n'avait pas encore entendu ça, mais il ne pouvait qu'imaginer Amanda en train de le dire et moins d'une seconde plus tard, il entendit des éclats de rire dans le salon. Alexander sourit.

— Ah, Goodly, ça fait plaisir d'entendre ce son en rentrant.

— Monsieur.

Goodly inclina la tête en signe d'approbation et Alexander se dirigea vers le couloir.

La maison avait tellement changé depuis l'arrivée d'Amanda

et comme il était parti pour une commission qui l'avait éloigné plus longtemps que prévu, il était impatient de voir ce qui avait encore changé en son absence.

Lorsqu'il entra dans le salon, il faillit trébucher tout seul en voyant sa famille. Amanda était habillée de façon ridicule. Il devrait s'y habituer : ils avaient correspondu par lettres et elle avait avoué de façon charmante qu'elle avait abîmé près de la moitié des vêtements d'Alexander, car ils avaient tous les deux un penchant pour les pantalons.

Une femme en pantalon, cela le faisait rire à chaque fois qu'il y pensait. Mais ce n'est pas ce qui le surprit. Non, c'était Amanda assise à côté de Callesandra sur le banc du piano, le visage collé au sien. Les petites mains de l'enfant étaient posées sur celles d'Amanda et elle regardait attentivement les touches qu'elles enfonçaient.

Il les contempla une bonne minute, peut-être deux, avant qu'Amanda ne le remarque. Elle sourit alors et Callesandra leva les yeux vers elle et demanda :

— Maman, pourquoi t'es-tu arrêtée ?

Amanda posa sa main sur sa joue.

— Ton papa est rentré, ma petite fille.

S'il avait arrêté de respirer à ce moment-là, il serait mort en homme heureux. C'était le retour à la maison le plus gratifiant qu'il ait jamais connu et il en avait vécu beaucoup depuis qu'ils étaient ensemble. Callesandra poussa un cri en le voyant et accourut. Il la prit dans ses bras et la serra contre lui.

— Mon ange, que tu fais ici ?

Il le savait déjà, mais il voulait l'entendre de sa bouche.

— Maman m'apprend à jouer du piano, Amiral.

Il la raccompagna jusqu'à Amanda, s'assit à cheval sur le banc, Callesandra toujours sur sa hanche, si heureux d'être à la maison avec elles.

Amanda toucha son visage et il frotta sa joue contre sa main, avant d'installer Callie sur ses genoux et d'attirer Amanda près de lui pour l'embrasser. Lorsque Callie gloussa, il s'éloigna et chatouilla un peu sa fille avant de se retourner vers sa femme.

— Ta main ? l'interrogea-t-il avec anxiété.

Elle s'était blessée avec la dague de Stephen il y avait de cela quelques semaines, sans se rendre compte à quel point elle était tranchante. Heureusement, Alexander était rentré à la maison juste au moment où cela s'était produit.

Sur le coup, il n'avait jamais envisagé la possibilité qu'il puisse lui faire terriblement mal. Il s'était concentré sur recoudre sa main rapidement et correctement, d'abord pour ne pas qu'elle meure, ensuite pour qu'elle puisse continuer à jouer du piano.

En procédant aux points de suture, il s'était efforcé de ne pas penser qu'une blessure aussi simple et propre pouvait quand même causer sa mort. Dieu savait qu'il avait entendu parler d'hommes morts pour moins que ça. Elle ne pouvait pas mourir. Il ne la laisserait pas mourir.

Il n'avait jamais veillé à une tâche avec autant de diligence de toute sa vie. Il avait essayé de ne pas montrer l'inquiétude sur son visage, mais au fond de lui, il ne s'était jamais défait de la crainte que sa coupure ne s'infecte.

Elle la lui montra pour qu'il l'inspecte.

— Stephen a enlevé les points de suture il y a deux semaines, lui expliqua-t-elle. Merci, tu as fait un travail remarquable.

Alexander lui souleva ensuite le menton et examina attentivement son cou. Les bleus avaient complètement disparu, sans laisser la moindre décoloration. Un seul avait été particulièrement tenace, le dernier à s'accrocher, puisqu'une petite tache jaunâtre marquait sa peau. Il regrettait qu'ils aient trouvé le cadavre de Robert peu après celui de Rebecca. Il n'aurait pas hésité à tuer l'homme lui-même.

Callesandra se tortilla sur ses genoux, avide d'attention.

— Tu sais ce que maman m'apprend d'autre ?

Alexander en avait aussi entendu parler dans les lettres de sa femme, mais il fit un clin d'œil à Amanda et joua le jeu.

— Non, mon ange, qu'est-ce que ta maman t'apprend d'autre ?

Callesandra sauta de ses genoux et courut jusqu'à la petite table où se trouvait une boîte à musique.

Elle tourna la manivelle plusieurs fois et quand la musique commença, elle lui montra plusieurs poses de ballet et termina en tournant.

— Ta maman semble être nouvellement possédée par les arts.

C'était pour faire la conversation, mais il y avait aussi une question pour Amanda. Ils apprenaient tant l'un sur l'autre et pourtant, c'était une autre partie d'elle dont il ignorait l'existence.

— J'ai passé trois ans à suivre une formation classique avant de décider que c'était le piano et l'écriture de chansons dont je ne pouvais pas me passer.

Callesandra continuait de virevolter dans la pièce. La boîte à musique fonctionnait pendant près de huit minutes lorsqu'elle était complètement remontée.

— Où sont Béatrice et Janey ? demanda Alexander.

Callesandra se heurta à sa jambe, étourdie par tous les cercles, et l'informa :

— Nous n'avons pas vraiment besoin de leur aide, papa.

Puis, pour faire bonne mesure, elle répéta ce qu'il avait entendu Amanda dire plusieurs fois en sa présence :

— On est tout à fait capables de prendre *zoin* de nous-mêmes.

Il ne savait pas ce qui était le plus amusant, sa fille imitant Amanda ou son zozotement. Puis la gravité de ce qu'il venait d'entendre s'imposa.

— Tu les as renvoyées ? demanda Alexander, craignant qu'elle ne l'ait fait.

— Bien sûr que non, dit sa femme en riant. Elles sont merveilleuses. Et crois-moi, elles ne sont jamais loin. Mais...

Callie termina pour elle :

— Nous sommes auto...nomes.

Alexander sourit en entendant les mots de sa fille, ou plutôt ceux d'Amanda. Il appela les deux femmes, se demandant si elles étaient vraiment dans le coin. Elles se jetèrent presque dans la pièce et attendaient manifestement ce moment pour être utiles.

Il rit à voix haute et sourit à Amanda. Sa maison était vraiment devenue un vrai foyer. À présent, tout le monde adorait sa femme. Il avait entendu des chuchotements de la part des domestiques sur le changement de comportement de leur maîtresse. Ils disaient que c'était de la sorcellerie qui lui avait enlevé ses traits cruels et irréfléchis. Mais ils ne se plaignaient pas. Amanda était prévenante et chaleureuse et cela se voyait.

— Je te l'avais dit, dit-elle en levant les yeux au ciel.

Il ne put s'en empêcher et l'embrassa à nouveau.

— Janey, dit-il en se tournant vers la nouvelle nourrice de sa fille. Pourquoi ne t'occuperais-tu pas du bain de Callesandra ?

— Maman m'a déjà donné un bain, l'informa sa fille.

— Tu as déjà mangé ?

Elle acquiesça.

— J'ai dîné avec maman.

— Pourquoi ne demandes-tu pas à Janey de te lire une histoire alors ?

— Parce que maman me lit déjà des histoires, expliqua-t-elle, visiblement exaspérée qu'il ne comprenne pas.

Amanda rit et prit enfin le relais.

— Callie, va avec Janey et Béatrice. Je monte bientôt.

Alexander embrassa le sommet de la tête de sa fille et regarda Janey et Béatrice batifoler avec elle lorsqu'elles quittèrent la pièce. Puis il reporta toute son attention sur Amanda. Il la rapprocha de lui et frotta ses mains sur ses cuisses, vêtues d'un de ses pantalons préférés, qu'elle avait raccourci d'un ourlet. Il se pencha et lui dit :

— Je veux récupérer mon pantalon.

— Du calme, mon garçon, le taquina-t-elle en réduisant la distance qui les séparait.

Alexander ne se souvenait pas avoir soulevé Amanda sur ses genoux, mais elle s'y trouvait désormais et c'était agréable. Il n'arrivait pas à la rapprocher suffisamment. Elle lui avait tellement manqué. Il enroula ses bras autour de son dos, emmêla ses mains dans ses cheveux jusqu'à lui tenir la tête comme il le voulait, la serra contre lui et l'embrassa à lui couper le souffle. Une fois lancé, il ne pouvait plus s'arrêter. Il n'en avait jamais assez. Il inclina la tête de sa femme et s'enfonça plus profondément.

Sa femme gémit lorsque la chaleur et la friction entre eux devinrent incandescentes. Elle était si expressive, elle aimait toucher et être touchée en retour. Elle enroula ses jambes autour de sa taille et les bruits de leurs baisers humides et charnels intensifièrent son désir.

Ayant besoin de beaucoup plus, Alexander se leva. Facilement. Le problème n'était pas de tenir debout, mais qu'il avait oublié où ils se trouvaient. Les jambes d'Amanda étaient enveloppées autour de sa taille, ses bras étaient autour de son cou et ses mains se noyaient dans ses cheveux. Il n'arrivait pas à réfléchir entre le bruit du sang qui palpitait dans sa tête et les gémissements graves qu'Amanda émettait en l'embrassant.

Il devait admettre qu'il aimait son impétuosité. Il se rendit compte que lui aussi avait perdu le contrôle. Il pensait à... bon sang, il n'arrivait pas à penser ! Chaque fois qu'il faisait un pas, son érection frottait contre le sexe d'Amanda. En fait, ce n'était pas seulement à cause de ses pas ; ses mains sur ses hanches la faisaient bouger dans ce but. Quelques secondes plus tard, il l'avait plaquée contre le mur, près du hall. Il n'arrivait pas à sortir de cette foutue pièce !

Il la maintint là, son corps serré contre le sien. S'ils avaient été nus, il serait déjà en elle. Amanda avait écarté les jambes et le tissu doux et fin qui les séparait n'offrait qu'une faible protection ; il sentait la chaleur et l'humidité qui s'accumulaient entre eux. Il savait qu'il était dans la bonne position et sous le bon angle. Il était si enflammé de savoir qu'il pouvait jouer avec elle, la faire jouir, ici et maintenant. Et comme il aimait avoir ce pouvoir sur elle ! Il l'embrassa de la manière la plus perverse qui soit et se frotta longuement à elle, tandis que sa main remontait le long de son corps, attrapait son sein et le pressait.

— Oh mon Dieu, murmura-t-elle en commençant à se lover contre lui.

Il sentit qu'elle se trouvait juste à la limite et répéta les mouvements encore et encore jusqu'à ce qu'elle miaule dans sa bouche et se brise en mille petits morceaux.

Alexander captura le son doux qu'elle fit en jouissant contre lui et ralentit la cadence de leurs baisers en attendant que son corps se calme. D'une manière ou d'une autre, ils passèrent du mur au couloir. Entre l'intimité d'Amanda très humide entre eux et ses jambes enroulées autour de sa taille, il ne fallut que quelques secondes avant qu'ils ne reviennent à des baisers bruyants.

Il atteignit le palier de l'escalier cette fois et un autre mur, quelques instants de gémissements et de grognements, passés à s'embrasser fougueusement, les jambes d'Amanda serrées fort autour lui. Elle se frottait à lui et, honnêtement, il n'était pas sûr de pouvoir supporter d'autres préliminaires, mais il ne pouvait pas s'éloigner du mur. Il devait l'emmener à l'étage. Monter les marches. Et entrer dans sa chambre.

Amanda dit quelque chose, mais il ne parvint pas à déchiffrer les mots. Elle lui tira les cheveux et il reprit enfin son souffle. Son chuchotement le fit bouger, car elle utilisa un mot qui, il le savait, signifiait travail.

Il comprit le message et quelques secondes plus tard, il ouvrit la porte de leur chambre d'un coup de pied. À peine avaient-ils franchi le seuil qu'il la fit claquer derrière eux. Il ne l'emmena pas jusqu'au lit, mais l'allongea sur le sol dès qu'ils furent à l'intérieur.

Les deux mains sur ses hanches, il lui retira son pantalon et libéra son pénis sans trop savoir comment. Elle tremblait lorsqu'il la regarda, s'agenouilla entre ses jambes et s'assura qu'elle était prête pour lui. Il la toucha et joua avec elle un peu trop longtemps, mais elle gémit et lui fit signe de venir à elle. Il saisit son genou, le déplaça vers l'avant, s'approcha et se glissa en elle.

Il était en elle ! Dans cette cavité si chaude, si serrée, rien qu'à lui ! Elle posa ses mains sur son visage et enroula autour de sa hanche la jambe qu'il avait relevée, lui permettant ainsi de s'enfoncer lentement plus profondément. Son grognement d'approbation fut accueilli par un long gémissement guttural et elle écarquilla les yeux quand il commença à bouger.

En observant son visage expressif, il sut que ce qu'il voyait était le miroir de son visage à lui. Il sentit son corps commencer à se contracter, sut qu'il y était, avec elle, et d'une dernière poussée, se libéra au plus profond d'elle.

Il fallut à Amanda bien plus que quelques minutes pour revenir sur terre. Son mari l'avait entraînée dans la plus exaltante des expéditions. Elle était si heureuse d'être à nouveau enveloppée dans ses bras, sous le poids de son corps.

Elle était persuadée qu'il y avait pire que d'être coincée au XVIIIe siècle, mariée à son amiral de la Royal Navy qui était aussi secrètement un espion à un moment où la révolution américaine était sur le point d'éclater. Il n'y avait absolument rien de mieux. Reprenant enfin son souffle, elle murmura :

— Oh mon Dieu, comment est-ce arrivé ?

Il poussa un semi-grognement au-dessus d'elle, appuyé sur ses coudes, la tête sur sa poitrine.

— Tu as besoin que je t'explique ? lui dit-il, la voix basse et rauque. Sexy comme pas possible.

— Eh bien, oui, répondit-elle.

— Les détails explicites et crus ? demanda-t-il. Ou tu veux que je jure que c'était prédestiné depuis le moment où je t'ai touchée pour la première fois, Amanda Abigail Montgomery ?

— Pourquoi pas les deux ?

Il rit alors, comme si une révélation lui était venue à l'esprit et secoua la tête.

— Qu'y a-t-il de si drôle ?

— Crois-moi, tu ne veux pas que je te le dise.

Il se déplaça pour s'allonger à côté d'elle et l'attira contre lui.

— Si, je veux savoir, Alexander.

— Tu veux vraiment que je te dise ce qui est si amusant ?

— Il y a un écho ici ?

Elle le pinça pour lui faire bien comprendre qu'il fallait en finir.

— D'accord, mais n'oublie pas que c'est toi qui as demandé.

Il se mit à rire, amusé par ce qu'il pensait.

— Alexander ! s'écria-t-elle.

Elle savourait pourtant le répondant de leur conversation.

— Nous avons croisé quatre domestiques et trois de mes hommes en venant ici.

— Tu plaisantes ?!

Elle lui donna une tape, se sentant soudain devenir rouge tomate.

— Pas du tout, lui assura-t-il avec un sourire mauvais.

— Oh mon Dieu, gémit Amanda.

Elle écarquilla les yeux, paniquée par quelque chose.

— Ont-ils... ?

Elle s'interrompit, ne voulant pas demander directement s'ils avaient été témoins de son orgasme, aussi bon soit-il.

— Non, Amanda, lui assura-t-il. Nous étions seuls dans le salon à ce moment-là.

Exact, se souvint-elle, libérée d'une partie de la tension. Elle avait pourtant juré que lorsqu'il l'avait plaquée contre le mur, ils avaient déjà atteint le palier.

— Ils ont entendu ? murmura-t-elle.

— Nos baisers ? demanda-t-il. Bon sang, Amanda, tout Londres a probablement entendu nos baisers, lui avoua-t-il très honnêtement.

— Ce n'est pas ce que je voulais dire, et nous ne sommes pas si bruyants, répliqua-t-elle en lui donnant un coup de poing espiègle sur le bras, même si elle savait très bien qu'ils avaient été si bruyants.

Il lui lança un regard qui lui fit comprendre qu'il pensait qu'elle avait perdu la tête.

— Si tu ne parlais pas de notre baiser, à quoi faisais-tu allusion ?

— Peut-être au fait que j'ai dû te supplier, sup-plier d'arrêter de déconner et de passer aux choses sérieuses ? demanda-t-elle en levant les yeux au ciel.

Il secoua la tête en riant et dit :

— Ce n'est pas tout à fait comme ça que je m'en souviens.

— Eh bien, c'était il y a si longtemps qu'on se fiche des détails.

Il rit et se pencha pour l'embrasser.

— Bon sang, ma femme ! Je me soucie des détails, répliqua-t-il avant de l'embrasser de nouveau. Et te prendre par terre à deux pas de la porte n'était pas ce que j'avais en tête. Je n'ai même pas entièrement enlevé mon pantalon !

Amanda sourit.

— Mais tu as enlevé le mien.

Il secoua la tête, se leva et lui tendit la main. Elle la prit immédiatement. Il la conduisit jusqu'au lit où il lui retira la chemise d'Amanda, se déshabilla et s'allongea à côté d'elle.

Ils restèrent comme ça pendant quelques minutes, puis Alexander roula sur elle, écarta ses jambes et s'installa à son aise. Le contact peau contre peau était extraordinaire. Elle passa ses doigts dans ses cheveux, un luxe qu'elle avait appris à apprécier dans le peu de temps passé ensemble. Il posa sa tête sur sa poitrine et, à ce moment-là, elle souhaita qu'ils restent ainsi pour toujours. Elle aimait tellement cet homme et il était parti presque trois semaines cette fois-ci. Elle s'inquiétait terriblement pour lui, sachant qu'ils étaient au bord de la guerre et que l'espionnage était dangereux pour lui. Pour eux tous.

Elle avait été choquée lorsqu'il lui avait confié son allégeance aux colons. Non pas que cette allégeance soit choquante. Alexander Montgomery, avait-elle appris au cours du temps passé avec lui, était un homme à part, à l'esprit libre et avec beaucoup d'ambition. Elle lui avait demandé de but en blanc pourquoi il se montrait soudain si secret, dans sa propre maison qui plus est, en parlant avec ses hommes. Pourquoi, du jour au lendemain, ils s'étaient tous mis à regarder par-dessus leur épaule.

Pour sa défense, il lui avait raconté la vérité sans hésiter. Ils avaient partagé tellement de choses qu'il n'avait pas gardé le silence une seule seconde.

Apparemment, il craignait avoir été suivi après un dîner avec quelques membres éminents du Congrès. Elle avait été un peu déstabilisée quand il avait mentionné les noms de certains des pères fondateurs de l'Amérique. Il lui avait dit qu'il avait toujours eu l'intention de s'installer en Amérique, mais il l'avait prévenue qu'ils pourraient être amenés à fuir. Tout dépendrait de si son nom circulait dans certains cercles. Si c'était le cas, il faudrait évacuer, et vite.

Elle se maudit de ne pas avoir été plus attentive en cours d'histoire. Surtout maintenant qu'elle vivait une partie de cette histoire. Jusqu'à ce moment précis, elle n'avait jamais pensé que c'était peut-être la raison pour laquelle, dans toutes ses lectures sur lui, il n'avait jamais été fait mention d'Alexander après l'année 1774. Son départ pour l'Amérique l'avait-il fait passer pour un déserteur ?

Elle le suivrait, bien sûr, mais comme il serait triste de quitter ce beau château, sa maison préférée, quel que soit le siècle.

Bien qu'elle n'ait jamais apprécié les départs de son mari, les trois dernières semaines sans lui étaient passées rapidement. En journée, elle s'était promenée dans les jardins fleuris, avait pris le thé avec Callie et lu d'incroyables classiques dans la bibliothèque du domaine. Des premières éditions, qui plus est !

Elle s'était cependant aperçue que sans lui à la maison, elle avait mal au cœur. Qui aurait cru que cela existait vraiment ? Elle lui écrivait des lettres tous les soirs, une habitude qu'ils avaient prise la première fois qu'il avait été appelé au loin – et Alexander répondait à chaque lettre.

Comme elle le lui avait dit, Stephen avait retiré ses points de suture deux semaines après l'avoir trouvée en train de fouiller dans son armoire avec Béatrice et Janey, alors que Callie était à rire sur son lit. Elle avait conclu une trêve avec ses adorables servantes – Béatrice pouvait l'habiller chaque matin, mais après le dîner, tout était fini – puis elle avait fouillé dans les tiroirs d'Alexander pour trouver d'autres pantalons dans cette matière en cuir doux qu'elle commençait à beaucoup aimer.

Stephen l'avait observée en secouant la tête et souriant.

— Viens, avait-il dit en faisant un signe de la main.

Il avait enjambé l'ottomane et, une seconde plus tard, elle l'avait rejoint et lui avait tendu la main. Même maintenant, elle fronça le nez en se souvenant de l'impatience qu'elle avait ressentie lorsqu'il avait touché les fils et inspecté la blessure.

Une fois qu'il l'avait déclarée guérie, Stephen avait tenu sa main de manière à ce qu'elle le sente à peine qui tirait sur chaque point de suture. Il avait passé une autre minute à manipuler sa main dans tous les sens avant de hocher la tête, l'air aussi soulagé qu'elle. Elle pourrait rejouer du piano.

Elle regarda la cicatrice, sachant qu'elle resterait pour toujours un souvenir de son séjour ici, avant de replonger sa main dans les cheveux d'Alexander.

— Je veux entendre les détails à nouveau, murmura Alex à son oreille, la tirant de ses pensées et la ramenant à l'instant présent – avec son mari, dans le lit.

— Tu veux dire, quand tu as arrêté de déconner pour passer aux choses sérieuses ? le taquina-t-elle.

Il secoua la tête.

— Dis-le-moi, Amanda.

Le sérieux et l'autorité de sa voix renforçaient son excitation et, sans plus d'encouragement, elle lui rendit son baiser et murmura :

— J'ai besoin de toi, Alexander.

Mais son mari n'en avait pas fini avec elle. Il tendit ses bras au-dessus de sa tête et se servit de sa bouche et de ses doigts pour l'amener à nouveau au bord du gouffre.

— Dis-le-moi, lui demanda-t-il à nouveau.

— J'ai besoin de toi, Alexander, murmura-t-elle.

Encore une fois, elle lui expliqua en détail ce qu'elle voulait dire. Lorsqu'elle eut terminé, il pénétra en elle avec un sifflement et attendit qu'elle noue ses jambes autour de lui pour lui permettre de s'enfoncer jusqu'au bout.

Amanda pressa ses talons dans le dos d'Alexander, le maintenant immobile pendant qu'elle s'adaptait à lui. Quand elle relâcha les muscles de ses jambes, il attendit son hochement de tête avant de commencer à bouger. Il était si doux qu'elle en était un peu frustrée et elle prit son visage dans ses mains pour le lui dire. Et préciser ce qu'elle attendait de lui.

Elle reçut un *bordel de merde* en retour, puis il lui donna exactement ce qu'elle avait demandé.

Ils prirent un bain chaud au coin du feu après leurs derniers ébats, puis se changèrent et allèrent dans la chambre de Callesandra. Elle les attendait et il vit son excitation lorsqu'ils entrèrent ensemble. Compte tenu de son absence ces dernières semaines, il comprit qu'elle avait rarement vu ses parents heureux tous les deux, et encore moins en même temps.

Les longs cheveux auburn de Callie encadraient son beau visage et sa robe de chambre blanche semblait s'être raccourcie jusqu'au-dessus des genoux. Elle sauta sur le lit, à peine capable de se contenir. Alexander ne l'avait jamais vue ainsi et il sut que c'était à cause de l'attention qu'Amanda lui portait.

Elle le serra dans ses bras lorsqu'il fut assez près et le conduisit à l'endroit où elle voulait qu'il soit, contre la tête de lit remplie d'oreillers. Elle s'assit face à lui, les jambes croisées, et disposa sa brosse à cheveux et quelques rubans sur le lit. Puis elle lui sourit ; elle anticipait la suite et avait hâte qu'il voie quelque chose, il s'en apercevait bien. Elle se donnait en spectacle pour lui, pour sa nouvelle maman.

Amanda s'assit derrière elle, prit la brosse et commença à la passer doucement dans ses cheveux. Il adressa un clin d'œil à sa fille, un *je sais ce que tu ressens* tacite, et commença à lire. Il en était à la moitié de l'histoire quand Amanda termina cette nouvelle routine et que les cheveux de Callesandra furent tirés vers l'arrière et attachés avec une multitude de rubans. Amanda se blottit ensuite contre lui et plaça sa fille entre eux Trois histoires plus tard, ils la laissèrent dans son lit, avec Janey qui tricotait devant le feu.

Il commença à retourner vers sa chambre, mais s'arrêta quand Amanda lui attrapa la main. Elle attendit d'avoir sa pleine attention. En la regardant, il comprit à quoi elle songeait. Ne savait-elle pas qu'il pensait avant tout à leur situation actuelle ? Il était impatient d'embarquer pour l'Amérique et de prendre les dernières dispositions. Tant que sa famille ne serait pas en sécurité à l'étranger, il ne serait pas tranquille.

Elle venait de prendre une grande inspiration et s'apprêtait à prononcer son nom lorsque Stephen les interrompit. Si tard dans la soirée, Alexander savait que c'était important. Il embrassa le front d'Amanda, promettant de reprendre cette conversation plus tard.

Cette habitude avait commencé peu de temps après l'arrivée d'Amanda dans cette maison. Parler. À cœur ouvert. L'un avec l'autre. Qui aurait cru que *ceci* pouvait se passer quand deux personnes se respectaient et s'aimaient l'un et l'autre.

Leur lien continuait de se renforcer, surtout depuis leur mariage. Une des nombreuses nuits qu'il n'oublierait jamais. Ils avaient d'ores et déjà à ce moment-là passé d'innombrables heures et nuits à essayer de comprendre ce qu'il s'était passé, comment Amanda était arrivée ici dans le XVIIIe siècle – *tu plaisantes*, l'entendait-il dire dans sa tête. Elle était née au XXIe siècle, une année qui lui semblait impossible et était pour sûr impossible à visualiser pour lui.

Au début, il ne l'avait pas crue, il avait pensé qu'elle était peut-être la sorcière dont parlaient les domestiques, mais après un moment, cela commença à lui sembler plausible. Son étrange façon de parler. Son accent amusant. Les choses du futur dont elle parlait – il y en avait trop et avec de trop nombreux détails pour que ce ne soit que pure invention. Et puis bien sûr, il y avait les pantalons, que les femmes portaient tout le temps à son époque, d'après ses dires.

Cette nuit spéciale, huit semaines avant, il l'avait trouvée à dormir allongée à côté de Callesandra. Ce n'était pas inhabituel, puisqu'il finissait souvent le travail tard.

— Viens avec moi, Amanda, lui avait-il chuchoté.

— Où m'emmènes-tu ? avait-elle demandé après avoir remis les couvertures autour de Callie.

— En bas, avait-il expliqué en prenant sa main pour la guider. Il y a quelque chose qui nécessite ton attention immédiate.

Elle s'était arrêtée net.

— N'aie pas peur, Amanda.

Il avait secoué la tête et l'avait regardée d'un air implorant.

— Tu veux bien faire quelque chose pour moi ?

— Bien sûr. Que veux-tu que je fasse ?

— Ferme les yeux, avait-elle chuchoté. Juste une seconde... s'il te plaît.

Alexander avait obéi et avait attendu. Il l'avait sentie se rapprocher, envelopper ses bras autour de sa taille et s'appuyer à lui. Si ses yeux n'étaient pas déjà fermés, il les aurait fermés à cet instant. Elle voulait juste qu'on la prenne dans ses bras et il ne voulait rien de plus que s'y plier. Il avait enroulé ses bras autour d'elle et l'avait attirée à lui, collant son dos au mur, lui permettant de se détendre contre lui.

— J'ai toujours peur, Alexander, avait-elle confié après un long moment.

— Regarde-moi, Amanda.

Lentement, elle s'était écartée et avait levé le visage pour le regarder. Il l'avait réattirée à lui.

— Je n'ai pas dit de me lâcher, avait-il dit en riant. J'ai dit de me regarder.

Il avait posé ses mains sur son dos et les monta lentement vers son cou, puis ses cheveux. Il avait simplement envie de l'embrasser vite, d'apaiser ses craintes. Tant de trappes semblaient prêtes à se dérober sous leurs pieds. La présence d'Amanda ici, pour commencer... était-elle permanente ?

Sans parler de sa situation des plus précaires entre sa fausse allégeance à la Royal Navy et la loyauté honnête pour le Congrès continental, qui parlait en fait de créer une *Continental Navy*. En s'écartant pourtant, il avait senti sa perte de manière tangible. Un baiser ne semblait jamais lui suffire avec elle.

Il tenait toujours sa tête, mais il avait commencé à caresser son visage des pouces, effleurant ses traits tandis qu'il se penchait vers elle. Il avait senti Amanda remonter ses mains sur son torse et les mêler à ses cheveux. Elle l'avait tiré à elle. Tellement. Mignon. Il les avait fait tourner, la plaquant contre le mur tout en approfondissant le baiser. Il aurait pu passer l'éternité à l'embrasser.

— Amanda, avait-il enfin murmuré entre deux baisers.

— Mmh ?

— Il faut qu'on y aille.

— D'accord, Alexander, avait-elle dit dans un soupir.

Mais ils n'avaient pas bougé. En fait, ils étaient restés si longtemps dans le couloir que Stephen était venu et s'était raclé la gorge au pied de l'escalier. Alexander avait juré dans sa barbe et Amanda avait ri.

— Amanda ? avait-il demandé en tendant la main vers Stephen.

— Oui, Alexander ?

— Où veux-tu que ta place soit ?

— Ici, Alexander. Je ne veux être qu'ici, avec toi et Callesandra.

— Et je veux que tu sois ici, Amanda. Avec moi et Callesandra.

Il l'avait embrassée une fois de plus, plongeant son regard dans ses yeux, son visage entre ses mains.

— Viens avec moi, Amanda.

Elle avait acquiescé et avait suivi Alexander dans son bureau, où contre toute attente, il s'était senti nerveux. Il ne l'avait pas exactement consultée avant d'appeler le prêtre, mais même s'ils se connaissaient depuis peu de temps, il ne s'était jamais senti aussi connecté à quelqu'un de sa vie. Il aurait parié tout son or qu'elle ressentait la même chose. Mais quand même.

— Que se passe-t-il ? avait demandé Amanda.

Il l'avait guidée dans la pièce où ses hommes et le prêtre se trouvaient. Il avait serré doucement sa main pour se porter chance avant de risquer un regard vers elle.

— Amanda, voici Père Paul. Il se chargera de la cérémonie.

Mieux valait aller droit au but.

— Quelle cérémonie ?

La confusion traversait le visage d'Amanda et pendant un instant, Alexander avait craint d'avoir fait une erreur, d'avoir mal lu quelque chose.

— Notre cérémonie.

Il espérait qu'elle ne reculerait pas. Heureusement pour lui, elle n'avait pas objecté.

Ils s'étaient mariés. Leurs vœux furent répétés en quelques minutes et Alexander avait placé un anneau en argent à son doigt avec émotion. Quand elle avait demandé d'où il venait, il lui avait dit qu'il l'avait fait faire le matin, tout comme son alliance à lui, qu'il lui donna pour qu'elle la mette à son doigt. Puis, tout le monde avait quitté la pièce et ils étaient restés seuls.

— Pendant longtemps, Amanda, je n'ai cru en pas grand-chose et je n'ai connu le bonheur qu'avec ma fille. Mais tu es ici pour une raison et je ne te laisserai pas partir.

— Je ne veux aller nulle part, Alexander. Plus maintenant. Plus jamais.

De retour dans le présent, Stephen posa une main sur son épaule, le tirant de ses souvenirs. Ils passèrent les deux heures suivantes à préparer leur plan. Leur plan d'évacuation.

Amanda se retira dans le petit salon. Elle savait qu'Alexander la rejoindrait quand son travail serait terminé. Une nouvelle commission, peut-être ? Des ordres de l'Amérique ? Comme si ce n'était pas suffisant qu'elle s'inquiète d'être arrachée à eux et renvoyée à son siècle à n'importe quel moment. Elle ne savait pas si ça allait se produire, mais elle n'avait aucune assurance sur le fait que ça n'arriverait *pas*.

Alexander l'avait prévenue et même suppliée de rester loin des tunnels et des falaises et elle était d'accord. Elle n'avait pas l'envie de tester le destin. Même si Alexander et elle avaient été séparés le gros des trois mois passés ensemble, elle considérait les moments avec lui comme les meilleurs de sa vie.

Certes, sa maison lui manquait, comme le XXIe siècle. À qui est-ce que cela ne manquerait pas ? Elle avait eu ce que l'on pouvait considérer comme une vie de rêve. Une carrière gratifiante, des accomplissements majeurs et des éloges. De belles maisons et tout le luxe qu'elle voulait.

Son père lui manquait, bien sûr, mais c'était déjà le cas au XXIe siècle. Robert ne lui manquait pas. Elle était désolée qu'il soit mort, mais mieux valait lui qu'elle. Il ne restait donc que Samantha. Sa seule vraie amie. Et oui, elle lui manquait beaucoup. Mais elle la gardait auprès d'elle en partageant des histoires avec elle avec Alexander et Stephen et même Callie.

D'un air absent, elle tapota sur les touches du piano tout en cherchant un signe d'Alexander dans le couloir. Il était un homme de parole et s'il avait dit qu'ils commenceraient et termineraient leur conversation plus tard, ils le feraient.

Elle craignait juste pour sa sécurité. Il marchait sur une frontière dangereuse entre les *patriots* d'Amérique et les loyalistes pour la Grande-Bretagne et chaque fois qu'il partait, elle cherchait dans son esprit un souvenir de ses cours d'histoire, essayant de comprendre ce qu'il se passait – et ce qu'il se passerait bientôt – d'après l'année en cours.

Elle ne se sentait jamais vraiment à son aise à moins de pouvoir le voir, le toucher. Et quand il était là, Dieu merci, il était le meilleur mari et ami au monde. Elle savait qu'il s'inquiétait sur les mêmes sujets ; il lui avait dit qu'il craignait qu'elle parte aussi soudainement qu'elle était apparue.

Elle avança jusqu'à la fenêtre qui donnait sur l'arrière de la propriété, les falaises rocheuses et la mer en furie. Quand il n'était pas là, elle se retrouvait là le soir, la main pressée contre la vitre, à attendre qu'il rentre sain et sauf. Elle se tourna en entendant ses bruits de pas et tendit les mains d'un air de dire *viens là*. Il sourit.

— Attends un peu…, la taquina-t-il.

Il se tourna vers le buffet, se servit un whiskey et la rejoignit près de la fenêtre. Ils s'attardaient souvent ici, le soir.

Il l'embrassa passionnément, sa grande main posée à l'arrière de sa tête. Puis, il la fit tourner. Quand elle fut placée dos contre son torse, elle se détendit contre lui. Il encercla sa taille et posa son menton sur sa tête. Comme souvent le soir, il apaisait ses peurs, rien qu'avec la cadence de sa voix.

Il commença à montrer les étoiles dans le ciel, à lui raconter comment connaître leur emplacement lui permettait de naviguer sur la plupart des mers. Comment, en appliquant les lois mathématiques et physiques, il pouvait suivre les déplacements de son navire. Les effets du cycle lunaire sur les courants. Il parla des différentes lumières en mer, celles qui attiraient pour faire du mal et celles qui le guidaient chez lui.

Elle lui raconta son apprentissage de la danse et du piano classique. La perte de sa mère à un jeune âge, qui avait laissé un grand vide qu'elle n'avait pas su comment remplir. Son père s'était jeté dans son travail et s'était remarié, mais elle savait qu'il l'aimait plus que tout. Elle lui parla de son amitié avec Sam, de leur rencontre, de leur soutien comme si elles étaient sœurs et des bêtises qu'elles avaient pu faire.

Il évoqua le devoir familial. Son mariage arrangé. La joie d'avoir eu sa fille et la douleur qui avait suivi la perte de son fils. Il lui expliqua qu'être riche et titré, avoir atteint un rang convoité, n'apportait pas la joie à laquelle pensaient les gens.

Chaque fois, quand ils avaient fini de parler, ils étaient assis sur le sol. Ce soir-là, Alex était adossé à la vitre, avec Amanda entre ses jambes, appuyée contre son torse. Son verre habituel de whiskey était terminé et il l'avait laissé vide à côté d'eux.

Il lui fit un signe de la main.

— Joue quelque chose pour moi.

Amanda adorait jouer pour lui. Autre chose qu'elle pouvait faire pendant des heures : jouer et lui parler de musique, classique comme contemporaine, des compositeurs et artistes, des chansons et genres. Il n'y avait rien qu'elle préférerait faire à ça.

Elle avança vers le piano et Alexander se remplit un verre. Elle savait qu'il se sentait mieux, ou plus léger, d'avoir quelqu'un avec qui partager ce genre de choses. Et elle savait qu'il y avait des choses qu'il ne s'était encore jamais dites.

Il traversa la pièce et la rejoignit, but une longue gorgée de whiskey appuyé au piano, en passant son doigt sur le rebord du verre. Elle tendit la main vers le verre, qu'il lui donna avec un sourire. Si quelqu'un lui avait dit qu'elle apprécierait de boire du whiskey un jour, elle lui aurait dit qu'il était fou. Savoir que c'était l'alcool préféré d'Alexander lui conférait un goût incroyable.

Un peu plus tard, ils montèrent en haut se coucher, main dans la main. Parfois, Callie venait au beau milieu de la nuit et se glissait entre eux. Amanda ne se rappelait pas avoir un jour été aussi heureuse.

12

24 avril
Californie du Nord

— Callie, appela Amanda. Allez, mon bébé. C'est l'heure de l'école.

— J'arrive, maman.

Amanda attendit en bas de l'escalier et sourit à Callie quand elle descendit à toute allure. Elle allait si vite qu'Amanda ne put rien faire d'autre que saisir son sac à dos au moment où elle passait, ce qui arrêta sa fille dans son élan.

— Qu'est-ce qu'il y a ?

Amanda ouvrit la poche avant remplie du sac à dos de Callie et en sortit deux rouleaux de bandages colorés. Vu comme la petite fille évitait de la regarder dans les yeux, elle eut l'impression que Callie cachait quelque chose. Un sentiment renforcé par le *Maman* indigné que Callie lui lança.

Le rouleau qu'Amanda tenait était celui que les athlètes et les danseurs utilisaient pour les aider à soigner leurs blessures et à se rétablir. Dernièrement, entre les histoires qu'elle avait racontées à Callie sur ses propres blessures de ballet et son utilisation des bandages, et Alex qui lui avait dit s'être bandé les mains pour la boxe, Callie s'était mis en tête qu'elle en avait besoin elle aussi.

Amanda était obligée de rire. Elle ne voulait pas que Callie vire à l'obsession sur ce sujet, mais d'un autre côté, y avait-il vraiment un danger à lui permettre d'utiliser un bandage ? Il était trop tard de toute façon.

— Nous en avons déjà parlé, Callie, lui rappela Amanda, en essayant de ne pas laisser son amusement transparaître. Entraînement de danse uniquement.

Elle tendit le sac à dos à sa fille, puis lui fit un signe de la tête.

— Vas-y.

Callie fronça le nez, tira la langue et courut vers la cour. Amanda gloussa, cria à Rosa par-dessus son épaule qu'elle revenait, et suivit Callie jusqu'au Navigator qui l'attendait. Stephen l'avait déjà attachée et en s'approchant, Amanda l'entendit dire à Callie :

— Si tu ne veux pas te faire prendre, Cal, tu dois garder ton calme.

— Merci beaucoup, Stephen, marmonna-t-elle en s'installant à côté de Callie.

Mais il ne dut pas l'entendre, car il parlait déjà à travers ses oreillettes aux autres hommes qui se trouvaient dans les quatre Navigator au bout de son allée. Elle n'avait compris que récemment que ces véhicules n'étaient pas là pour Alex, mais pour elle et les enfants. Deux pour voyager à leurs côtés, et deux pour rester derrière.

Elle éclata de rire en repensant au déjeuner qu'elle avait pris avec Sam la semaine précédente et à la remarque sèche de cette dernière quand les autres les avaient suivies :

— C'est ça, le cirque itinérant, j'ai compris.

Sur le moment, Amanda avait levé les yeux au ciel et articulé en silence « *les frères Montgomery...* », avec des guillemets pour accentuer le propos. Mais il y avait pire que d'être sous leur protection, et de son point de vue, il n'y avait rien de mieux.

Cette journée-là ne dérogea pas à la règle. Lorsque Stephen

quitta la propriété, il alluma ses phares et, en quelques secondes, leur véhicule se retrouva en sécurité entre deux autres voitures de Calder Defense. Stephen ajusta le rétroviseur et lui adressa un sourire.

— Ça va, Amanda ?

— Ça dépend de qui demande, répondit-elle avec un clin d'œil.

Elle savait que c'était la question d'Alex qui passait par l'oreillette de Stephen.

Stephen lui rendit son clin d'œil et ils écoutèrent Callie bavarder jusqu'à ce que, peu de temps après, leurs véhicules s'arrêtent sur une aire de repos à l'écart de la route. Amanda tendit distraitement la main pour repousser les cheveux de Callie derrière son oreille tout en jetant un coup d'œil par la fenêtre au rétroviseur latéral. Elle vit le convoi d'Alex se joindre à eux. C'était une surprise – une bonne surprise.

Il lui avait manqué ce matin. Il était parti en voyage d'affaires et venait à peine de rentrer, peut-être même à l'instant. Au cours des six dernières semaines, depuis sa première visite seule chez lui, de l'autre côté de la pelouse, ils passaient plus de temps ensemble, encore plus qu'avant. Même si les moments en tête-à-tête n'étaient pas fréquents, elle n'aurait pas pu être plus satisfaite. C'était comme si elle avait bénéficié de la drague la plus sûre qui soit. Comme si elle savait où cela menait et que se laisser porter par l'instant présent lui convenait pour l'instant. C'était facile. Pas de pression.

Ils avaient gardé le programme qu'ils avaient déjà adopté, avec Alex et l'équipe qui venaient tôt le matin, et le petit déjeuner sur la terrasse ou dans la cuisine, les rares fois où il pleuvait ou qu'il y avait trop de vent. Elle avait même appelé Art il y a quelques semaines pour lui dire qu'elle avait finalement décidé d'accepter l'invitation à participer à l'évènement caritatif de la Nuit des Stars en mai.

Auparavant, la pression lui semblait trop forte, même s'il ne s'agissait que de remettre des prix. Mais maintenant qu'elle se sentait plus stable et qu'elle savait qu'Alexander serait à ses côtés, cela ne paraissait plus insurmontable.

Petit à petit, Amanda sortait de son hibernation, emmener Callie à l'école n'était qu'un exemple parmi d'autres. Elle était même allée rendre visite à Alex à son bureau l'autre jour, après avoir déposé Callie.

Elle était restée devant le bâtiment pendant un long moment, se demandant pourquoi il lui semblait si étrange que ce soit là qu'il travaille, ou du moins là que se trouvaient certains de ses bureaux. Elle avait fixé le logo à côté des lettres de Calder Defense, un peu impressionnée, ou plutôt époustouflée, que ce soit à lui.

Et tellement fière de lui. Elle savait que cela avait été le bébé d'Art, mais tout de même, le bâtiment était incroyable. Il s'élevait sur dix-huit étages, construit sur l'une des collines rocheuses du nord, avec un héliport sur le toit et une vue sur l'océan.

Ce jour-là, Stephen avait conduit le Navigator jusqu'à l'entrée principale de Calder Defense avant de la faire passer à travers ce qui ressemblait à une épaisse vitre pare-balles. Ils avaient contourné les gardes de sécurité pendant que Stephen saluait sans bruit au moins quinze autres personnes, toutes armées et secondées de diverses autres technologies.

Alex les attendait lorsque les portes de l'ascenseur s'ouvrirent au dernier étage. Il lui avait tout de suite pris la main, l'éloignant de Stephen pour l'emmener dans son bureau, où il avait fermé la porte et l'avait plaquée contre cette dernière.

Puis l'homme l'avait embrassée à lui en faire perdre la tête. Elle en était devenue aussi molle qu'une poupée de chiffon. Il lui avait pris le visage avec ses grandes mains, s'était penché et avait usé de sa brillante bouche avec une telle efficacité qu'il aurait dû être arrêté. Ce n'était qu'après l'avoir laissée incapable de former un mot cohérent, sans parler d'une phrase, qu'il l'avait saluée :

— Bonjour, ma belle.

Il avait eu l'air ridiculement heureux de la voir – c'était une visite surprise – mais son expression avait changé ensuite. Il avait étudié son visage.

— Amanda ? Tu vas bien, ma chérie ?

— Je vais bien. Je voulais juste voir où tu allais la plupart du temps, avait-elle expliqué, sentant ses joues la brûler. Si le moment est mal choisi, je peux y aller.

— Tu peux passer à n'importe quel moment. Que ce soit impromptu ou non.

Il avait réponse à tout.

— N'es-tu jamais déconcerté ? avait-elle demandé.

Alex avait souri.

— Plus maintenant, lui avait-il dit en effleurant son cou du pouce.

Elle avait fermé les yeux et laissé échapper un faible gémissement de satisfaction.

Il avait lâché son fameux juron *bordel de merde* et l'avait embrassée encore. Elle avait incliné sa tête comme il l'aimait, enroulé ses bras autour de son cou, et lui avait rendu son baiser.

— Devrais-je partir ? avait-elle demandé quand ils s'étaient écartés pour respirer.

Il avait secoué la tête.

— Non. Mais j'ai un rendez-vous dans...

Il avait consulté sa montre et terminé :

— Trois minutes. Tu restes là ?

Elle avait opiné du chef.

— Oui, je vais rester.

Il l'avait menée dans le coin détente à l'autre bout de la pièce, l'avait assise et avait commencé à déposer des objets sur ses genoux. D'abord, la télécommande pour le grand écran plasma, puis un ordinateur, suivi par un iPad. Quand il avait sorti de sa poche une vieille boussole, elle avait ri. Elle l'avait ensuite attiré à lui et il n'avait pas résisté, atterrissant juste à côté d'elle.

— Je n'ai pas cinq ans, Alex. Tu n'as pas à me donner des jouets pour que je m'occupe en ton absence. Je serai là à ton retour.

Elle avait passé ses mains dans ses cheveux.

— Tu me fais tourner la tête, avait-il avoué avec un sourire en coin. Il y a du café frais sur le buffet. Si tu as besoin de quoi que ce soit, *quoi que ce soit*, dis-le-moi.

Il avait glissé une oreillette dans son oreille et avait expliqué :

— Cela ne va que dans un sens, donc je pourrai t'entendre, mais tu ne seras pas embêtée des détails de notre réunion.

Puis, il l'avait embrassée sur le front et s'était dirigé vers la porte.

Il s'était tourné et l'avait regardée avant d'ouvrir. Elle aurait voulu avoir une photo de ce moment, car si elle avait pu immortaliser son regard, qui semblait dire qu'elle était *tout* pour lui, elle aurait gardé cette photo pour toujours.

Dernièrement, les choses s'étaient tassées et avaient commencé à ressembler à une routine. En soirée, leurs dîners semblables à ceux d'une grande famille étaient encore mieux qu'avant – avec de la musique en arrière-plan et des rires tout le long. Et malgré tout, ça faisait du bien.

Sérieusement, assise à sa chaise, elle s'était souvent tenue en retrait pour observer Stephen et Samantha chuchoter ou se chamailler, Stan lever les yeux au ciel en réaction à quelque chose que Michael ou Trevor disaient. Les garçons, comme Alex les appelait, étaient adorables et elle savait qu'ils avaient une place spéciale dans le cœur d'Alex. Ils étaient toujours avec lui et ils *vivaient* même avec lui.

Rosa continuait à se surpasser quotidiennement à chaque repas, mais surtout aux dîners. Helen était toujours avec eux, même si Amanda n'avait plus besoin d'une infirmière pour le bébé. Zander et Callie y étaient un peu attachés et Evan avait suggéré de la garder jusqu'à ce que les choses reviennent à la normale. Elle lui avait presque ri au nez. À la normale ? Elle ne savait même pas à quoi ça correspondait.

Et puis, il y avait Alex, toujours en bout de table, comme s'il était né pour y être, diriger sa troupe et intervenir n'importe quand pour aider avec les petits. Les jeux, puzzles et parfois films après le dîner étaient devenus la norme le soir. Et Alex prenait toujours part au moment du coucher pour les enfants.

Pendant des semaines, elle n'avait plus refait l'erreur de le renvoyer chez lui. D'abord, les enfants étaient les siens et puis ils commençaient à se construire une relation agréable de couple. S'ils ne rejoignaient pas le groupe pour un billard, ils partaient marcher longuement sur la plage. Elle adorait grimper sur son dos pour descendre en bord de mer, avant de marcher ou d'être pourchassée dans le sable sous la lumière de la Lune, puis de s'installer entre ses jambes pour regarder les étoiles.

Ils dansaient aussi, partout, et parfois ils terminaient assis sur la piste de danse devant les grandes fenêtres chez lui, qui donnaient sur la mer. Dans ces moments en particulier, quelque chose la remplissait d'un immense sentiment de joie – tellement qu'elle avait récemment demandé s'ils avaient l'habitude de s'asseoir ainsi avant. Il avait toujours la même réponse que pour le reste :

— Dès qu'on en avait la chance, mon cœur.

Et les baisers ? Il n'y avait pas un mur contre lequel il ne l'avait pas plaquée. Il avait testé toutes les inclinaisons de sa tête. Tous les effleurements, tiraillements et caresses de ses lèvres sur les siennes. Il semblait avoir un truc avec les murs. Elle ne pouvait pas dire que cela la gênait, car elle-même avait un truc pour *lui*.

Sur conseil d'Evan, elle commença à tenir un journal des moments où elle ressentait une impression de *déjà-vu*. Dernièrement, elle n'avait expérimenté que ça et Amanda avait la sensation insidieuse que cela venait des baisers.

De retour au présent, elle l'observa dans le rétro sortir de sa voiture et son cœur manqua un battement quand il se redressa de tout son long. Il était sur son trente-et-un ce jour-là. Il ouvrit sa portière, sourit et la salua :

— Bonjour ma belle.

Il posa sa grande paume sur sa cuisse – sa chaleur la traversait jusqu'à ses os – puis regarda Callie.

— Bonjour, mon ange. Maman et moi allons parler une minute.

Soudain, Amanda sentit son estomac plonger et se demanda si tout allait bien. Le sourire sur son visage commença à être feint et non plus naturel. Elle le laissa l'aider à sortir du véhicule, mais quand elle commença à s'y adosser, se préparant pour leurs bonjours passionnels, il secoua la tête.

— Non, mon cœur.

Il la déplaça sur le côté, probablement hors du champ de vision de Callie et lui adressa un sourire si grand et franc qu'elle se sentit se détendre. Il n'y avait aucun problème, il voulait simplement un moment en privé.

Alex repoussa ses cheveux de ses épaules, puis posa ses grandes mains à l'arrière de sa tête.

— Bordel de merde, tu m'as manqué.

Dans la voiture, Callie cria qu'il fallait mettre une pièce dans le bocal à gros mots et ils rirent tous les deux.

— Tu devrais vraiment travailler là-dessus, lui dit-elle en levant les yeux au ciel.

— J'y compte bien.

Il se pencha et l'embrassa. Un autre assaut ébranlant qui éveilla chaque terminaison nerveuse de son corps. Sérieusement, qu'est-ce que cet homme savait comment embrasser quelqu'un ! Ses lèvres, sa bouche et sa langue lui faisaient tourner la tête. Quand il s'écarta, elle se contenta de le fixer pendant un long moment, sans même savoir vraiment où elle se trouvait. Alex sourit, sans doute ravi de lui-même.

— Je t'ai posé une question, rappela-t-il.

Il parlait du message qu'il avait fait passer via Stephen. Amanda se saisit des deux pans de son costume.

— Bordel de merde, Montgomery, lâcha-t-elle le souffle court. Je ne me rappelle pas en quelle année Zander est né, alors si tu crois que je me rappelle ce que tu m'as demandé il y a cinq minutes... avant que tu... tu...

— Utilise donc tes mots, mon cœur, la taquina-t-il avec un sourire.

Elle plissa le nez vers lui, leva le menton et rétorqua :

— Utilise donc ta bou... mmf.

Bon Dieu, pendant une seconde, elle eut l'impression d'être amorphe et le sentit s'appuyer contre elle, comme si tout son corps – incroyable – la maintenait debout. Une vraie poupée de chiffon.

En revanche, elle entendit Callie faire des *mouah, mouah* dans la voiture, ce qui voulait dire qu'ils étaient bruyants. Chaque fois qu'ils s'embrassaient, c'était comme si le Bluetooth était connecté et partageait ce qu'ils faisaient via les haut-parleurs. Il mordilla une dernière fois ses lèvres, puis chuchota :

— Bordel, Amanda.

Enfin, il mit fin au baiser.

— Tu n'étais pas au petit déjeuner ce matin.

Elle se remettait toujours du baiser et était incapable de penser à quelque chose de plus créatif.

— Je sais. Je viens juste d'atterrir, je suis désolé.

— Rosa t'avait fait des œufs. Exactement comme tu les aimes.

— Frits ? Dans du beurre ?

— Oui et oui.

— Tu veux vraiment que j'aie un infarctus, c'est ça ?

Elle savait qu'il plaisantait mais posa quand même une main sur son cœur.

— Mon Dieu, non.

C'était presque une vieille blague entre eux.

La première fois, Alex s'était approché de son visage, ce qu'il avait tendance à beaucoup faire, et lui avait dit avec insistance qu'il en avait presque eu une dizaine depuis qu'il l'avait rencontrée, alors une de plus ou une de moins... Depuis, il continuait à la taquiner. Il marmonna dans sa barbe qu'elle signerait sa mort, Amanda rit sachant qu'il plaisantait, mais elle vit sa main se crisper, comme s'il gérait un problème. Il le faisait beaucoup dernièrement, inconsciemment, a priori. Et cela l'inquiétait. Peut-être ne plaisantait-il pas, finalement.

Il lui prit la main et embrassa sa paume ouverte. Ses beaux yeux étincelaient.

— On dîne ensemble ce soir, et ensuite on danse ?

Elle hocha la tête.

— Mmh-mmh.

Il sourit, sans cesser de la regarder, attendant quelque chose.

— Callie va être en retard pour l'école, finit-il par dire.

Eh bien, *voilà* qui retenait son attention. Elle lui tapota le torse.

— Tu plaisantes ? répliqua-t-elle avant de rire. Bon Dieu, Montgomery. J'avais oublié !

Ses joues lui semblaient en feu. Il rit, déposa un rapide baiser sur ses lèvres et la fit remonter dans la voiture. Puis, il contourna le véhicule, ouvrit la portière, serra Callie dans ses bras et lui fit un bisou avant de lui dire de passer une bonne journée à l'école.

— Tu as un entraînement de danse ? demanda-t-il.

Amanda hocha la tête et sourit.

— Et après, avec Sam, on va choisir notre robe pour le gala de la Nuit des Stars.

Cela lui donna un grand sourire aux lèvres.

— Super, mon cœur, répondit-il en fermant la portière pour de bon.

Oui, Amanda Abigail Marceau avait repris sa place dans le vrai monde et ce n'était pas si effrayant après tout. Qui l'aurait cru ? Avoir son superhéros près d'elle en était peut-être la cause.

Il était 19 h 30 quand Alexander retrouva Amanda. Le travail s'enchaînait et pas juste parce qu'il avait été absent ou parce qu'il s'était habitué à gérer son entreprise.

Calder Defense était alimenté par de nombreux nouveaux clients. Maintenant qu'Amanda était de retour sur le devant de la scène et en public, leurs services étaient devenus connus et soudain, ils étaient même populaires.

Bon sang, ce jour-là, ils avaient eu deux nouveaux clients suite à l'excursion shopping d'Amanda et Sam. Ajouté à cela l'évènement caritatif de la Nuit des Stars qui arrivait et voilà qu'ils commençaient à manquer de temps. Un peu plus tôt, il avait appelé pour faire savoir à Amanda que lui et l'équipe seraient en retard et qu'ils pouvaient commencer le repas sans eux.

En entrant dans la maison, Alex fut accueilli par Callie qui accourut vers lui en pyjama, les cheveux mouillés.

— Maman, l'amiral est là, hurla-t-elle, on peut manger !

Elle bondit dans ses bras et ses mots s'imprégnèrent dans son cerveau. Amanda et Sam sortirent du salon en riant de quelque chose et son choc dut se voir, car un instant plus tard, Amanda était à ses côtés et tendit le bras pour effleurer le sien.

— Ça va ?

Elle avait dans ses bras le bébé, qui à cette heure-là dormait profondément et aurait dû être couché dans son berceau pour la nuit.

— Tu as attendu ?

Il n'était plus surpris aussi souvent, mais son cœur se serra et pas de manière douloureuse. Il était submergé d'émotion.

— Bien sûr qu'on a attendu, dit-elle avant de confier Zander à Helen qui attendait. Fais-lui un bisou et Helen pourra le mettre au lit.

Elle l'avait gardé avec lui pour qu'il puisse le voir. Elle dut lire dans son esprit, car elle précisa :

— J'ai essayé de le garder éveillé, mais ça fait trente minutes qu'il dort.

Il pressa ses lèvres contre le sommet du crâne de Zander et remercia Helen qui le lui tendit encore pour qu'il puisse le toucher une dernière fois.

— Allez, l'encouragea Amanda. Je vais te chercher un verre et on pourra aller sur la terrasse.

— Où est Stephen ?

Les garçons étaient déjà au bout du couloir avec Sam. Avant qu'Amanda ne puisse répondre, son amie s'écria :

— Dans la cuisine, avec Stan. Je crois qu'Evan y est aussi.

Alex hocha la tête. Bien. Tout le monde était là.

— Désolé d'avoir loupé ton entraînement de danse aujourd'hui, mon ange, dit-il en serrant Callie un peu plus fort.

Elle lui toucha les joues et dit :

— C'est rien, papa. Maman a dit que tu étais très occupé.

Elle haussa les épaules et s'esclaffa.

— Et puis, on est tout à fait capables de prendre *zoin* de nous-mêmes.

Callie commença à se tortiller, alors il la posa et la regarda bondir à la suite des autres. Amanda l'attrapa par le bras et trébucha contre lui.

— Amanda ? demanda-t-il en la stabilisant, inquiet.

Elle secoua la tête et lâcha :

— J'ai eu un effet de déjà-vu, c'est tout.

Elle le tira ensuite dans le salon pour lui servir un whiskey.

— Attends.

C'était trop pour lui, cette attention quotidienne. Il avait besoin d'un instant. Elle s'immobilisa en train de servir le whiskey – quelle drôle de fille.

Il inspira, puis posa sa main sur la sienne pour l'aider à terminer son geste avant de l'attirer à lui et de fermer les yeux. Il avait l'impression d'être dans un rêve ce soir. Même s'ils avaient dîné de nombreuses fois ensemble. Ou passé de nombreuses soirées ensemble. Cela venait simplement du niveau d'aisance qu'ils avaient atteint. Dans le présent. À nouveau. Peu importe combien leur entourage était différent. Son accueil chaleureux, le bébé tout proche, Callie qui sautille dans le couloir, le verre de whiskey.

En toute honnêteté, il en avait le souffle court – il était submergé. Son cœur battait si vite qu'il fit un effort pour ralentir sa respiration et se concentrer sur la présence d'Amanda dans ses bras. Ils étaient ensemble *et* tout le monde allait bien.

Elle se tourna et frotta son visage contre sa chemise, se blottit dans le creux de son cou. Il adorait quand elle faisait ça. La musique jouait en fond sonore à travers les haut-parleurs et il les berça lentement d'avant en arrière. En entendant Callie revenir dans le couloir, il embrassa le sommet de sa tête et chuchota :

— On a de la compagnie.

— On a toujours de la compagnie, répliqua-t-elle en plaisantant à moitié.

Peu de temps après, ils étaient à table et leur conversation tournait autour de la Nuit des Stars. Le but derrière le gala était de soulever des fonds pour les retraités de la police et de l'armée, les blessés de guerre et leurs familles, comme tous ceux qui avaient perdu quelqu'un au service du pays. La soirée chic en soi honorait différentes personnes et familles chaque année.

Même s'il avait entendu dire que c'était l'un des évènements les plus raffinés de la ville et les plus coûteux à organiser, cette année avait très vite dépassé les attentes. Cela pouvait être dû à l'annonce de la présence d'Amanda, mais Art lui avait dit qu'ils avaient toujours eu au moins une vedette majeure, alors peut-être pas.

Alex s'esclaffa tout seul, encore émerveillé par le fait que sa femme, en plus d'être belle, gentille et incroyablement drôle, était ce qu'on appelait *une star* au XXIe siècle. Il ne doutait pas de ses talents, non, mais aucun paparazzi ne tournait autour de leur demeure du XVIIIe et Amanda avait passé ces derniers mois sur une propriété privée, alors il n'avait pas pu le constater de ses yeux avant récemment, quand elle avait commencé à sortir un peu plus.

Il restait encore deux semaines avant l'évènement et toutes les places étaient vendues, soit près de cinq cents. Si l'hôtel où se tenait le gala n'était pas le plus grand de la ville, c'était le plus agréable. Des logements de facile cinq à six étoiles, tous réservés ce soir-là.

Heureusement, Calder Defense avait réservé plusieurs chambres pour les offrir aux familles et aux personnes honorées lors de l'évènement. C'était le moins qu'Alex pouvait faire pour eux, un petit prix pour leur sacrifice. Il avait aussi gardé une suite au cas où Amanda aurait besoin de s'extirper de la foule. Ce serait sa première nuit avec beaucoup de monde et il savait qu'elle aurait peut-être besoin d'espace.

À table, la discussion passa à leur voyage à venir à New York pour fêter l'anniversaire de Callie. C'était elle qui avait demandé à le fêter là-bas et Amanda avait accepté. Ils en avaient parlé avec Evan et pensaient que ce serait peut-être le mieux – mis à part un voyage en Grande-Bretagne, ce qui n'était toujours pas une option pour lui. *Pas pour l'instant.*

Quand la table fut débarrassée et qu'ils commencèrent le dessert, Callie était à moitié endormie.

— Allez, mon ange, dit-il en tendant la main vers elle. Allons lire une histoire et te mettre au lit.

Amanda l'encouragea d'un geste de la main et indiqua qu'elle les suivrait très vite. Il commença la routine de Callie et s'allongea à côté d'elle pour lui lire un de ses livres *Amelia Bedelia*. Rendue à la moitié de l'histoire, elle chuchota :

— Papa ?

— Oui, mon ange.

— On va vraiment être tous ensemble ? Pour de vrai ?

Il savait ce qu'elle voulait dire. Même s'il vivait à côté et qu'ils passaient beaucoup de temps ensemble, ils n'étaient pas tous sous le même toit. Il lui releva le menton et acquiesça.

— Oui, Callesandra. Je te le promets.

— Mais maman ne se souvient toujours pas, protesta-t-elle en secouant la tête.

Elle avait l'air terriblement inquiète et il s'efforça d'apaiser ses craintes.

— Maman pourrait ne jamais se souvenir, Callie.

Il lui faudra vivre avec. Cela faisait plus de trois mois et selon Evan, ils étaient encore avec l'option deux, avec quelques changements. Peut-être qu'instinctivement, elle le reconnaissait et que certains souvenirs jaillissaient ici et là, mais qu'ils ne pouvaient espérer plus. Que ce serait tout ce qu'ils auraient. Amanda avait de plus en plus de sensation de *déjà-vu*. Mais pas de souvenirs. Du moins, pas discernables.

Ce ne serait pas la fin du monde si elle ne se rappelait pas les quatre premiers mois passés ensemble. Il comprit avec un sursaut qu'ils avaient passé presque plus de temps ensemble dans le futur que dans son siècle à lui. Sans prendre en compte l'intimité. Et si c'était tout ce qu'il pouvait avoir, il vivrait avec. Ils pouvaient recommencer ici.

— Mais je veux qu'elle se souvienne. Lui parler de Janey me manque... ou de Goodly... ou même Mrs Beasley. La vraie, je veux dire.

Alexander comprenait ce qu'elle ressentait. Goodly avait été une constante dans leur vie et honnêtement, il lui manquait aussi. Callie avait aussi développé une profonde affection pour Janey dans le court temps où elle avait été chez eux et Mme Beasley était la poupée préférée de Callie, qu'elle avait laissée derrière elle. Amanda ne le savait pas, mais elle l'avait reproduite avant de quitter la Grande-Bretagne l'année précédente. Pourtant, même si Callie aimait avec force cette nouvelle poupée, Alexander voyait que pour elle, ce n'était pas la même.

— Moi aussi, mon ange. Moi aussi.

— Eh bien, vous êtes bien sérieux tous les deux, fit remarquer Amanda.

Elle entra dans la chambre et se laissa choir à côté d'eux.

— Maman !

Callie escalada Alexander pour grimper sur ses genoux. Elle posa ses petites mains sur son visage.

— C'est sûr, on va à New York pour mon anniversaire ?

— Oui, sûr de chez sûr, Callesandra, lui confirma Amanda en l'embrassant et la prenant dans ses bras. Je te le promets.

Père et fille échangèrent un sourire et Amanda demanda :

— Il y a quelque chose que je ne sais pas ?

Alexander rit et secoua la tête.

— Je ne me lancerai pas sur cette question, Amanda.

Ils bordèrent Callie, allèrent voir le bébé et redescendirent en bas. Une fois dans l'entrée, Amanda leva les yeux vers lui.

— Film ? Ou tu dois partir ?

Il l'attira à elle et lui confia :

— Je n'ai nulle part où aller, Amanda. Je veux juste être avec toi.

Il lui embrassa le front.

— C'est tout ce que je veux et ce depuis qu'on est ensemble. Laisse-moi dire aux autres qu'on s'installe dans la bibliothèque. Va choisir ce que tu veux regarder.

Il la trouva sur le canapé avec *Le journal de Bridget Jones* affiché sur le grand écran. Alexander prit la télécommande, éteignit les lumières et s'étendit sur le canapé derrière elle, l'attirant contre lui.

Son corps réagissait toujours quand sa femme était aussi proche dans ses bras, mais il était simplement content d'être avec elle, proche d'elle. L'embrasser, oui, un grand oui même. Mais il attendait qu'elle se souvienne depuis des semaines et il voulait que cela arrive avant qu'ils aillent plus loin.

C'était une étrange crise de conscience, mais pour lui, faire l'amour avec Amanda serait le couronnement de ses retrouvailles *ici et maintenant*, littéralement. Et si Amanda ne se rappelait pas, qu'est-ce que cela serait pour elle ? Elle se donnerait à lui maintenant, sans que cela soit relié à ce qu'ils avaient.

Peut-être était-il un bâtard égoïste, parce qu'il était bel et bien prêt à être avec elle sans ses souvenirs, mais il préférait que le sexe se produise avec sa mémoire intacte. Dans tous les cas, il n'avait pas l'intention de lui dire qu'il avait *voyagé* dans le temps. Jamais. Soit Amanda s'en souviendrait et saurait la vérité, soit elle ne saurait jamais, point. Il leur laissait jusqu'à leur voyage à New York. Après ça, il verrait.

— Hé, lance le film.

Il obéit et caressa le dos d'Amanda tout le long de leur visionnage. Longtemps après qu'Amanda se fut endormie dans ses bras, Stephen entra pour qu'ils passent en revue l'emploi du temps du lendemain. Une fois ça réglé, Alexander lui dit de renvoyer les gars à la maison et d'éteindre la télévision en sortant.

Alexander ne se rappelait pas la dernière fois où il avait dormi avec sa femme – pas fait l'amour, juste dormi. Il jeta les coussins sur le sol derrière lui pour leur laisser un peu plus de place et recula un peu en emmenant Amanda avec lui.

Il referma les yeux tout en pensant que, normalement, il lui aurait souhaité une bonne nuit à ce moment-là. Il était chanceux de pouvoir savourer cet instant. Comme à point nommé, Amanda roula. Pas de faux-semblant ce soir, c'était comme si dans son sommeil, elle savait quoi faire : elle étendit son long et beau corps mince tout contre le sien. Il l'enveloppa et décida qu'il n'irait nulle part avant son réveil. La dernière chose qu'il fit fut de mettre son téléphone en silencieux et de le jeter au sol. Les gars étaient seuls ce soir – tous.

Il se réveilla en sentant la douce caresse de doigts sur son visage. Quand il ouvrit les yeux, il vit à la lumière qui projetait des ombres douces dans la pièce qu'il était à peine le matin. Les yeux bleus d'Amanda étaient rivés sur lui. Il n'avait pas aussi bien dormi depuis... il ne s'en rappelait même pas. Des siècles, sans doute. Amanda, elle, le regardait avec beaucoup d'intensité et un million d'émotions à vif sur son visage.

— Personne ne devrait être aussi beau, chuchota-t-elle en continuant à effleurer son front et ses tempes. Parfois, Alex, ça fait mal.

Elle attrapa sa main et la plaça sur sa poitrine.

— Ça me fait mal ici, quand je te regarde.

— Bon Dieu, mon cœur...

— Chut, laisse-moi finir, le coupa-t-elle en posant ses doigts sur ses lèvres. Quand je me suis réveillée... enchevêtrée avec toi, je me suis sentie si contente. Toutes ces choses que tu me fais ressentir, tout le temps. L'impression d'être entière... en sécurité... aimée... désirée... belle. Tout ce que tu transmets d'un regard ou d'un simple geste.

Il lui prit la main et embrassa sa paume ouverte.

— Recommençons tout, Amanda. Bonjour, ma belle.

Elle sourit.

— Bonjour, chuchota-t-elle. Nous avions toute la nuit, Montgomery.

Il s'esclaffa, sachant exactement ce qu'elle voulait dire. Il la positionna à côté de lui et lui embrassa le cou, chaque partie de son visage, avant de terminer par un baiser poignant sur ses lèvres. Le *Mmh* d'Amanda rencontra un grognement qui vibra dans son torse.

— Je veux plus de cette bouche brillante. Embrasse-moi encore. S'il te plaît.

Il céda avec joie. Et c'était bel et bien brillant. Ils en profitèrent deux minutes avant d'entendre Zander via le babyphone.

— Diviser pour mieux régner, lâcha-t-il entre deux baisers. Zander ou café ?

— Je m'occupe du café. Toi, tu vas chercher Zander.

— Ça marche.

Il l'aida à se lever mais ne put s'empêcher de la toucher une seconde plus tard, alors qu'elle s'étirait. Il la serra fort contre lui, juste parce qu'il pouvait, enfouit son visage dans son cou et inspira son odeur.

Elle chuchota :

— J'adore quand tu fais ça avec moi.

Puis, elle l'imita.

— Et j'adore le faire encore plus.

Elle attrapa le babyphone et se dirigea dans la cuisine pendant qu'il s'approchait de l'escalier. En allant chercher son fils, il eut l'impression distincte que dans le grand ordre des choses, Amanda et lui se trouvaient dans un *milieu* qu'ils avaient construit ensemble et il en était plutôt content.

13

11 mai
Californie du Nord

À 17 heures le samedi soir, le jour du gala, Amanda et Sam descendirent enfin habillées et prêtes à partir. Il avait fallu deux heures, quatre changements de tenue et un brushing.

Même si elle avait les moyens d'avoir une maquilleuse et une coiffeuse pro, Amanda aimait se préparer elle-même. Enfin, avec Sam. Elles avaient perfectionné leurs compétences en maquillage et coiffure à l'internat, puis à la fac. Alors souvent, elles se passaient de professionnels et s'en occupaient elles-mêmes.

En allant chercher Stephen et saluer Callie, Amanda fut surprise de ne pas se rappeler avoir laissé Callie une seule nuit. Pas récemment bien sûr, mais avant non plus. Elle avait passé du temps le soir avec Alex, mais c'était toujours après l'heure du coucher de Callie et elle s'était toujours réveillée dans son propre lit.

Elle posa la question à Sam, qui à sa façon très sarcastique, répéta :

— Tu te demandes si tu as déjà laissé Callie pour la nuit ? Tu te fiches de moi ?

Elle fit une grimace ridicule, écartant ses lèvres chacune dans une direction opposée l'une de l'autre.

— Tu refusais de la perdre de vue et tu ne pensais certainement pas avoir le droit à une *soirée entre filles*, expliqua-t-elle en mimant les guillemets. Mais je ne te blâme pas, Ammy, jamais. On faisait comme on pouvait.

Amanda ruminait les mots de Sam, essayant de se rappeler... la moindre chose. Elles entrèrent dans la cuisine et y trouvèrent Stephen, assis à table à jouer aux cartes avec Callie pendant que Rosa terminait de préparer le dîner.

— À quoi vous jouez ?

Très concentrée, Callie pinça les lèvres et chuchota :

— Huit américain, maman.

— Bon choix, dit-elle en se penchant pour embrasser le sommet de sa tête.

Helen nourrissait Zander, mais le lui confia, biberon et tout le tintouin, quand Amanda le demanda d'un geste. La transition fut facile et le bébé ne fut pas troublé.

— Désolée que tu sois obligé de porter un costume ce soir, dit-elle en se tournant vers Stephen.

Elle surprit Sam à couler un regard dans sa direction elle aussi et rougir. Elle semblait s'apprêter à dire quelque chose, mais changea d'avis. *Intéressant,* songea Amanda avec un petit sourire. Ses soupçons paraissaient fondés.

Il leva la tête de ses cartes pour la première fois.

— Bon Dieu, Amanda.

Son accent était un peu plus prononcé, mêlé à un ton taquin tandis qu'il observait sa robe. Puis, ses yeux se posèrent sur Sam et Amanda eut le plaisir d'apercevoir un éclat, même juste pour une seconde, de ce que cet homme ressentait clairement pour son amie. *Ouah.* Comment avait-elle pu ne pas le voir avant ? *Parce que tu es obsédée par ton analyse d'Alex !* Elle sourit à cette idée et réfléchit un moment à si quelque chose se passait entre sa meilleure amie et le frère d'Alex.

Bien sûr, cela aidait que la robe de Sam soit ultra séduisante. Amanda lui adressa un clin d'œil et fit de même avec Callie qui avait poussé le bocal à gros mots vers son oncle avec un petit coup de poing. Amanda frotta ses doigts et son pouce ensemble pour mimer *paye* avant de poser le biberon et de tapoter le dos de Zander. Après un petit baiser, elle déposa le bébé dans les bras tendus d'Helen.

Stephen avait déjà sorti son portefeuille, haussé les épaules et laissé un billet de vingt dans le bocal en verre qui avait été peint par Callesandra Eleanor Montgomery elle-même avec des lettres. Elle n'oublierait jam...

— Sans déconner ! s'exclama à voix haute Amanda en bondissant de sa chaise.

Stephen jura encore en voyant la fente qui remontait tout le long de sa robe sur un côté et jeta son portefeuille entier dans le bocal avant de prendre son arme.

Sam et elle rirent.

— Sérieux ? demanda Amanda.

Elle était momentanément distraite de ce qui l'avait soudain heurtée de plein fouet.

— Oui, *vraiment*, Amanda. Entre toi et la princesse, dit-il en indiquant Sam de la tête, j'ai du pain sur la planche ce soir.

Puisqu'il avait sorti son arme de son étui, il retira la lame-chargeur, l'inspecta minutieusement avant de la remettre en place.

— Quand Alex va te voir *là-dedans*, je risque d'avoir à tirer sur tous les pauvres bâtards qui te regardent mal.

— Écoute, répliqua-t-elle en réprimant son sourire, c'est ma première *vraie* nuit hors de la maison depuis une éternité et je dois dire que j'ai hâte. Alors pas de problème, d'accord ? Et on en aura si Sam se retrouve obligée de plaider en ta faveur.

Sam marqua un temps d'arrêt, puis demanda :

— Pourquoi ? Chris ne vient pas ce soir ? Tu ne peux pas avoir quelqu'un d'autre que le meilleur de Calder Defense.

— Tu es en train de dire que tu refuserais de me représenter ? fit Stephen d'une voix rauque, les yeux dansants.

Sam se pencha par-dessus la table.

— Écoute-moi bien, mon beau, je n'ai pas pratiqué depuis un moment, mais je plains les pauvres bâtards qui essaieront de se dresser sur ton chemin.

Wow, pour Sam c'était... on ne peut plus *révélateur*.

Callie bondit de nouveau et poussa le bocal à gros mots vers sa tante. Sam se tourna vers Amanda :

— Attends, qu'est-ce qui nous valait ton *sans déconner* ?

Amanda haussa les épaules comme si ce n'était pas grand-chose.

— Oh rien. Je me remémorais juste le moment où Callie avait peint ça, expliqua-t-elle en montrant le bocal. On était assises dehors et j'étais enceinte de Zander, énorme d'ailleurs, tu devais me servir d'appui pour que je m'asseye à côté d'elle.

Sam commença à rire.

— Oh mon Dieu, Am, tu te rappelles comment on s'est assises par terre ?

Elle s'approcha d'elle et elles rejouèrent le moment. Amanda dut se frotter les yeux à cause de ses rires.

— Et ensuite, tu as essayé de m'aider à me lever et on n'y arrivait pas.

Sam reprit la parole avant qu'Amanda ait fini :

— Et on riait tellement qu'on n'arrivait pas à reprendre notre souffle et Stan a dû t'aider quelques minutes plus tard.

— Attends un peu, fit Amanda en la regardant. Il y avait quelque chose d'autre. Pas seulement la peinture du bocal, mais le nom de Callie. Dans ma tête, j'ai pensé « Callesandra Eleanor Montgomery », comme si je le *savais*. Hein, mon bébé ?

Elle se tourna vers Callie qui rayonnait et tapa dans ses mains.

— Oui, maman ! s'écria-t-elle.

Amanda chercha encore, mais rien d'autre ne vint. Face aux

regards interrogateurs de Sam et Stephen, elle secoua la tête et haussa les épaules.

— C'est tout ce que j'ai.

Si on regardait le bon côté des choses, c'était le plus long souvenir qu'elle avait depuis longtemps, et le plus agréable. Ce n'était pas une image vivide ou un flash-back inquiétant. Juste un souvenir agréable.

Elle désigna de la tête Stephen.

— Tu devrais vraiment récupérer ton portefeuille avant qu'on parte.

Sam, qui était la plus proche du bocal, tendit la main, l'attrapa et marmonna :

— N'oublie pas qui surveille tes arrières.

Rosa et Helen entrèrent pour mettre la table pour le dîner, qui serait en petit comité ce soir-là, vu que tous les autres iraient au gala. Amanda serra Callie dans ses bras pour lui dire au revoir, dit à Rosa qu'elle les appellerait plus tard et sortit de la pièce, vraiment *excitée* à l'idée de cette soirée.

Une heure plus tard, quand Stephen les fit entrer sur le parking de l'hôtel où se tenait l'évènement, elle vit Alex déjà dehors parmi un attroupement d'employés de l'hôtel, de Calder Defense et de participants. Entre son attraction mystérieuse, sa perspicacité dans les affaires, son accès aux stars et sa beauté ridicule, l'homme devenait très vite une célébrité lui-même.

Sam lui prit la main et Stephen et elle lui demandèrent tous deux si elle allait bien. Elle haussa les épaules, sourit et dit :

— Je ne sais pas comment l'expliquer, mais je me sens très bien.

Elle toucha l'exquise chaîne en diamant qu'Alex lui avait offerte l'autre soir. Une soirée où ils avaient marché tard sur la plage. N'étant pas du genre à être nerveux, elle avait été surprise par son comportement. Elle avait eu son lot d'anxiété à gérer dernièrement, alors elle lui avait demandé de but en blanc ce qu'il avait. Il s'était tourné vers elle, l'avait attrapée par les épaules pour l'attirer à lui. Que pouvait-elle dire, il l'aimait proche de lui. Puis, il avait souri et dit :

— Je sais que tu ne t'intéresses pas beaucoup aux bijoux, Amanda, mais l'autre jour, j'ai vu quelque chose et je ne *pouvais pas* ne pas te le prendre.

Elle était si surprise, surtout de son expression effrontée.

— Vraiment ?

— Oui.

Elle l'avait frappé au torse.

— Alors montre-moi, avait-elle dit en riant.

Il avait sorti l'assez grande boîte de sa poche de devant, l'observant nerveusement l'ouvrir. Sa mâchoire avait manqué de se décrocher quand elle avait vu la magnifique, longue, fine et délicate chaîne de diamants qui brillait à la lumière de la Lune. Pas maladroit ni excessif, simplement le plus beau bijou qu'elle ait vu.

— Je l'adore, lui avait-elle confié avec sincérité. Je le porterai à l'évènement de ce week-end.

Stephen et Sam commencèrent à se chamailler sur quelle file choisir, attirant son attention sur le présent.

— *Sé-rieux*, dit-elle en levant les yeux au ciel.

Ils sourirent tous les deux, visiblement pas si agacés l'un par l'autre. Stephen s'arrêta juste à côté de l'entrée, tendit la main vers les boutons au centre de la voiture, attrapa un petit sac en cuir et sortit du véhicule. Il repoussa l'employé et ouvrit sa portière lui-même.

— Tu te rappelles comment ça marche ? demanda-t-il en lui tendant l'oreillette que lui avait déjà donnée Alex l'autre fois.

En la mettant en place, elle répéta ce qu'il lui avait dit :

— Tu pourras m'entendre, même si je murmure.

— Quelle fille intelligente !

Il repoussa un autre employé qui voulait déplacer le véhicule avec les autres appartenant à Calder Defense. Il devait y en avoir vingt garés sur l'allée circulaire. Alex ne plaisantait pas quand il disait qu'ils s'étaient développés dernièrement.

Toujours dans le Navigator, Sam commença à lui dire qui était qui parmi les invités de la soirée et renifla quand un couple en particulier apparut.

Amanda tourna aussitôt la tête vers Sam.

— Vraiment ? Ils sont à nouveau ensemble ?

— Sérieux, Ammy, fit-elle en secouant la tête. Tu m'as manqué comme une folle.

Amanda plissa le nez en réponse, se sentant vraiment légère et libre.

— Ça fait du bien d'être de retour.

Elle avait quasiment disparu depuis un moment maintenant. Et si elle n'avait pas recommencé à écrire ou à enregistrer, encore moins chanter, elle avait repris contact avec quelques personnes du milieu.

Alex et elle n'avaient pas annoncé leur relation, quelle qu'elle soit, mais ils avaient été vus en ville plusieurs fois récemment. Deux fois, sans tout le cirque, même si elle savait qu'Alex avait dit à ses hommes où ils seraient et qu'ils avaient une protection quand même, mais leurs gardes du corps n'étaient pas à table avec eux. Une fois, Gregor les avait emmenés et ils s'étaient glissés dans un de ses restaurants préférés pour manger, très tard le soir, après avoir mis les enfants au lit. C'était un peu comme un premier *date*, du moins de manière affichée, à l'extérieur.

Le restaurateur était ravi de la voir et le personnel aussi. Ce soir-là, elle avait passé un excellent moment. Il était tellement intelligent qu'elle aurait pu lui parler toute la nuit. Et ils n'étaient pas passés loin de le faire, du moins, ils avaient continué à parler bien après la fermeture.

Elle était sûre qu'ils avaient été photographiés en sortant, mais Alex s'était contenté de secouer la tête.

— Ne t'inquiète pas, ma belle.

Alors elle n'y avait plus songé. Plus tard, quand elle avait cherché son nom, elle était tombée sur plusieurs articles, choses, comme : « Un conte de fées des temps modernes : Alexander Montgomery remet sur pied Amanda Marceau » ou « La beauté et le milliardaire : regardez qui a convaincu Amanda Marceau de sortir de sa cachette ». Les photos n'étaient pas mauvaises. Elle devait admettre qu'ils formaient un beau couple.

Et maintenant, le voilà qui se trouvait devant sa portière, à prendre un espace considérable, l'air ridiculement beau.

— Bonsoir, mon cœur.

— Bonsoir.

Son sourire était un réflexe à cent pour cent incontrôlable. Il avait cet effet sur elle. Il s'approcha.

— Tu m'as manqué. Comment ça va ?

Puisque personne ne savait comment ça se passerait et comment elle se sentirait en public, elle savait que tous étaient un peu prudents.

Elle se mordilla la lèvre inférieure en le regardant, songeant qu'il n'y avait rien de mieux que de s'être bien habillée pour *cet* homme, de faire partie d'un groupe de personnes incroyable et de profiter d'une compagnie extraordinaire, d'un bon repas, d'une agréable atmosphère, sans parler de la bonne cause.

Elle ne se rappelait vraiment pas – sans mauvaise blague sur ses souvenirs – s'être un jour sentie aussi insouciante. En regardant Alex, une révélation lui vint, du genre qui la heurtait en profondeur. Elle était presque submergée par la vague d'émotion qui allait avec. Elle savait qu'ils étaient liés depuis le début, savait qu'elle était à l'aise avec lui, savait pourquoi tout semblait si bien avec lui, mais ce qu'elle *ressentait* maintenant, ce qu'elle *savait* maintenant, c'était qu'elle aimait cet homme. Profondément. Elle ne se souvenait peut-être pas de lui ou d'eux, mais elle savait sans un doute qu'elle l'aimait. Elle le sentait dans ses os.

Elle repoussa la sensation submergeante et accueillit l'adrénaline qui allait avec la certitude que c'était là qu'était sa place, avec lui, ici, maintenant. Et ce soir en serait le couronnement.

— Alex, commença-t-elle. Je me sens incroyablement bien.

Il rejeta sa tête en arrière et rit, d'un rire tonitruant et rayonnant de joie.

— Et tu es incroyable en plus de ça, surenchérit-il en caressant son visage. Tu es prête à illuminer la salle, ma belle ?

Il lui prit la main pour l'aider à descendre. Puis, en voyant sa robe, un flot de jurons s'échappa de sa bouche, réveillant toutes les terminaisons nerveuses d'Amanda.

— Merci, dit-elle avec un sourire espiègle.

Même si elle portait des talons compensés de dix centimètres, elle lui arrivait au menton et devait lever la tête pour le regarder.

— Tu es toi-même incroyablement beau, Alex Montgomery.

Elle tendit la main et réajusta sa cravate déjà parfaitement droite. Elle ne pouvait pas s'en empêcher. Elle adorait toucher cet homme. Alors qu'elle avait toujours les bras tendus, ses grandes mains encerclèrent sa taille et l'immobilisèrent tandis qu'il la regardait. Elle frémit en réaction et quand il pencha la tête pour l'embrasser, elle le retrouva à mi-chemin et entoura son cou de ses bras. Les flashs se déclenchèrent, les photographes et paparazzis en profitaient pour prendre des clichés. Elle s'en fichait : elle s'appuya à lui et le laissa approfondir le baiser. Et Dieu soit loué, c'est ce qu'il fit.

De tous les scénarios qu'Alexander avait imaginés pour ce soir, la joie de vivre d'Amanda était tout à fait inattendue et si contagieuse qu'il peinait à se concentrer. Quelque chose avait changé depuis qu'il l'avait vue ce matin-là, mais cela ne le dérangeait pas.

Il n'était pas sûr qu'ils aient déjà eu l'occasion d'être aussi à l'aise et insouciants. Quand elle était d'abord venue à lui dans son époque, il y avait toujours eu l'inquiétude que son séjour ne soit pas permanent. Et à y repenser, vu ce qu'il s'était passé, ils avaient eu raison de s'inquiéter.

Il entendit jurer dans son oreille de la part des hommes stationnés autour du périmètre tandis que d'autres flashs illuminaient la nuit. Ils essayaient juste de garder sa vie et celle d'Amanda aussi privée que possible. Impossible, bien sûr, mais d'ici à ce qu'ils règlent les choses entre eux, ce serait plus simple de ne pas s'inquiéter de ce qui serait placardé dans la presse.

Même s'ils pouvaient toujours supprimer le contenu sur Internet autant que possible, ils ne le faisaient plus récemment. Amanda ne se cachait plus. Non qu'il ne souhaiterait pas présentement le contraire. Elle était spectaculaire ce soir-là.

Quand elle hocha la tête pour qu'il sache qu'elle était prête, il posa une main sur son dos nu et la guida à l'intérieur. Tous les hommes présents se retournèrent sur leur passage. Bienfaiteurs, clients *et* employés. Sa robe très longue était des plus classes et lui allait comme un gant. Son décolleté plongeant était retenu par un nœud ridicule à sa nuque et la robe était entièrement dos nu, sans parler de la fente sur le côté, qui dévoilait sa longue et belle jambe.

Une fois à l'intérieur, ils prirent un verre au bar et se mêlèrent à certains invités. Amanda et Sam s'efforcèrent de lui transmettre des informations sur chaque personne avant de faire les présentations. Il connaissait certains invités, ayant travaillé avec ou pour eux, mais chaque fois qu'Amanda doutait qu'il connaisse la personne, elle se hâtait de le présenter. Sa femme excellait dans l'art de l'étiquette.

Quelques fois, elle sembla surprise par ses propres compétences sociales. Grandir au XVIIIe siècle avait ses avantages.

Pourquoi s'était-il attendu à des problèmes ? Tout le monde était heureux de voir Amanda et seules quelques personnes posèrent des questions limites, en chuchotant de manière exagérée pour parler de la vidéo. Indiscret et détestable, oui, mais vu l'état d'esprit actuel d'Amanda, a priori inoffensif. Ils repoussèrent les questions d'un rire plus d'une fois.

Après une longue période de hors d'œuvres, la cloche du dîner sonna, comme il était apparemment coutume lors de ces évènements. Alexander parcourut des yeux la pièce, cherchant à croiser le regard de l'équipe. Stephen était avec Sam – qui riait à quelque chose que quelqu'un avait dit – et il ne pouvait pas détourner les yeux d'elle. Après un moment, il vit enfin Alex et lui adressa un signe de tête discret en croisant son regard, confirmant qu'il contrôlait l'équilibre entre travail et plaisir.

Alex se tourna vers Gregor, qui lui lança un sourire, du coin où il se trouvait, contre un mur, à scruter toute la pièce en buvant son verre. Oui, Gregor adorait ce genre de trucs. Stan lui fit un salut et il remarqua que les gars s'efforçaient d'avoir l'air sérieux tout en admirant les femmes. Alex rit quand Evan et Chris passèrent devant eux et leur donnèrent une tape sur la tête.

— Hé, l'interpella Amanda.

Elle posa ses mains sur son torse et toucha les pans de sa veste. La musique *Right Here Right Now* de Jesus Jones passait et les paroles qui disaient qu'il n'y avait pas d'autre endroit où il voulait être correspondaient exactement à ce qu'il ressentait. Pour la première fois, il se fichait qu'Amanda se souvienne ou non. Peut-être que tout ce qu'il s'était passé, tout ce qu'ils avaient traversé, les avait menés à ça. *Ici même et maintenant.*

Les gens cherchaient encore leur siège quand leur groupe arriva dans la salle de bal. Entre lui, Art et les co-présidents de cette année, ils avaient trois tables, où l'équipe s'était répartie. Chaque table accueillait une personne à l'honneur cette nuit-là, leur famille ou des invités. Le reste de la pièce était rempli de quelques célébrités, principalement locales, mais quelques vedettes également, en plus d'Amanda. Cela donnait un mélange de personnalités de la ville, de forces de l'ordre et de militaires à la retraite pour le restant des tables, dont la majorité travaillait ou s'entraînait avec Calder Defense.

Habitué aux repas en grand comité, Alex voyait leur table de dix comme une réunion intime. La conversation se fit facilement jusqu'à l'arrivée du plat principal. Au bout d'un moment, il rit à quelque chose que disait Rick, qui était à l'honneur à leur table. Quand il lança un regard à Amanda, elle avait un air étrange et un sourire lointain.

— Ça va ? demanda-t-il.

Elle se pencha et murmura :

— Quand tu ris, on dirait que tout va bien dans mon monde. Je ne sais pas pourquoi.

Submergé, Alex se pencha pour l'embrasser, puis but une longue gorgée de son verre avant de le lui tendre.

— Comme si je buvais du whiskey, Montgomery, le taquina-t-elle.

Elle leva les yeux au ciel et tripota le collier qu'il lui avait donné la nuit dernière. Il l'aimait tant que c'était encore douloureux.

Elle prit le verre et le tourna dans ses mains avant de boire une petite gorgée au même endroit que lui. Puis, les lumières diminuèrent et Amanda s'avança dans la pièce pour aider avec les festivités de la soirée. Une courte vidéo fut projetée et trois lauréats prirent la parole après qu'Amanda leur eut remis leur prix.

Après, ils s'assirent autour d'une table pour le café et le dessert. Le divertissement du reste de la soirée était un groupe de vingt personnes avec des chanteurs hommes et femmes *et* des choristes. Ils étaient très bons et très chers. Quand ils commencèrent un slow, les invités commencèrent à s'approcher de la piste de danse.

Alexander vit Stephen et Sam se diriger vers le hall. Amanda s'excusa également pour aller aux toilettes et quand il se leva pour la suivre, elle secoua la tête.

— Je gère. Va te prendre un autre verre et voir les gars.

Il hocha la tête et donna le signal à Stan, qui n'en avait pas besoin puisque la majorité de l'équipe suivait déjà sa femme. Il espérait qu'elle ne se retournerait pas.

Il n'avait pas prévu que la soirée se passe aussi bien. Avant ce soir, il avait l'esprit rivé sur New York et l'anniversaire de Callie, dans neuf jours. Il avait décidé que quand il aurait amené Amanda à leur propriété sur la côte est, souvenirs ou non, ils seraient ensemble. Enfin. Aux yeux de la Bible. Maintenant, il repensait ses plans. À l'instant même. Ils étaient fluides et changeaient à chaque instant.

Tout s'était si bien passé jusque-là que quand Amanda revint dans la salle de bal et indiqua la piste de danse de la tête, il articula *oh oui* en silence. Elle sourit, les yeux brillants, et attendit qu'il la rejoigne.

— Allez, ma belle, dit-il en nouant ses doigts aux siens.

Il lança un regard au groupe, croisa le regard du leader et obtint un hochement de tête. Content que les plans qu'il avait formulés avec lui plus tôt dans la soirée soient clairs, il mena Amanda vers la piste de danse pleine de personnes, en la gardant en sécurité derrière lui pendant que son corps imposant se frayait un chemin parmi les couples qui oscillaient.

Quand il trouva un endroit adapté, il la fit tournoyer en tirant doucement sur leurs mains jointes et elle termina tout contre lui. Elle se blottit confortablement dans le creux de son cou, mais un instant plus tard, quand la chanson se termina, elle s'écarta et lui lança un regard interrogateur et critique.

— Tu as demandé quelque chose ? Tout à l'heure ?

Après un rapide baiser sur ses lèvres douces, il sourit et pressa son front contre le sien.

— Attends de voir.

Comme à point nommé, cela commença.

— Oh Alex, murmura-t-elle en entendant les premières notes. C'est Paul McCartney. *The Long and Winding Road.*

C'était l'une des premières chansons qu'elle lui avait jouée à Abersoch. Ils étaient assis ensemble sur le banc du piano et elle avait joué et chanté sur cette route qui mène à sa porte, qu'elle espérait ne jamais voir disparaître.

Elle avait trouvé les paroles poignantes à ce moment, vu les circonstances. Et maintenant qu'il l'avait retrouvée, elles l'étaient encore plus. Il l'attira à elle, se sentant plus libre que jamais. Sam et Stephen avançaient vers eux en dansant et il échangea un regard avec son frère. Satisfaction, joie, approbation, consécration. Bon sang, ils l'avaient fait.

Ils restèrent sur la piste de danse une bonne heure. Il avait retiré depuis longtemps sa veste et sa cravate et il avait soulevé

Amanda pour qu'elle enlève ses chaussures. Tout le temps passé à danser dans le petit salon d'Abersoch et sa maison ici en Californie prenait vie ici, à ce gala. Cela devait être l'une des soirées les plus agréables de sa vie. Point. Toute compagnie incluse. Tout leur passé était à la fois avec et derrière eux.

Ils reprenaient leur souffle quand Art prit le micro et remercia tout le monde pour ce succès. Les gens levèrent la tête pour le voir.

— Je sais que nous n'avions pas prévu cela en amont et la prochaine chanson de Montgomery va devoir attendre, dit-il en provoquant des rires dans la salle. *Mais*, en honneur de ma belle épouse, Betty, et pour célébrer notre cinquantième anniversaire de mariage samedi, j'aimerais demander une faveur à Jason Wild et Amanda Marceau.

Alexander se tourna vers Amanda, haussant les sourcils d'un air interrogateur en l'entendant murmurer :

— Oh, bon Dieu.

Rougissant de gêne de cette attention, elle lui expliqua en vitesse que cinq ans avant, Jason et elle avaient chanté la chanson préférée d'Art et Betty pour le gala. Quand il lui demanda le titre de la chanson, elle lui lança son fameux sourire *attends de voir*. Ce qui voulait dire qu'il connaissait la chanson. L'attente le tuait déjà.

— Jason, Ammy, nous feriez-nous l'honneur ?

Jason, qu'Alexander avait brièvement rencontré plus tôt ce soir-là, s'avança avec un sourire malicieux et tendit la main à Amanda.

— Ça te va, mon cœur ? demanda Alexander avant de la confier à Jason.

Elle hocha la tête.

— Oui, ça va.

Elle suivit Jason et rejoignit Art devant la foule.

— Bon, un peu de contextualisation sur cette chanson. Je sais qu'on la considère comme vieillotte dans certains cercles, mais quand ma femme et moi sortions tous les samedis soir manger et danser avec nos meilleurs amis, Lynne et Jack Marceau, on terminait toujours cette soirée par cette chanson.

Aussitôt, Alexander comprit que c'était *Whenever I Call You 'Friend'*. Amanda la lui avait chantée souvent et il avait hâte de l'entendre interpréter la chanson préférée de ses parents, ici et maintenant.

— Je dois vous dire, reprit Art en regardant Amanda, qu'il n'y a pas un jour qui passe sans qu'ils me manquent. Tu étais le soleil de ton père, Amanda Abigail, tout comme ta mère. Il ne s'est jamais remis de l'avoir perdue. Jamais.

Art s'étouffait avec ses mots et Alexander eut les larmes aux yeux tout comme lui et Amanda. Art s'essuya les yeux et repoussa l'émotion :

— Wouh... Bon, Jason, tu seras Kenny et Ammy, tu prendras Stevie, et je vais aller danser avec ma chérie.

Tout le monde applaudit et Amanda et Jason prirent chacun un micro pendant qu'Art menait sa femme au centre de la piste de danse. La musique commença, les choristes chantaient en harmonie et sa beauté pieds nus oscillait d'avant en arrière en lui souriant, avant de rejoindre Jason.

Il ne pouvait pas détacher le regard d'elle. Tout comme l'équipe qui s'était réunie autour de lui, y compris Stephen et Sam. Sa femme était si douée et son regard était plongé dans le sien pendant qu'elle chantait qu'elle avait fini par comprendre qu'ils étaient là où ils devaient être. Alexander savait qu'elle chantait pour lui.

Quand ils eurent fini, Jason et elle reçurent une ovation et remercièrent chaudement tout le monde. Il demanda à un serveur d'apporter un Coca Diet et quand elle le retrouva, elle but la moitié du verre.

— Tu étais incroyable, la félicita-t-il en la prenant dans ses bras.

— Qu'est-ce qui nous attend maintenant, Montgomery ?

— Toute notre vie, répliqua-t-il même s'il savait qu'elle parlait des choix musicaux.

Pendant leurs sessions de danse, Amanda lui avait dit que la chanson qu'il avait prévue ensuite faisait fureur en soirée et vu les paroles, ils devraient l'ajouter à la liste de *leurs* chansons.

Le groupe attendait et avec son équipe, il leva une main haut dans le ciel, l'index brandi. Et le groupe joua *One call Away* de Charlie Puth. Oui, c'était mièvre, mais Amanda fondait devant lui et adorait ça. Elle enveloppa ses bras autour de son cou et le laissa la guider en lui chuchotant les paroles, lui promettant de venir la sauver, qu'il n'avait rien à envier à Superman, car elle n'avait qu'à l'appeler pour qu'il soit là. Et quand la chanson se termina, il ne fut plus capable d'attendre.

— Tu viens avec moi ?

Le souffle coupé à cause de la danse et du chant avec Jason, Amanda se figea en entendant les mots d'Alex, étonnée, se demandant même si elle avait bien entendu. Son cœur manqua un battement, puis se remplit et déborda. Elle s'agrippa à sa chemise, s'approcha de lui et dit :

— Où tu veux.

Quand il prit sa main et la tira vers les portes, l'agitation qu'elle ressentait en elle manqua de la faire couiner. Du sommet de sa tête au bout de ses orteils, tout en elle tourbillonnait, plus que dans un manège de tasses tournantes.

Il fit un signe de main à Stephen et informa à l'attention de tous ceux qui écoutaient :

— Maman et papa ours... dehors. Assurez la permanence.

Elle ne pouvait qu'imaginer la cacophonie dans son oreillette en voyant le sourire sur son visage.

Ils furent arrêtés trois fois sur leur chemin et avaient tous les deux hâte de... eh bien, elle ne savait pas où ils allaient, mais tout en échangeant des plaisanteries, ils trépignaient presque littéralement et se serraient la main si fort que c'en devint un jeu.

Enfin, la porte d'entrée apparut, mais quand elle se dirigea vers elle, il la tira en arrière contre lui et chuchota :

— On a une suite.

Elle se tourna et l'attrapa encore une fois par la chemise.

— Oh mon Dieu. Tu es un génie.

Il la tira à nouveau et comme par magie, les portes d'ascenseurs s'ouvrirent. Elle était familière de cet hôtel, alors elle savait qu'ils se rendaient dans un des ascenseurs privés accessibles qu'avec une clé, qui menaient à une suite tout en haut.

Sans détourner les yeux d'elle, Alexander leva la clé électronique pour lancer l'ascenseur. Les portes se refermèrent derrière lui et ses yeux la plaquèrent contre le mur, ses narines se dilatèrent et, cette fois, elle couina pour de bon. Il fonça sur elle, pressa son corps contre le sien et l'embrassa si passionnément que c'en était presque dévastateur. Elle le sentait *lui*, profondément.

Il y avait quelque chose de différent dans ce baiser. Ou peut-être était-ce qu'ils étaient tous deux pleinement, *vraiment* engagés l'un à l'autre et savaient où cela les menait. Ils ne pouvaient être assez proches l'un de l'autre, ils se frottaient l'un à l'autre, se caressaient partout en... en lâchant des bruits ridiculement forts...

Amanda s'écarta une seconde.

— C'est nous ?

— Oui, confirma-t-il.

Sa voix était chargée de désir et il le lui montra encore, utilisant sa bouche avec une précision experte pour lui arracher ces mêmes bruits forts et y répondre à son tour. Des bruits de baiser suivirent et ils rirent tous les deux.

— C'est ridicule ! s'exclama Amanda.

— Ne m'en parle pas, fit-il en pressant son front au sien. J'attends ça depuis très longtemps, Amanda.

— S'il te plaît, n'attends pas plus longtemps.

— J'en serais incapable même si je le voulais. Et je ne veux pas.

Il l'embrassa encore, tira sa tête exactement où il voulait qu'elle soit et se glissa dans sa bouche si profondément qu'elle le sentit dans tout son corps. Elle venait d'enrouler ses jambes autour de sa taille – merci la fente de sa robe – et la grande main chaude d'Alex était pressée contre son dos quand les portes s'ouvrirent et qu'elle se figea d'horreur.

— Noooon, s'écria-t-elle.

Alex, lui, lâcha un juron.

— Désolé, c'est l'étage de la conciergerie, marmonna-t-il.

Ils ne bougèrent pas et il lui lança un nouveau regard brûlant avant de l'embrasser à lui en faire perdre la tête. Quand il s'écarta pour appuyer sur le bouton « fermer les portes », elle commença à glisser au sol comme une poupée de chiffon, mais il la rattrapa juste à temps.

— Encore trois minutes max, mon cœur. Tu es prête ?

Amanda rit et grogna à moitié avant de l'attraper par la chemise.

— Montgomery, pourquoi a-t-il fallu que tu appuies sur ce bouton ?

Il lui adressa un sourire de travers et l'attira à lui, s'adossant aux portes fermées. Elle frémit quand ses dents effleurèrent le creux de son épaule et que les baisers reprirent, la main d'Alex emprisonnant sa jambe. Ils ne remarquèrent pas le *ding*, alors quand les portes s'ouvrirent, ils tombèrent sur le sol.

— À gauche, lui indiqua Alex d'une voix rauque. 2602.

Amanda regarda la plaque et le corrigea :

— À droite.

Ils s'embrassèrent tout le long du couloir.

— On l'a dépassée, lui signala-t-elle en riant.

Il les fit tourner et la pressa contre la porte pendant qu'il cherchait la clé.

— Alex !

— J'essaie !

— Essaie plus fort !

Ils s'esclaffèrent et la porte s'ouvrit, les laissant entrer. Il se tourna dans tous les sens, cherchant où était la chambre.

— Bordel, on aurait dû prendre une suite plus petite.

— L'ascenseur me va.

Alexander grogna en s'engouffrant de nouveau dans sa bouche pour plus d'elle. Il les amena dans la chambre *et* jusqu'au lit. Amanda commença alors à tirer sur sa veste et il l'aida à l'enlever. Les vêtements se mirent à voler après ça. Chaussures, chemises, pantalon. Et grâce à la robe dos nu d'Amanda, une fois ce premier vêtement enlevé, elle était déjà en string.

— Bordel, Amanda. Tu es si belle.

Sa voix n'était plus qu'un grognement rauque. Il passa ses mains sur elle, l'observa écarquiller les yeux et cambrer le dos. Il le refit, juste pour voir sa réaction, effleurant cette fois la dentelle délicate qui la recouvrait.

— Alex !

— Chut...

Il s'amusait beaucoup et suivit des doigts les formes de son corps encore une fois, utilisant sa paume pour faire pression. Elle se cambra contre lui et il lui donna ce qu'elle voulait.

Il manqua de jouir quand ses doigts la touchèrent. Chaude, mouillée, à *lui*. Il poussa doucement le haut de son corps et elle tomba sur le lit et la montagne d'oreillers. Il la suivit et s'allongea à côté d'elle, écartant le petit bout de tissu pour approcher de nouveau ses doigts de son intimité.

Il faillit rire en l'entendant jurer, puis l'attira fort contre lui, tout en lui procurant du plaisir jusqu'à ce qu'elle se cabre contre lui. Il était si proche de l'abandon qu'il n'était pas sûr de tenir jusqu'à être en elle. Des mains frénétiques, les leurs à tous les deux, retirèrent son string. Puis, elle lui indiqua de venir à elle.

— S'il te plaît, gémit-elle.

Il essayait d'être doux, mais Amanda tirait sur ses épaules pour l'attirer à elle. Il la déplaça pour pouvoir enfin pénétrer entièrement en elle. Enfin, il se sentit chez lui. Il attendit que son corps se détende, sans cesser de la regarder. Elle finit par sourire et acquiescer.

— Vas-y, Alex. Fais-moi l'amour, s'il te plaît.

Il le fit. Heureusement, il était encore tôt et ils firent tranquillement l'amour toute la nuit, tout en dormant entre deux épisodes sensuels. Ils prirent deux longues douches ensemble et après leur dernière partie de jambes en l'air, Amanda déposa les armes et lui demanda de venir prendre un bain dans la baignoire, ce qu'il fit avec joie. Il se fit même la main sur son multitâche moderne en prenant le téléphone de l'hôtel pendant que sa femme était allongée contre lui pour commander le champagne préféré d'Amanda.

Elle soupira de satisfaction et tapota son torse pour obtenir son attention, suggérant que le goût serait sans doute meilleur avec un sandwich et des chips maison. Elle avait raison.

Allongé dans le lit peu après l'aube, Amanda blottie contre lui, il se rendit compte que rien n'avait d'importance à part ce qu'ils avaient maintenant. Ce qu'ils étaient maintenant. Ils étaient en sécurité, en vie et ensemble ; leurs enfants étaient en bonne santé, heureux et bien équilibrés, vu leur passé.

Quelle importance, au fond, si Amanda se rappelait un jour de ces brefs quoiqu'exaltants mois ensemble ? N'était-ce pas mieux de vivre l'instant présent, où qu'il soit, au XVIIIe siècle ou au XXIe, sans s'attarder sur ce qui n'est plus ?

Au diable le passé – et dans son intégralité.

14

17 mai
Californie du Nord

Amanda rit et se glissa sous le bras de Stephen qui lui tenait la porte de la boulangerie ouverte. Ils étaient juste avant l'heure de fermeture, mais elle savait que Lizzy, la propriétaire, ne serait pas dérangée de leur arrivée de dernière minute. Alexander et elle essayaient de terminer les préparatifs avant leur départ pour New York et ils avaient décidé après le dîner qu'il valait mieux se répartir les tâches. Amanda était donc responsable du gâteau d'anniversaire.

Avec son équipe, Alexander était parti au site qu'ils utilisaient récemment. Art avait construit ce complexe des années avant et ils adoraient y aller pour des simulations de guerre ou Dieu sait quoi. Amanda savait que cet accès facile, ou du moins plus facile, allait leur manquer quand ils passeraient l'été sur la côte est.

Stephen, le saint, avait fait le sacrifice suprême de l'accompagner à la boulangerie et vu que c'était son frère, Alex avait réduit l'effectif autour d'eux, même s'il avait fallu l'en convaincre. Sérieux, ils allaient simplement dans une boulangerie.

Lizzy avait appelé peu de temps après le déjeuner pour dire qu'elle était débordée et demander si Amanda pouvait passer un peu plus tard, puisqu'elle ne voulait pas bâcler la décoration très spécifique du gâteau de Callie. Ses produits étaient les *meilleurs*, mais les décorations à main levée de Lizzy étaient inégalables et valaient bien l'attente.

Malheureusement, sa boutique était bien plus au nord, cachée dans la petite ville pittoresque de Baron's Cove. Le trajet rappelait toujours à Amanda la publicité Onstar où la femme devait tourner pour éviter une biche et finissait dans une grande étendue de verdure. Pourtant, seul un côté de la route arborait cette oasis luxuriante, l'autre dévoilant une falaise rocheuse qui plongeait dans l'eau.

— Je te le dis, Amanda, il n'aime pas le chocolat.

C'était la troisième fois que Stephen le disait et elle ne comprenait toujours pas comment elle avait pu passer à côté de ça. Elle était obsédée par le chocolat, alors ce n'était pas comme s'il n'y en avait pas dans le coin.

— Tu es sûr ? demanda-t-elle de nouveau.

Stephen leva les yeux au ciel en se dirigeant vers le comptoir. Parmi les nombreuses décisions prises allongés dans le lit, le matin suivant le gala, Alex et elle avaient décidé de fêter l'anniversaire de Callie en Californie avant de partir pour New York. Les délais étaient courts, mais ils pouvaient y arriver. Comme ça, Callie pouvait inviter des amies de l'école et dîner avec tout le monde. Ils optèrent pour organiser la fête le samedi, juste avant de partir le dimanche, qui était le véritable anniversaire de Callie.

Le gâteau se trouvait véritablement valoir l'attente *et* le voyage tardif. Lizzy s'était surpassée, les détails étaient incroyables et n'avaient pas dû être une mince affaire. Quelle enfant voulait un gâteau Amelia *Bedelia* ? Amanda rit. La *sienne*. Cette série était adorable, attachante et exceptionnelle, certes, mais Amanda ne comprenait pas la fascination de Callie.

En regardant la réplique d'Amelia en haut du gâteau, avec ses joues roses et son bonnet, Amanda se dit que c'était parce qu'Amelia ressemblait trait pour trait à Janey. Sérieux, ils auraient pu appeler la série *Janey Wainey* ou quelque chose du gen...

Amanda se figea.

La voilà. La dernière pièce du puzzle se glissa à sa place, ses souvenirs se cristallisèrent, et des petits fragments de vie remplis d'émotion explosèrent dans un immense panorama de souvenirs qu'elle aurait mis de côté pour les revivre.

OHMONDIEU. Un gargouillis lui échappa, mais il semblait venir de loin, pas d'elle, et le gâteau lui tomba des mains. Elle leva la tête sans même le vouloir, croisa le regard de Stephen qui lâcha son téléphone pour se hâter de la rattraper quand ses genoux se dérobèrent.

— Amanda ?

Elle savait que Stephen criait, complètement paniqué, mais sa voix lui paraissait être sous l'eau. La vision d'Amanda devint distordante et il cria par-dessus son épaule :

— Lizzy, appelle les urgences.

Il baissa Amanda au sol doucement en essayant d'éviter le gâteau entre eux. Il raffermit sa prise quand elle commença à osciller sur ses genoux et trembler de manière incontrôlable en s'agrippant à ses bras.

— *Ohmondieu, Stephen*, dit-elle dans un soudain moment de lucidité.

Ses yeux se troublèrent de nouveau. Stephen semblait terrifié.

— Amanda, dis-moi ce qui ne va pas. Où as-tu mal... Lizzy, *combien de temps* ?!

Amanda secoua la tête et posa ses mains sur le visage de Stephen tandis que la digue se brisait.

— *Tu es* là... *il* est là. Oh mon Dieu... vous êtes tous les deux... *là*.

Elle sanglotait, incapable de gérer que ce qu'elle comprenait et qui était impossible était pourtant la vérité pure et dure.

— Bon sang, Am. Tu te souviens.

Ses yeux se remplirent de larmes aussi. Elle acquiesça, encore trop submergée pour parler et Stephen la redressa et la serra fort.

— Bon Dieu, tu m'as manqué, dit-il la voix rauque d'émotion. Annule l'appel, Lizzy.

Amanda hocha compulsivement la tête et retrouva son équilibre avant de s'accrocher à la veste de Stephen en sautillant sur place, ignorant l'expression confuse de Lizzy.

— Amène-moi à lui, s'écria-t-elle.

Les larmes coulaient toujours, mais cette fois, c'était de joie.

Comme si c'était contagieux, Stephen l'imita, attrapa sa main et courut hors du magasin.

— Attendez, les appela Lizzy en tendant à Stephen son téléphone. Dois-je faire un autre gâteau pour demain, Amanda ?

Elle secoua la tête et lui adressa un grand sourire.

— Ça ira Lizzy, dit-elle avant de rire. Mon mari n'aime pas le chocolat de toute façon.

Lizzy sembla encore plus confuse, puis s'esclaffa et répliqua :

— Je le ferai à la vanille et je le déposerai moi-même.

Stephen tira Amanda dehors pendant qu'elle saluait Lizzy de la main et la remerciait, avec l'impression que le monde s'était enfin redressé sur le bon axe. Stephen commença à appeler son frère en ouvrant la portière de la voiture, mais Amanda couvrit son téléphone.

— Non, lui interdit-elle fermement.

Elle voulait le lui dire elle-même. Il l'avait trouvée, son amiral de la Royal Navy du XVIIIe, son *mari*, il l'avait trouvée. Exactement comme elle l'avait toujours su.

— On est loin ? demanda-t-elle quand Stephen s'introduisit sur la nationale.

Il regarda le GPS, le rétroviseur et lui expliqua :

— Je prends la plus courte des trois routes, mais le complexe est à une heure et demie au sud. Tu veux que je lui demande de nous retrouver à la maison plus tôt ?

— Non. Ne dis rien.

Elle secoua la tête, à peine capable de retenir son euphorie. Elle voulait prendre son beau visage entre ses mains et lui dire qu'elle se rappelait. Tout.

Soupirant d'excitation, elle posa sa paume sur la vitre, les doigts écartés dans ce geste qui avait fait partie intégrante de ses journées de désespoir pendant si longtemps. Combien de nuits avait-elle eu besoin de ce contact, comme si regarder par la fenêtre les mains pressées contre la vitre le ramènerait à elle ? Ou lui ferait sentir son amour, où qu'il soit. Les phares dévoilaient de temps à autre les montagnes qu'ils dépassaient. Ils étaient les seules lumières sur la route quasiment déserte à cette heure.

Amanda continua de repenser au matin après le gala. À leur décision d'attendre d'être à New York pour rendre leur couple permanent. Sur le coup, ça avait du sens et ça semblait un bon endroit pour faire la transition. Il l'avait tenue dans ses bras et lui avait dit que le passé n'avait plus d'importance.

Elle n'avait aucune idée à ce moment-là de tout ce que cet homme avait fait pour la retrouver. La discipline qu'il lui avait fallu. Sa retenue l'émerveillait, car de son côté, après ce soir, elle ne le laisserait plus quitter son champ de vision. Elle voulait tout savoir – *tout* – sur ce qu'il s'était passé depuis qu'elle l'avait lâché sur la falaise. Ce qu'il avait fait. *Comment*. Mais tout ce qu'elle arrivait à penser c'était : *j'arrive, Alexander*.

À la moitié du trajet, Stephen lui dit que la sortie du complexe, où elle n'était jamais allée, arrivait. Autrement, ils ne s'étaient presque pas dit un mot. Elle restait assise, tendue par l'attente, tandis que Stephen conduisait. Puis, il cessa de conduire.

Elle sentit son ventre se soulever quand le véhicule fit un écart et que Stephen cria quelque chose qui ressemblait à :

— Accroche-toi, Amanda !

Elle ne l'entendait pas bien avec le sang qui montait à ses oreilles. Elle hurla quand ils heurtèrent quelque chose et sa tête fut projetée contre la vitre.

La voiture tourna et Stephen lutta pour retrouver le contrôle, mais le côté passager passa par-dessus la rambarde de sécurité. À la vitesse à laquelle ils allaient et avec le poids du

Navigator, le côté conducteur suivit rapidement. Comme sur une balançoire, la voiture oscilla sur l'acier, faisait crisser le métal.

Amanda et Stephen échangèrent un regard, moment qui ne dura qu'une milliseconde, puis le véhicule commença à plonger vers l'avant, heurta quelque chose sous eux, tomba une bonne fois pour toutes et s'écrasa plus bas.

— Sers-moi du whiskey, mon garçon, demanda Alexander à Trevor avec un sourire.

Lui et sa bande de frères, y compris l'équipe étendue, étaient au complexe. Il l'adorait. Que Dieu bénisse Art Fisher, qui avait vu dans le futur et construit cet établissement dernier cri, caché dans les montagnes.

Il était sans cesse en activité. Entraînement au combat, au sauvetage, aux armes, aux explosifs, à la surveillance, etc. En regardant autour de lui, il se rendit compte que son achat de JDL des mois avant était vraiment le début d'un nouvel empire.

Ici. Maintenant. Il n'y avait pas d'autre endroit où il voulait être. Amanda et lui avaient un avenir. Et il serait radieux. Ensemble.

Bon sang – OUI !

Ils venaient de terminer une simulation de guerre dans la partie souterraine du bâtiment et ils s'étaient réunis autour de la grande table de réunion, toujours en treillis, le visage peint. Alexander rit quand ils optèrent pour de l'eau et des barres de céréales au lieu de cigares et whiskey.

Les lumières vacillèrent un instant et il leva les yeux, mais il n'y prêta pas plus attention. Ils parlaient de s'étendre maintenant et Chris expliquait les détails juridiques. Le monde des affaires était très différent de...

Les lumières vacillèrent encore, puis s'éteignirent complètement. Dix secondes plus tard, le générateur prit le relais.

Trevor commença à appuyer plus fort sur les touches de son ordinateur.

— Ça n'aidera pas, se moqua Alexander.

— Je crois qu'on a perdu l'ordinateur central, dit Trevor étonné, les sourcils froncés.

— Les ordinateurs ne m'intéressent pas vraiment. Si le courant est coupé, l'ordinateur aussi.

Trevor secoua la tête.

— Ce n'est pas le courant, patron.

— Alexander.

La voix d'Amanda résonna dans leurs oreillettes et il se figea, tout sourire disparut.

Ils levèrent tous les yeux de ce qu'ils faisaient – Alexander, Gregor, Stan, Trevor, Michael, Evan, Chris – et se dévisagèrent. C'était la première fois qu'elle utilisait son nom complet depuis qu'il l'avait ramenée de l'hôpital. Depuis avant. Au XXIe siècle, il n'était qu'Alex pour elle. Jusqu'à maintenant. *Elle se rappelle. Bon sang, mon cœur. Tu te rappelles.*

— Amanda.

Tout le monde le fixait du regard.

— Alexander, répéta-t-elle avant que sa voix ne se brise et qu'elle ne se mette à pleurer. Y a un problème.

Il se leva si vite que la chaise tomba.

— Dis-moi.

Son torse se serra, son cœur battait furieusement. Elle ne répondit pas.

— Amanda !

Il arracha son oreillette et trifouilla avec les boutons. Trevor le regarda comme s'il était bête et soupira.

— Le sien ne va que dans un sens, tu te rappelles ? Elle ne peut pas t'entendre.

Alexander se maudit de ne pas avoir compris qu'à un moment, elle pourrait avoir besoin de l'entendre et lui parler.

— Je ne sais pas si tu m'entends. J'espère qu'on est assez proches.

Il marqua une pause et écouta tandis qu'elle prenait une grande inspiration.

— J'ai pris l'oreillette de Stephen alors ça va dans les deux sens, je crois.

Trevor haussa les épaules et articula en silence *désolé* et un instant, Alexander eut un élan d'espoir.

— Mais, euh... une partie a l'air endommagée.

Plus d'espoir. Alexander contrôlait à peine ses émotions. *Pourquoi ?* Qu'est-ce qu'il s'était passé pour qu'elle soit endommagée ?

— Trevor, peux-tu... ?

— Oh, *maintenant,* ça t'intéresse ? demanda-t-il en brandissant son ordinateur.

Il n'avait pas tort.

— Alexander... mon Dieu, je ne peux pas cesser de dire ton nom. Tu m'as tellement manqué. Je suis désolée d'avoir lâché. Je suis tellement désolée.

Elle recommença à pleurer.

— J'avais si peur. J'ai cru qu'ils allaient nous tuer. Et quand Callie a glissé du rebord et que j'ai crié... j'étais si soulagée que tu nous aies trouvées. Je n'aurais jamais imaginé ce qui arriverait après. Je me suis beaucoup demandé, chaque maudit jour, si tenir cinq secondes de plus t'aurait permis de nous sauver toutes les deux.

Un sanglot la coupa.

— Tu m'as manqué chaque seconde de chaque jour où nous avons été séparés.

Ne pleure pas, mon cœur.

Il secoua la tête, stupéfait.

— Amanda ? Bon sang, *dis-moi ce qu'il se pa...*

— Nous avons eu un accident.

Tout le monde se leva aussitôt.

— Stephen et moi. Mon Dieu, j'espère que tu m'entends.

Huit paires d'yeux se posèrent sur Trevor et Alexander pria

pour que l'ordinateur reparte, pour que le satellite réponde, mais Trevor secoua la tête.

— Le satellite ne répond pas.

— On a heurté quelque chose Alexander, reprit Amanda. Quelque chose de gros et en métal.

Cela expliquait le problème du satellite. Bon Dieu, il aurait voulu pouvoir lui parler. Il devait juste savoir où elle était et il y serait en un instant. *Dis-moi où tu es.*

— On venait te voir Alexander. Je voulais te faire une surprise. Il y a dû y avoir un truc sur la route, je ne sais pas, et Stephen a crié.

Elle se remit à pleurer.

— On a dû vraiment être horrible dans une précédente vie pour avoir un karma pareil.

Le torse d'Alexander se serra. *Mon Dieu.*

— Tu te rappelles que tu me disais pouvoir trouver où tu étais rien qu'en regardant les étoiles ?

Alexander acquiesça, même si elle ne pouvait pas le voir. *Bien joué, Amanda.*

— Eh bien, si je lève les yeux je vois...

— J'ai besoin de mes outils, décréta-t-il fermement.

C'était un ordre et ses hommes répondirent présent.

— Et une carte, une carte de la zone, topographique et hémisphérique.

Gregor et Michael partirent dans deux directions contraires, chacun avec une précision militaire.

Dis-moi ce que tu vois, mon cœur. Il pria pour que ses pensées atteignent Amanda.

— Ursa... hum... Major, oui, Major, j'en suis sûre. Ursa Major est à notre gauche. Bootes est, attends, il faut que je m'oriente. Si Ursa Major est à ma gauche...

Elle laissa sa phrase en suspens et Alexander dégagea la table d'un geste de la main, tandis que Michael entrait juste à temps avec des cartes qu'il étala devant lui. Gregor revint juste après lui et lui tendit la boîte en bois qui contenait ses instruments.

— J'ai trouvé Arcturus, Alexander.

Sa voix brisa le silence tendu parmi les hommes.

— Oh, l'étoile rouge ! Si douze heures est juste au-dessus de nous, Arcturus est à trois heures. Les moments où on s'asseyait et regardait les étoiles me manquent. Tu te rappelles, je te demandais toujours quelle était telle ou telle étoile ?

Il se rappelait tout. *Dis-moi autre chose, mon cœur.*

Elle cria.

Ils se crispèrent tous.

— Quoi ! Bon sang, quoi !

Il regarda Michael et fit un signe au-dessus de sa tête avec sa main pour mimer l'hélicoptère. Ils en avaient trois ici mais il avait récemment eu de la chance avec un hélicoptère de dix places pour le sauvetage, équipé de sonnettes et sifflets pour l'entraînement. Cela arrivait à point nommé.

— Je ne sais pas à quel point on est loin. Je suis à l'avant avec Stephen.

Elle pleura encore et il l'entendit chuchoter à l'attention de son frère :

— Mon Dieu, faites que tu ailles bien, s'il te plaît, Stephen... Il est inconscient depuis qu'on... qu'on...

Elle ne termina pas sa phrase.

Alexander roula les cartes et prit ses outils.

— On y va, allez !

L'éclairage d'urgence renvoyait dans le couloir une lumière jaunâtre. Aussi loin dans les montagnes, ils avaient un bon kilomètre avant l'escalier qui les ramènerait à la surface. À leur rythme, il estimait que cela leur prendrait six minutes. Les hommes qui s'occupaient de la gestion des opérations ici, certaines pour l'entraînement, avaient dû sentir qu'il se passait quelque chose, car ils les suivirent quand ils dépassèrent leurs bunkers.

Dans l'escalier, l'étrange lumière était amplifiée par la teinte grisâtre des murs. Plus que quatre étages. Du gâteau ! Il n'entendait rien d'autre que le bruit de leurs pas et la belle voix d'Amanda.

Elle lui parla tout le long. Lui dit comment elle avait compris ce qu'il s'était passé après la chute de Callie et elle depuis les falaises. Comment elle avait serré Callie et l'avait bercée, le cœur brisé. L'espoir qu'il les retrouve. Sa joie en apprenant qu'ils allaient avoir un bébé. Un garçon. Et comment le sol l'avait engloutie tout entière quand elle avait vu le registre.

Ils étaient tous des hommes adultes et ils étaient en larmes. Il ne savait pas s'il était capable de supporter une autre perte.

Puis, elle commença à raconter toute leur histoire ensemble. Aussi courte soit-elle.

— Alexander, quand on était encore à Abersoch et que tu es rentré cette nuit-là, que tu as annoncé qu'on devait partir, *maintenant... oh mon Dieu.*

Elle inspira profondément.

— Je... j'ai besoin d'une seconde.

Elle avait le souffle court et il ne savait pas si c'était parce qu'elle parlait beaucoup ou parce qu'elle était blessée.

— Je me rappelle être dans le hall pendant que tout le monde courait dans différentes directions et avoir pensé *Oh mon Dieu, on s'en va.* Après, j'ai parlé à Janey... oh, comme elle me manque... et Goodly aussi. Quand je suis descendue, vous aviez agi si vite, il y avait vingt énormes coffres empilés près des portes d'entrée et d'autres devant ton bureau. Je ne savais pas que Callie était cachée sous ton bureau. Et tu as montré ce navire en disant *on va y monter.* Je me rappelle m'être dit : *Ne sait-il pas que j'irais n'importe où avec lui, dans ce monde ou un autre ?* Voilà combien je t'aimais et combien je t'aime, Alexander.

Elle resta silencieuse un moment avant de se remettre à rire.

— J'espère que tu m'entends et que je ne blablate pas dans le vide, toute seule dans une voiture accidentée.

Michael tint la porte ouverte lorsqu'ils atteignirent le sommet. Il entendait l'hélicoptère au loin et ils se dirigèrent vers le hangar pour accéder à l'héliport plus loin. C'est à ce moment-là qu'Amanda se mit à lui chanter leur chanson. Elle ne l'avait pas fait depuis Abersoch, avant cette nuit où le monde s'était écroulé à leurs pieds.

Au milieu de la chanson, elle cria à nouveau, il entendit un bruit d'écrasement et de métal et tout son corps se tendit. Ils continuèrent à avancer, mais il vit l'effet que cela produisait sur les hommes devant lui – comme lui. Tout le haut du corps se crispait. C'était ébranlant, terrifiant. Et ce, de la part d'hommes adultes et formés.

Le hangar avait été ouvert avant leur arrivée et tout le monde s'y rendit pour prendre le matériel de descente en rappel, les armes et les explosifs. À ce stade, qui savait vraiment de quoi ils auraient besoin ? C'était une mission où tout était permis. Gregor sauta le premier dans l'hélicoptère, puis tendit la main pour hisser tout le monde à bord. Hugh, leur pilote, fit signe d'attraper un casque d'écoute et de tenir bon. Trevor, leur meilleur navigateur, attrapa les cartes d'Alexander en montant à bord et se précipita directement vers Hugh. Ils étaient équipés et prêts à décoller lorsque Hugh hocha la tête en voyant les coordonnées que Trevor lui montrait sur la carte.

— C'est parti.

Décollage.

Ce n'était pas sorcier de trouver sa localisation, pas en sachant qu'elle était en route pour le complexe. Il n'y avait qu'un seul satellite qui aurait pu être détruit, à l'entrée nord-ouest. Mais l'endroit où la voiture avait atterri, c'était une autre histoire. La chaîne de montagnes s'étendait sur des kilomètres, avec des creux, des vallées et des dépressions plus ou moins marquées tout autour.

Selon la topographie, il savait qu'Amanda n'aurait pas pu voir certaines constellations. Armé de cette connaissance, il avait au moins une idée précise de leur position, mais pas de la profondeur à laquelle ils étaient. Ni de ce qu'ils trouveraient une fois sur place. Peut-être qu'Amanda avait raison – ils devaient continuer à rejouer ce cauchemar jusqu'à ce qu'ils réussissent.

Ils commencèrent à attacher leurs harnais, tandis qu'Evan... *mon Dieu*, Evan préparait ses outils.

— Nous y sommes presque, cria Alexander derrière lui à son équipe, en repérant un bosquet d'arbres familier.

— Je t'entends, Alexander, dit Amanda à bout de souffle.

— J'ai un visuel ! s'écria Michael en même temps.

— J'ai grimpé à l'avant, à côté de Stephen, répéta Amanda. La fenêtre a été brisée, mais je pense qu'il y a assez de place pour le faire sortir en premier.

Il les voyait maintenant. Pas Amanda. Mais le véhicule sur le côté, côté conducteur vers le haut, se balançant précairement sur le bord d'un affleurement, soutenu par en dessous par deux vieux arbres à feuilles persistantes.

Alexander secoua la tête en pensant à l'accès au site de l'accident – *non*, se dit-il, *au site d'atterrissage*. Il n'y avait ni la place, ni le temps. Il regarda Gregor. Ils avaient tous les deux tiré la même conclusion et dirent en même temps :

— On descend en vol stationnaire.

Ils effectuèrent une reconnaissance avec l'équipage et les deux membres des services de recherche et de sauvetage qui devaient les accompagner en vertu du protocole. Une fois le plan en place, Alexander et Gregor demandèrent aux sauveteurs de se retirer, que c'était leur travail, mais Michael s'interposa et décréta :

— Je viens avec toi, Alex.

Bon sang, il s'était constitué une suite fidèle. Il était sur le point d'expliquer à Michael comment cela allait se passer, mais Gregor intervint :

— Je t'aime, petit, mais c'est mon boulot.

— Allons-y, dit Alexander à Gregor, en faisant un signe de tête à Michael.

Ils s'élancèrent et descendirent en rappel. Au fur et à mesure qu'ils s'approchaient, Alexander vit que Stephen était blessé et saignait, avec une énorme entaille sur le côté de son visage. Amanda l'entourait de ses bras.

— Amanda, s'écria-t-il à travers le bruit. Tu dois le lâcher pour que Gregor puisse le soulever.

Elle se mit à pleurer.

— Je ne veux pas refaire ça encore une fois

— Ça va aller, ma chérie, on va y arriver cette fois-ci, promit-il, pas sûr de croire à ses propres paroles. À trois, d'accord ? Une fois que Gregor l'aura pris, toi et moi, on y va tout de suite après. C'est compris ?

— Affirmatif.

— À trois, pas avant, pas après, Amanda.

— Compris, dit-elle en serrant les dents.

A priori, elle avait cessé de pleurer. Sa voix était calme et égale. Elle était forte, sa femme.

— Un... deux... trois.

Amanda lâcha prise et Gregor souleva lentement Stephen. La lenteur était le mot d'ordre. D'une part, ils ne voulaient pas perturber l'équilibre du véhicule et d'autre part, ils devaient dégager ses jambes. Une fois que ses pieds quittèrent le véhicule, Amanda tendit les mains par la fenêtre et Alexander les saisit toutes les deux, la soulevant facilement jusqu'à lui. Elle enroula ses jambes autour de sa taille et enfouit son visage dans son cou.

Il ne voyait rien à travers ses larmes quand il leva les yeux pour signaler qu'ils étaient prêts à partir. Les gars au-dessus comprirent le message et les hissèrent jusqu'à l'appareil en vol stationnaire. Ils les tirèrent à l'intérieur et ils atterrirent l'un à côté de l'autre.

Evan était assis à côté d'eux et travaillait déjà sur Stephen.

Bien qu'ils aient réussi, Amanda était toujours enroulée autour de lui, s'accrochant fermement.

— Il faut que je t'examine, Amanda. Je dois vérifier que tu n'es pas blessée, dit Alexander, la voix chargée d'émotion.

Elle se dégagea alors et en voyant son visage couvert de sang, il sentit son corps tout entier saisi d'une douleur aiguë. Sa vision se brouilla et tout d'un coup, il eut l'impression d'assister de loin et au ralenti à la scène de l'hélicoptère. Puis il s'effondra.

Amanda hurla et Evan commença à aboyer des ordres. Il

pivota de Stephen à Alexander, dont il déchira la chemise. La dernière chose dont il se souvint, c'est que Stephen lui prit la main et murmura son nom. Il espérait seulement qu'ils étaient tous les deux du côté des vivants.

———

Alexander se réveilla dans une chambre d'hôpital pleine à craquer. Le cirque était bel et bien en ville, et sa femme était allongée à côté de lui dans son lit. Stephen était dans un autre lit à côté de lui, le regardait et leva un pouce à son attention.

Il se tâta le torse pour voir s'ils ne l'avaient pas ouvert et Amanda posa sa main sur la sienne tout en se blottissant plus près de lui. Bien qu'un peu étourdi, il ne sentait rien dans son corps qui indique une opération ou une quelconque procédure.

Quand Amanda se mit à califourchon sur lui, un grand sourire aux lèvres, il vit qu'elle était un peu égratignée, mais qu'à part le petit pansement sur sa tempe droite, elle avait l'air saine et sauve. Le sang devait être celui de Stephen.

— Tu n'as pas fait d'infarctus, lui dit-elle joyeusement.

En se fiant à sa déclaration, on aurait pu croire qu'ils avaient gagné à la loterie.

— Bon sang, Amanda.

Il avait les larmes aux yeux rien qu'en la regardant.

Elle se pencha vers lui et l'embrassa en murmurant :

— Je t'aime aussi.

Il l'écrasa presque en la serrant contre lui.

Evan se tenait à son chevet.

— Crise d'angoisse, Alex.

— Pardon ? demanda-t-il en détournant le regard de sa femme pendant une milliseconde.

— Tu as fait une crise d'angoisse.

— Tu es sérieux ?

On aurait dit Amanda.

— Vu ce que tu as traversé cette année, ce n'est pas étonnant.

Si tu m'avais dit les symptômes que tu avais, nous aurions pu éviter tout ce fiasco, dit Evan en tirant la langue. Je t'ai quand même donné quelque chose pour t'aider à te détendre. Tu as manifestement cédé sous la pression.

Alexander voyait bien qu'Evan s'amusait énormément et son équipe aussi, car des gloussements retentissaient dans toute la pièce. Et pendant ce temps, Amanda était assise là, rayonnante, pratiquement sur son torse.

Elle rejeta la tête en arrière et frappa dans le vide en criant :

— Oui, oui, oui !

Elle le regarda à nouveau, ses yeux bleus étincelants.

— Vas-tu un jour me dire que tu m'aimes, Montgomery ?

Elle cria quand il la fit basculer sous lui.

— J'ai sauté d'une falaise il y a deux cent quarante-cinq ans pour toi, Amanda Abigail Montgomery. Alors, est-ce que je t'aime ? Oh, oui, je t'aime. Je sauterais à nouveau demain s'il le fallait.

— Ouah, bonne réponse.

Puis il l'embrassa, oubliant que le cirque était encore dans sa chambre jusqu'à ce qu'ils applaudissent tous. Bruyamment. Il leur dit alors de dégager d'ici.

Long Island
New York

Alexander sortit la tête de son bureau et sourit en entendant des couinements dans le couloir.

Callie courait depuis la cuisine, Amanda sur ses traces. Lui et l'équipe avaient été expulsés une heure avant quand les filles l'avaient réquisitionnée pour se préparer. L'équipe avait grogné sans enthousiasme, mais vu le festin préparé en arrière-plan, ils avaient accepté sans sourciller.

Les Montgomery – *bon sang*, ça faisait du bien de le dire – s'étaient enfin installés à New York pour l'été et seulement une semaine plus tard que prévu.

La douleur qu'il ressentait dans le torse était *bel et bien* de l'anxiété. Ce n'était que maintenant qu'il en était libéré qu'il comprenait combien elle avait été persistante et combien il s'y était simplement habitué. Il était reconnaissant que ce ne soit pas son cœur, il n'arrivait pas à croire qu'une chose pareille l'avait mis au sol. Littéralement.

Evan lui avait dit de s'en remettre. Que des millions de

personnes souffraient d'anxiété et que vu l'année passée, il avait toutes les raisons du monde d'avoir ces symptômes. Atterrir à l'hôpital était un signal d'alarme. Ils devaient ralentir et profiter de chaque moment qu'ils avaient. Même s'il n'allait pas cesser de travailler.

Tout comme Amanda. Ils aimaient tellement ça, tous les deux. Elle s'y remettait déjà, écrivait et jouait sa belle musique.

Et puis il y avait leur domaine sur la côte est, qui était spectaculaire en tout point. Il fallait imaginer le domaine d'Anthony Hopkins dans *Rencontre avec Joe Black*. À cet instant, les organisatrices événementielles s'occupaient des dernières touches sur la pelouse et la terrasse.

Oui, aujourd'hui, il allait épouser sa chérie. Encore.

Le dernier hélicoptère avait atterri deux heures avant, ce qui voulait dire que le cirque était de retour. En plus de son équipe, ils avaient invité quelques personnes. Art et sa femme Betty ; Jason Wild, avec qui il était devenu ami depuis le gala et, bien sûr, Lizzy. Comment ne pouvaient-ils pas l'inclure alors que c'était son gâteau sur Amelia *Bedelia* qui avait réveillé les souvenirs d'Amanda ? Alexander rit tout seul en pensant à combien le destin et la chance pouvaient se jouer à rien. Un *gâteau*.

Callie passa à toute vitesse et il tendit un bras et se pencha pour l'attraper. Elle gloussa, serrant Mme Beasley contre elle tout en remettant la couronne de fleurs sur sa tête. Il se redressa, sa fille dans les bras et elle frotta sa moustache, qui était un peu plus longue maintenant. Amanda aimait tellement que sa barbe ne soit pas rasée de trop près qu'il avait opté pour ça et elle avait articulé *canon*. Il avait laissé comme ça. Bien sûr.

Amanda s'arrêta net en le voyant, au milieu du couloir, déjà habillée d'une robe fourreau blanche qui lui allait jusqu'aux genoux, splendide et classe, les pieds nus. De sa main libre, il l'invita à les rejoindre. Elle accepta. Bon sang, elle allait être sienne, légalement, au XXIe siècle. Il avait hâte.

— Bonjour, ma belle.

Ses joues étaient rouges et ses yeux brillants comme pas permis. Elle allumait chaque fibre de son corps.

— Encore quelques minutes, dit-elle en reprenant Callie.

Et à 17 heures ce jour-là, il remonta les marches en pierre de la terrasse et lui tendit sa main.

— Tu viens avec moi, Amanda ?

— Où tu voudras, Alexander.

JAMAIS TROP TARD

Extrait du tome 2 de la série *des frères Montgomery*

— Je peux t'amener quelque chose pour le bébé ? demanda Stan.

Il était étonné de la voir aussi prête et se sentait inutile à rester planté là. Il détestait ce sentiment.

Jenny secoua la tête, sans le regarder.

— Il faut juste qu'on se change.

— Besoin d'aide ?

Elle secoua encore la tête et croisa son regard un court moment avant de détourner les yeux.

— Merci, mais je suis devenue une experte comme mère célibataire.

Il y avait un étrange tranchant à sa voix. Elle attrapa une couche-culotte et se retira dans sa salle de bains.

Stan attendit près de l'escalier en essayant de se débarrasser de son impression sur sa dernière remarque. La façon dont elle avait soutenu son regard une brève seconde. Peut-être analysait-il trop, mais cela ressemblait à une pique. Quelque chose de personnel. Pour lui.

Jenny était prête quelques minutes plus tard. Trevor avait déjà transféré ses sacs dans le véhicule et plaça le siège pour bébé que Jenny avait laissé près de sa pile d'affaires pour partir. Michael passait en revue le périmètre, même si ce n'était pas nécessaire, puisque c'étaient eux les intrus, ce soir-là. Stan appréciait sa minutie. Protocole et compagnie.

— Quand as-tu eu de ses nouvelles pour la dernière fois ? demanda-t-il dans l'entrée une fois les autres problèmes réglés.

Elle serra son fils – c'était un garçon, il avait posé la question – plus fort.

— J'ai essayé de t'appeler, dit-elle au lieu de répondre à sa question.

De l'intérieur, il s'effondra un peu. Oui, il avait bloqué son numéro. Sur le coup, il pensait que cela valait mieux pour eux deux.

— Quand as-tu eu de ses nouvelles pour la dernière fois ? répéta-t-il sans prendre en compte sa confession.

Elle haussa les épaules. Elle avait l'air fatiguée. Belle, mais fatiguée.

— Jenny ?

Elle tressaillit. Il n'avait pas voulu hausser la voix. Gianni avait raison, elle souffrait des conséquences d'une vie avec un abruti de première. Après avoir demandé quelques autres détails intimes de sa vie avec John, il n'arrivait pas à croire qu'elle était retournée auprès de lui. Pire, qu'elle avait eu un enfant avec lui.

Elle n'avait jamais rien dit quand ils étaient ensemble et avait tout gardé pour elle-même. Comme une grenouille dans l'eau, qui s'adapte à la hausse de température jusqu'à ce qu'il soit trop tard, les défenses de Jenny avaient été abattues avec expertise. Malgré son intelligence, l'art de la manipulation lui passait au-dessus. Elle n'avait pas vu la chose venir.

Il voyait bien comment ça avait pu se produire. Il aurait voulu que ça n'arrive pas.

Une fois la maison passée en revue, Trevor ouvrit la porte et Stan posa une main sur le dos de Jenny pour la guider dehors. Elle tremblait. Devant le SUV, elle se tourna et écarquilla les yeux quand elle se rendit compte que c'était lui qui tendait les bras vers son bébé.

— Je t'assure que je sais comment tenir un bébé.

Elle le regarda étrangement, puis lui confia son fils, comme si ce moment pouvait avoir des conséquences bouleversantes.

***

Mes livres vous attendent sur votre site de vente en ligne, chez votre libraire ou dans votre bibliothèque préférés.

À PROPOS DE L'AUTEURE

Kim Sakwa est l'auteure de multiples romances best-sellers, comme *La Prophétie, Le Prix, La Parole, La Promesse, Jamais un adieu, Jamais trop tard* et *Jamais dire jamais*. Quand elle n'écrit pas, elle aime écouter les playlists qu'elle crée pour ses romans. C'est une romantique inconditionnelle, accro aux "et ils vécurent heureux et eurent beaucoup d'enfants".

AUTRES TITRES DE KIM SAKWA

Les Lairds des Highlands

La Prophétie

Le Prix

La Parole

La Promesse

Le Trophée: À paraître (date à déterminer)

Les frères Montgomery

Jamais un adieu

Jamais trop tard

Jamais dire jamais: À paraître (date à déterminer)